Nicholas Sparks

SAFE HAVEN

愛情避風港

尼可拉斯・史派克 著　許晉福 譯

1

凱蒂在餐桌間忙進忙出，來自大西洋的海風穿過她的髮梢。她左手端著三個盤子，右手一個，身上穿著牛仔褲和一件寫著「伊凡小館：歡迎來嘗嘗我們的大比目魚」的T恤。她把盤子端到四名身穿馬球衫的男客人面前，距離她最近的那個人還看了她一眼，並微微一笑，試圖表現他的友善。凱蒂知道，她送完餐離開時，那男子的目光還一直尾隨著她。聽美樂迪說，這四人是從威明頓來這裡勘查電影拍攝地點的。

端茶壺幫客人續完甜茶後，凱蒂走回服務生櫃臺，趁空覷了外面一眼。四月底的此刻，氣溫恰到好處，蔚藍的天空延伸到遠方的地平線上。再過去，海岸邊雖然有微風吹拂，但水面平靜無波，像鏡子一樣映照出天空的顏色。十來隻海鷗成群結隊棲息在欄杆上，等客人扔下食物碎屑再飛撲到餐桌底下搶食。

但老闆伊凡．史密斯很討厭海鷗，說牠們是長了翅膀的老鼠，還不時拿通馬桶用的木吸把到欄杆邊去驅趕牠們，像今天已經去巡了兩次。美樂迪湊在凱蒂耳邊說，她擔心的不是海鷗，而是那吸把在哪裡用過。

但凱蒂沒說什麼，只是繼續工作。泡完茶，把櫃臺抹乾淨後，她感覺有人碰了碰她的肩膀。轉身一看，是伊凡的女兒艾琳。十九歲的艾琳，人很漂亮，留了一頭馬尾，在這裡當兼職服務生。

「凱蒂，妳可以幫忙再招呼一桌客人嗎？」

凱蒂瞥了一眼艾琳負責的桌子，想想自己能否應付，接著她點點頭說：「沒問題。」

艾琳下樓梯走了。凱蒂從坐在附近的桌子當中聽到片段的談話聲——也許在聊朋友、聊家人、聊天氣，又或者聊釣魚。注意到角落裡有兩位客人闔上菜單，她趕緊過去幫他們點餐，但並沒有逗留在桌邊像美樂迪一樣跟客人閒聊。她不擅長閒話家常，但似乎沒有客人介意，畢竟她待人客氣，做事又有效率。

來這家餐廳工作是三月初的事，還記得伊凡僱用她的那天，是個天氣寒冷、陽光照耀、天色藍得像知更鳥蛋一樣的午後。當她聽伊凡說，她下週一就可以上工了，她強忍住想哭的衝動，一直到走路回家時才讓情緒潰堤。凱蒂當時身無分文，而且已經兩天沒吃飯了。

幫客人加完水和甜茶後，她走向廚房。餐廳的廚師之一——瑞奇，跟往常一樣對她眨眨眼。兩天前，瑞奇曾開口約她出去，但她說不想跟這裡的員工約會。她有預感，瑞奇今天應該會再開口，雖然她希望這個直覺是錯的。

「看來，今天又沒什麼機會休息了。」瑞奇說。

一頭金髮、身材瘦削的瑞奇，年紀比凱蒂小個一、兩歲，但仍然與父母同住。「原以為可以喘口氣了，沒想到客人又一波波湧上門。」

「因為天氣好啊。」

「天氣好幹嘛來這裡？天氣好應該要到海邊走走或釣魚什麼的。像我下班之後那樣。」

「這主意聽起來不錯。」

「我晚點載妳回家好嗎？」

又來了。類似的提議，瑞奇一週起碼會提出兩次。「謝啦，不用了。我住得又不遠。」

但瑞奇不想打退堂鼓。「別客氣，我很樂意。」

「不用了，散步對我有益。」

凱蒂遞上點菜單，讓瑞奇把單子釘在工作檯上，再從他手中接過一張出菜單，拿回去放在櫃臺的桌子上。

「伊凡小館」是這裡的一家老字號餐館，開業已經將近三十年。工作了一陣子，凱蒂開始認得這裡的常客，於是她會特別留意有沒有人是自己從來沒看過的。但放眼望去，她看到了正在打情罵俏的情侶，看到了對彼此視而不見的夫妻，看到了一起來用餐的家人，卻沒有看到任何外地人，也沒有看到誰前來打聽自己的背景。但即便如此，她偶爾還是會雙手發抖，儘管她現在都開著燈睡覺。

現在的她，頭上留著栗子色的短髮。這個顏色，是她在租來的鄉間小屋裡，在廚房水槽旁用染髮劑染成的。她沒有化妝，因為她想再過一陣子，她的臉大概會晒黑吧，說不定還會晒得太黑。她提醒自己要去買防晒乳，但賺來的錢扣掉房租和水電費，就所剩無幾了，哪還有什麼餘裕買奢侈品——沒錯，連防晒乳對她來說都算奢侈品。還好，她在伊凡小館找到了這份工作，儘管這是家平價餐館，客人給的小費不多。一連吃了四個月的米飯、豆子、義大利麵和燕麥粥，她體重減輕了不少，衣服下的身體瘦得像皮包骨一樣，而眼皮底下的黑眼圈，則一直到幾個星期前才慢慢消退。

「我猜，那幾個男生是來看妳的。」美樂迪朝那四個製片公司來的男生呶呶嘴說：「尤其是那個褐色頭髮的。可愛的那個。」

「什麼？」凱蒂虛應了一聲，便著手準備另一壺咖啡。她知道，不管跟美樂迪說什麼，一定都會被當做八卦到處亂傳，因此在美樂迪面前她多半三緘其口。

「怎麼？妳不覺得他可愛啊？」

「我沒怎麼注意。」

「怎麼可能？那麼可愛的男生怎麼可能沒注意到？」美樂迪不可置信地看著她。

「誰知道。」

美樂迪的年紀跟瑞奇差不多，大約二十五、六，比凱蒂小個一、兩歲。她有著一頭紅棕色的頭髮，和一雙綠色的眼眸，但個性輕佻，與一個名叫史帝夫、在鎮上另一頭的家具行幫忙送貨的人在交往。跟餐館裡的每個人一樣，她是在南波特長大的，據她形容，對小孩、老人和有家庭的人而言，南波特就像個天堂，但對單身的人而言卻荒涼到不行。每個星期起碼一次，她會告訴凱蒂她打算搬到威明頓，因為那裡有酒吧、有夜總會，還有很多地方可以逛街購物。鎮上的每一個人，無論大小事，她好像都瞭若指掌，因此凱蒂有時候不禁覺得，講八卦應該才是美樂迪的本業吧。

「我聽到瑞奇要約妳出去，」美樂迪改變話題說：「妳怎麼拒絕了？」

「我不想跟同事交往。」凱蒂假裝在專心整理餐具。

「我們兩對可以一起去約會啊。要是妳不喜歡，就叫瑞奇和史帝夫一起去釣魚。」

聽到這兒，凱蒂不禁納悶，是瑞奇要美樂迪這麼問呢？還是美樂迪自己出的餿主意？又或者兩者都有？晚上，餐廳打烊後，大部分員工都會在店裡再逗留個一陣子，也許喝個一兩杯。除了凱蒂，這些員工都已經在這裡工作了好幾年。

「不好吧！」凱蒂婉拒。

「為什麼？」

「我有過不好的經驗。我是說，我曾經跟同事交往過，但沒什麼好結果。從那時候起，我就和自己約法三章，不要再跟同事交往了。」

美樂迪不置可否地轉轉眼珠子，便趕忙招呼客人去了。凱蒂為兩桌客人送上帳單，再收走空碗盤。一如往常，她設法讓自己保持忙碌，當個有效率的隱形人。低著頭，隨時注意著服務櫃臺上乾淨與否，這樣一來，時間會過得快一點。她沒有跟製片公司來的那個人打情罵俏，那人離開時也沒回頭看她。

通常，凱蒂一天上兩班：午班和晚班。當夜幕逐漸低垂，她喜歡觀賞天色的變化，看著西方天際由藍轉灰，從灰轉橘，再由橘轉黃。日落時，海面上閃著粼粼波光，水上的帆船隨風擺盪，松林裡的松針也彷彿閃著微光。當太陽落到地平線以下，伊凡會打開用丙烷做燃料的暖爐，裡頭的線圈像南瓜燈一樣亮起來。但凱蒂的臉先前有點晒傷，一波波的暖氣讓她的皮膚感到刺痛。

晚上，美樂迪和瑞奇下班後，由艾比和胖子大維接班。艾比今年就讀高三，動不動就咯咯笑個不停。而胖子大維在伊凡小館工作已經將近二十年，已婚，有兩個孩子，右前臂上一個蠍子圖案的刺青，體重將近三百磅；在廚房工作時，他的一張臉總是油油亮亮。而且他很愛替大家取綽號，像他就給凱蒂取了「凱蒂貓」的外號。

晚上九點以後，當用餐人潮逐漸散去，凱蒂開始動手收拾碗盤，清理桌子，關閉服務櫃臺，幫收碗盤的小弟將碗盤放進洗碗機，等最後幾桌客人離去。一對年輕的情侶，雙手在桌子上交握著，手上還戴有戒指。看到這對情侶郎才女貌，臉上洋溢著幸福的表情，凱蒂一時之間覺得似曾相識。很久以前，她也跟這對情侶一樣，享受過短暫的幸福滋味——又或者她自以為的幸福滋味——但她後來體認到，那短暫的片刻不過是個幻象。凱蒂將視線從這對幸福的情侶身上移開，心中期盼著，那些記憶最好能完全抹除，永遠不要再次經歷。

2

隔天早上，凱蒂光著赤腳丫子端了杯咖啡來到門廊上，聽木地板在腳下發出吱嘎的聲響，她倚靠在門廊邊的欄杆上，瞧著曾經可能是花床的地方，看百合花從野草叢間冒出。她端起杯子，細細品味咖啡的香氣，再輕啜一口。

她喜歡這裡。不同於波士頓、費城或大西洋城，南波特沒有持續不斷的交通噪音，沒有各種難聞的氣味混雜在一起，沒有行人在人行道上行色匆匆。而且，有生以來頭一次，她總算有了自己的家。儘管這棟小屋算不上什麼，又地處偏遠，但畢竟是她自己的家，對她來說已經足夠。屋子座落在一條石子路的盡頭，旁邊還有棟一模一樣的小屋，四周叢生著橡樹與松樹，樹林一直延伸到海邊。

過去，這幢由木板牆搭建而成的小屋，原本是供獵人休息之用。儘管客廳和廚房很小，臥室裡也沒有衣櫥，但基本的裝潢都具備；前門廊上，還放了幾張搖椅，而且租金便宜。由於多年沒人照料，雖然小屋還不到破敗的程度，卻堆滿了灰塵，不過房東表示，只要凱蒂能維持清潔，他願意添購一些家具。的確，自從搬來這裡，凱蒂得空時多半在打掃，或跪趴在地，或站到椅子上，從事各種家務勞動：譬如把浴室刷得亮晶晶；拿溼抹布把天花板擦拭乾淨；用醋清潔窗玻璃；一連好幾個鐘頭趴在廚房地上，努力把亞麻油地氈上的鐵鏽和泥巴清乾淨；用填泥料把牆上的縫隙塞滿，再用砂紙磨光，直到牆面變得光滑為止。此外，她也做了不少粉刷工作，例如把廚房牆壁漆成亮黃色，為櫥櫃塗上白色亮光漆，把臥室漆成淺藍色，把起居室漆成米色。上個星期，她還買了一個新的沙發套，讓原本的舊沙發顯得煥然一新。

午後，做完了大部分的家事，她喜歡坐在前門廊上，讀著從圖書館借來的書。閱讀是她喝咖啡以外的唯一享受。她沒有電視，沒有收音機，沒有手機，也沒有微波爐或車子，她全部的家當用一個袋子就可以收拾好。她二十七歲，曾留有一頭金色的長髮，卻一個知心好友也沒有。剛搬來這裡時，她幾乎身無分文，幾個月後的今天仍然好不到哪裡去。客人給的小費，她會存下一半，每晚把這些錢摺好塞進咖啡罐裡，再藏到門廊上一個狹窄的縫隙裡。但這些錢是應急用的，她寧願餓肚子也不肯輕易動用。不過，光知道家裡有這些錢，她就覺得呼吸輕鬆多了——因為她的過去像冤魂一樣，不斷糾纏著她，而且隨時可能現身；因為它走遍天涯海角也一定要找到她。凱蒂感覺得到，它的憤怒一天天在增長。

「早安，妳應該就是凱蒂吧。」這聲音打斷了凱蒂的思緒。

凱蒂轉身一看，隔壁小屋那凹陷的門廊上，一個留著棕色長髮但披頭散髮的女人，正在向她揮手。看上去，這女人的年紀大概在三十五、六歲，穿著一條牛仔褲和一件有前排釦的襯衫，袖子上捲到手肘處。她額頭上糾結的頭髮上，掛著一副太陽眼鏡，手中則拿著一張小小的地毯，似乎正在猶豫要不要現在清理。最後，她把地毯往旁邊一丟，逕自朝凱蒂走去，舉止間散發出一種只有經常運動的人才有的活力與俐落感。

「班森先生告訴我，我會和妳當鄰居。」

原來是房東先生告訴她的。「我不曉得最近會有人搬來。」

「房東大概也沒料到吧。我說要租他房子時，他差一點跌下椅子。」話才說完，她已經來到凱蒂家的門廊上，伸出手說：「朋友們都叫我裘。」

「妳好。」凱蒂和她握了握手。

「沒想到今天天氣這麼好，妳說是嗎？」

「的確是個美好的早晨。」凱蒂同意，同時將身體的重心從一隻腳換到另一隻腳。「妳什麼時候搬來的？」

「昨天下午。幸運的是，我一整個晚上都在打噴嚏。看來，房東先生大概把多年來累積的灰塵都堆在我那兒了。那屋子裡的模樣，妳絕對無法想像。」

凱蒂朝自己家門點點頭。「我這裡一開始也一樣。」

「不會吧！我剛剛從我家廚房的窗戶朝妳家看了一下，妳這裡看起來光鮮亮麗，不像我那裡，簡直像個布滿灰塵和蜘蛛的地牢。」

「房東答應讓我重新粉刷牆壁。」

「我想也是，反正他自己不用動手嘛。我做苦工，他就有一個乾乾淨淨的家了。」裘苦笑了一下，然後問：「妳住在這裡多久了？」

凱蒂交疊雙臂，一張臉被早晨的太陽晒得暖呼呼的。「快兩個月了。」

「我會不會待那麼久我就不曉得了。要是我之後跟昨晚一樣，一直猛打噴嚏，也許還沒住滿兩個月就受不了了。」裘取下額頭上的太陽眼鏡，用襯衫擦拭鏡片。「妳喜歡南波特嗎？這裡跟別的地方很不一樣，妳說是嗎？」

「妳這話什麼意思？」

「聽妳講話的口音，應該不是這裡人吧。我猜妳是北方人。」

凱蒂過了半晌才點點頭。

「我就知道，」裘繼續說道：「南波特這個地方，需要一點時間才能適應。我是說，我一直很喜歡這裡，我個人偏愛小鎮。」

「妳是當地人？」

「對啊，我在這裡長大的，之後到過外地，但最後又回來了。很老套的故事對不對？不過，灰塵這麼多的地方可不是哪裡都找得到的。」

凱蒂報以微笑。半晌，兩人都沒有說話。從裘的表情看起來，能站在凱蒂面前，她好像已經很滿足了，而且她好像在等凱蒂說些什麼。凱蒂喝了口咖啡，望向遠方的樹林，接著才想起自己疏忽了應有的待客之道。

「妳想喝咖啡嗎？我剛剛煮了一壺。」

裘將太陽眼鏡放回頭上，固定在頭髮間。「我正在等妳開口呢。沒錯，我很想來上一杯。我家廚房現在擺滿了箱子，車子則送去維修了。不來點咖啡因，要如何面對一天的挑戰？」

「我了解。」

「說到咖啡，我可是個道道地地的癮君子喔，尤其在需要整理行李的日子。對了，我剛剛說過了沒，我最痛恨整理行李了。」

「沒有，妳沒說。」

「在散落一地的行李中東翻西找，搞清楚什麼東西要擺在哪裡，簡直是全世界最痛苦的一件事。不過妳放心，這種事我是不會向鄰居求助的。請我喝咖啡就另當別論了。」

「請進。」凱蒂招呼裘跟她進去。「別忘了，這裡的家具幾乎都是房東提供的。」

走進廚房，凱蒂從櫥櫃裡拿出一個杯子，倒滿咖啡後再遞給裘。「不好意思，我這裡沒有奶精也沒有糖。」

「沒關係。」裘接過杯子，把咖啡吹涼，再慢慢啜了一口。「對了，妳現在可是我在這世上最要好的朋友了。這感覺真棒。」

「哪裡的話。」凱蒂說。

「房東說，妳在伊凡小館工作？」

「對，在那裡當服務生。」

「胖子大衛還在嗎？」看到凱蒂點點頭，裘接著說：「我上高中前他就在那裡了。他現在還是跟以前一樣，喜歡幫大家取綽號嗎？」

「沒錯。」

「那美樂迪呢？她還是喜歡對客人品頭論足，說誰誰誰有多可愛嗎？」

「對啊，她老愛這麼說。」

「那瑞奇呢？他還是喜歡對新來的女服務生搭訕？」

看到凱蒂再次點頭，裘笑了。「那地方還真是數十年如一日呢。」

「妳也在那裡做過事？」

「沒有，但這是小鎮，而伊凡小館又是這裡的老字號餐館了。更何況，在這裡住久了妳就會知道，在這種地方根本沒有所謂的祕密。這裡的人，都曉得其他每個人的大小事，有些人更是把講八卦提升到了藝術的層次，比方說美樂迪。以前，我常常因為這種事氣得抓狂，不過南波特有大約一半的人都是這樣。畢竟在這種地方，除了講講八卦，實在也沒有太多的事情可以做了。」

「但妳還是回來啦。」

裘聳聳肩，說：「是沒錯啦，但我能說什麼呢？也許我喜歡這些人的瘋狂行徑。」又喝了一口咖啡，裘指指窗外說：「妳知道嗎？以前住這裡時，我甚至不曉得有這兩棟小屋的存在呢。」

「房東說，這兩棟小屋，原本是供獵人休息用的，是農地的一部分，房東整修後才開始出租。」

裘搖搖頭。「真不敢相信，妳自己一個人搬到了這裡。」

「妳不是也這麼做了嗎？」凱蒂指出。

「是沒錯，但我之所以考慮搬來這裡，是因為我知道，在這個前不著村、後不著店的地方，在這條砂石路的盡頭，除了我以外，還有另一個女人也住在這裡。說實在，這裡真的是偏僻了點。」

所以我才租下這裡啊。但凱蒂沒有把心裡的這句話說出來。「沒那麼糟啦，我已經習慣了。」

「希望我也能習慣。」裘再一次朝咖啡吹吹氣，等它變涼。「對了，是什麼風把妳吹來南波特的？妳在這裡有親人嗎？比方說爸媽，或兄弟姊妹？」

「沒有，就我一個。」

「還是跟著男朋友來的？」

「沒有。」

「妳是說，妳就一個人……搬來這裡？」

「對。」

「天啊，妳幹嘛這麼做？」

凱蒂沒有回答。諸如此類的問題，伊凡、美樂迪和瑞奇也都曾經問過。她知道，他們這麼問只是出於好奇，別無他意；但她不曉得自己該說什麼，只能簡單地陳述事實。

「我只是想找個地方重新開始。」

裘又喝了一口咖啡，似乎在思索凱蒂的回答，但是教凱蒂驚訝的是，裘沒有追問下去，只是點點頭。

「有道理。有時候，一個人需要的就是重新開始。我認為這樣做非常值得欽佩，畢竟那需要很大的勇氣，很多人缺乏這分勇氣。」

「妳真的這麼想？」

「是啊，」裘說：「所以，妳今天有什麼打算？妳應該不需要像我一樣，不停地發牢騷、整理行李、打掃房子，直到雙手變得粗糙為止吧。」

「我晚點要去上班。除此之外沒有太多事情要做。不過，我還得上雜貨店買點東西。」

「妳打算去費雪雜貨店還是去鎮上？」

「費雪雜貨店吧。」

「妳見過老闆嗎？滿頭灰髮的那個？」

凱蒂點點頭。「見過一、兩次。」

喝完咖啡，裘把杯子放進水槽裡，嘆口氣，再用意興闌珊的口吻說：「好吧，我拖得夠久了，要是再不開始，該做的事恐怕永遠做不完。祝我好運吧。」

「祝妳好運。」

裘揮揮手，說：「很高興認識妳，凱蒂。」

透過廚房的窗戶，凱蒂看到裘正在拍打先前放在一旁的地毯。裘看起來是很友善沒錯，但她不確定自己是否已經準備好要跟一個陌生的鄰居打交道。雖然有朋友作伴還不錯，但她已經習慣一個人的生活了。

但話說回來，只要住在小鎮，她就不可能永遠過著遺世獨立的生活。畢竟她得工作，得出門買東西，得到鎮上走動，況且，餐廳裡的某些客人都已經認得她了。而且她承認她喜歡跟裘聊天，因為她身上具備了某種……足以讓人信賴的特質，雖然她無法解釋為什麼。況且，裘是單身女性，對她而言更是加分條件。她無法想像，要是隔壁搬來個男生的話，她會作何反應，但她不禁開始納悶，自己為何從沒想到過可能會有這種情形發生。

洗好咖啡杯，她將杯子放回櫥櫃裡——好熟悉的動作啊，她忽然差一點被自己刻意遺忘的生活給吞噬，手甚至發起抖來，她只好交握雙手，做幾下深呼吸，發抖才漸漸停止。兩個月前甚至兩個星期前，這一點她還辦不到呢。但現在，這些偶爾發作的焦慮情緒已經不再能擊垮她了，關於這一點，她雖然慶幸，卻又忍不住感到害怕，因為那代表她開始感到安逸，而安逸又意味著，她可能會卸下心防，但她絕不能容許這樣的事情發生。

儘管如此，她還是很慶幸自己來到了南波特——一個歷史色彩濃厚的小鎮，位在恐怖角河（Cape Fear River）的出海口，居民只有幾千人。這裡有人行道，有遮蔭樹，有許多花朵在砂質土上綻放。樹枝上掛著鐵蘭，皺巴巴的樹幹上則有葛藤攀附。街上，有小孩在騎單車，有小孩在玩足壘球。而且，這裡的教堂多得令她訝異，幾乎每一條街的街角都有一間教堂。晚上還有蟋蟀和青蛙的叫聲此起彼落地響起。

凱蒂覺得自己來對了地方，而且她打從一開始就有這種感覺。在這裡，她覺得很安全，彷彿它一直在召喚她，並承諾她：這裡是她的避風港。

看看家中，五斗櫃裡空蕩蕩的，廚房裡也沒什麼可以吃的，於是她穿上她唯一的一雙鞋，破破爛爛的Converse運動鞋，走出家門，來到陽光底下，往雜貨店的方向走去。她在心裡告訴自己，我總算有個家了。她深深吸了一口氣，空氣中滿是風信子和剛割過的青草的香氣，她知道，自己已經很多年沒這麼快樂了。

3

艾歷克有件事經常被朋友取笑，就是才二十多歲頭髮就已經變得灰白。而且，這頭髮變白並不是逐漸發生的改變。彷彿去年一月他還有著滿頭黑髮，但今年一月就已經找不到半根黑髮了。他的兩個哥哥都沒有這種現象，直到近幾年鬢角才開始變得稍微斑白。關於這一點，他的爸媽都無法提出合理的解釋，只能說，不管從父親或母親那邊來看，艾歷克．惠特利這個兒子就是個怪咖。

但說也奇怪，這件事對他從不構成困擾。他甚至懷疑這有助於他在軍中的升遷。服役時，他是在刑事調查科服務，曾外派到德國和喬治亞共和國，負責調查軍方刑事案件長達十年的時間，處理過的案件包括擅離職守、闖空門、家暴、性侵，甚至是謀殺。而且一路平步青雲，直到三十二歲才以少校的身分退伍。

當軍旅生涯結束後，新婚燕爾、妻子又剛剛懷有身孕的他，決定搬回老婆的家鄉——南波特。原本想找份司法方面的工作，後來卻在岳父大人的說服下，接掌了他們的家族事業。是什麼家族事業呢？是一間雜貨店，而且是那種曾經盛極一時，但如今已經快要絕跡的老式雜貨店：白色的護牆板、藍色的窗板、傾斜的屋頂，店門前還擺了一條長板凳。一家人的起居處則在二樓。店旁邊有一株高大的木蘭樹提供遮蔭，店前則聳立著一棵橡樹。店門外的停車場，只有一半鋪設了柏油，另一半則布滿砂石——儘管如此，停車場上絕少是空曠的。艾歷克的岳父，在卡莉出生前就開了這家店，當時，店四周幾乎都是農地。

關於這家店，他岳父很引以為傲的是，他很體貼顧客的需求，會盡量在店裡準備客人需要的商品，因此這家店可以說是亂中有序。艾歷克的看法跟岳父英雄所見略同，因此店內的陳設跟過去並沒有太大的不同。店裡有五、六條走道，貨架上擺著各式雜貨和衛浴用品，往裡面走一點有幾個冷凍櫃，裡頭有汽水、礦泉水、啤酒、紅酒等各種飲料。而且跟所有的便利商店一樣，這家店的貨架上也陳列有洋芋片、糖果和其他垃圾食物，讓顧客在準備結帳時可以順便購買。但除此之外，這家店還有些與眾不同之處，例如客人可以在這裡買到釣魚用具、新鮮魚餌，或坐下來點東西吃，如漢堡、三明治、熱狗之類的——負責掌廚的羅傑，原本在華爾街工作，後來因為崇尚簡樸的生活搬到了南波特。在這裡，顧客還租得到DVD，買得到各式各樣的子彈、雨衣雨傘，和種類不多的暢銷小說及古典小說，也買得到火星塞、風扇皮帶、瓦斯罐，甚至還能夠打鑰匙——打鑰匙用的機器就擺在店內的一個小房間裡。除此之外，這家店還備有三部汽油泵浦和一部幫船艇加油的泵浦，這一帶，除了岸邊的船塢，應該就只有這裡可以幫船艇加油了。結帳櫃臺附近，則擺了一排排的醃蒔蘿、水煮花生和一籃籃新鮮蔬菜。

令人驚訝的是，艾歷克對於店內存貨的流動情形掌握得相當不錯。有些商品，每隔一段時間就會出現變動，有些則否。而艾歷克跟他岳父一樣，在這方面頗有天分，只要客人一走進店裡，他大概都知道他們需要什麼。他能夠注意到一般人容易疏忽的小細節，並熟記於心，這個特質在他從事刑案調查時就幫了很大的忙。如今，他把這項特長用在這家店的經營上，隨時掌握並更新店內的存貨，以迎合顧客需求的變化。

雖然他從沒想到自己會從事這份工作，但他認為這其實是個很好的決定，因為這讓他可以好好地照顧孩子。白天，當喬許到學校上課，還未就學的克莉絲汀（她入秋後才開始上學）則和他一起待在店裡。他在收銀機後方布置了一個遊戲區，讓聰明又愛說話的女兒可以自己一人開心玩耍。克莉絲汀雖然才五歲，但已經懂得操作收銀機和為客人找零了（雖然得站到凳子上才搆得著收銀機），讓許多初次上門的客人驚嘆不已，而這也成了艾歷克生活中的一大樂趣。

儘管如此，他認為這對克莉絲汀而言仍算不上理想的童年。每當他誠實面對自己，他不得不坦承，照顧孩子和看店，已經耗光了他全部的精力，有時候甚至讓他快要無法招架。白天，他要幫喬許準備午餐，送他到學校上課，跟供應商訂貨、開會，招呼客人，還得分神照顧克莉絲汀；至於晚上，有時候更忙。但無論如何，他總是盡量抽空陪陪小孩，譬如陪喬許一起騎腳踏車、放風箏、釣魚，陪克莉絲汀玩洋娃娃、畫畫、做勞作，雖然這些事他並不擅長，更別說還要煮飯做菜、打掃家裡了。好不容易哄兩個孩子上床睡覺了，他往往還有別的事情要忙，因此很難好好地放鬆。有時候他甚至覺得，他已經忘記要如何放鬆了。

孩子上床後的時間，他多半獨自度過。鎮上的人他雖然大多認識，但知心好友卻寥寥可數。卡莉還在世時，他們倆偶爾會去拜訪幾對夫妻朋友，一起吃吃飯或烤肉什麼的，但自從卡莉過世後，他和這些朋友的關係就逐漸疏遠。當然，這有一部分是他自己造成的，畢竟看店和照顧孩子就占去了許多時間，但他有時候又不禁覺得，這是因為那些朋友害怕看到他，因為一看到他，他們就會想起生命有多麼脆弱、多麼難以預料，甚至一夕之間就人事全非。

即便這樣的生活辛苦而且孤獨，他還是盡量把重心放在孩子身上。卡莉過世後，兩個孩子經常做噩夢，有時候會三更半夜醒來，止不住地嚎啕大哭，艾歷克只好將他們攬在懷裡，柔聲安慰，直到他們再度進入夢鄉。早些時候，他還找了心理諮商師幫忙，讓孩子畫畫，訴說心中的感受，但實際效果似乎沒有想像中來得好。兩個孩子做噩夢的情形，持續了將近整整一年。偶爾，當他陪克莉絲汀一起畫畫，陪喬許一起釣魚時，會看到孩子突然沉默下來，就知道他們又在思念母親了。

有時候，克莉絲汀甚至會淚流滿面，用嬰兒般的顫抖聲音訴說對母親的思念。當這樣的情形發生時，他幾乎可以聽到自己心碎的聲音，因為他知道，自己做什麼或說什麼都無法讓孩子好過一點。雖然諮商師安慰他說，小孩子其實很堅強，只要能感受到大人的愛，做噩夢或痛哭流涕的情形一定會停止或改善。時間證明了這番話是對的，但現在，他反而面臨另一種失落，而且這種失落同樣令他感到心碎。他知道，孩子的狀況正在好轉，因為他們對母親的記憶終究會慢慢變淡。

卡莉過世時，兩個孩子不過才三、四歲而已，所以總有一天，他們對母親的記憶將只剩下模糊的印象。儘管這終究無法避免，但只要一想到兩個孩子會遺忘母親的笑聲，遺忘母親抱著他們時的溫柔和深情，他就覺得好難過。

在家裡，艾歷克和孩子的合照有好幾十張，有卡莉入鏡的照片卻只有區區數張，因為艾歷克從未特別愛好攝影，所以負責拍照的往往是卡莉。每當和孩子談起卡莉，他一定會拿出相簿，帶孩子一同瀏覽母親的照片，但他現在不禁開始懷疑，這些往事，最後會不會變得就只是往事而已？相關的記憶與情感，恐怕宛如沙堡，被潮水慢慢沖刷入海。寢室裡卡莉的畫像，如今也面臨著同樣的命運。這幅畫，是艾歷克在婚後第一年找人幫忙畫的，卡莉當時一直嚷著說不要，還好他堅持了，他很慶幸自己當初這麼做了。這幅畫很傳神地描繪出那個當初擄獲他的心的卡莉：美麗、獨立、堅強。入夜後，當兩個孩子已經上床，他有時候會仔細端詳牆上的這幅畫，情緒在內心澎湃不已。但兩個孩子幾乎從未注意過這張畫。

是的，他經常想起卡莉，他懷念兩人彼此相伴的日子和堅固的友誼——這分友誼，是他們婚姻的重要基石。他明白自己很渴望再一次擁有這些東西。儘管害怕承認，但他清楚得很，他其實非常寂寞。失去卡莉之後，有好幾個月的時間，他無法想像自己再進入一段關係，更別說愛上別人了。喪偶差不多一年時，他仍會設法在腦海裡趕走這些念頭。畢竟，對當時的他來說，失去卡莉的痛苦還太鮮明，記憶還太逼真。但就在幾個月前，他帶兩個孩子去參觀海底世界，在鯊魚區前駐足觀賞，他竟然和當時站在一旁的一位貌美女子攀談了起來。這女子跟他一樣，帶孩子一同前來，但手上並沒有戴戒指。她的孩子年紀和喬許及克莉絲汀差不多。

當四個小孩興高采烈地指著水族館裡的魚群們觀賞時，他看到對方被自己說的話給逗笑了，剎那間有一種來電的感覺，並想起自己擁有過的。最後，在兩人結束對話、準備分道揚鑣時，他在離去前又看了她一次，對方還跟他揮了揮手。當下他很想跑過去跟她要電話，最後卻還是沒有這麼做。不一會兒，對方開車走了，他從此再也沒看過她。

晚上，他本以為自己會因為這件事而感到自責與內疚，但奇怪的是，這樣的情緒並未出現，他甚至不覺得自己這樣想有什麼不對。儘管這不代表肯定、不代表雀躍，就只是沒什麼大不了而已，但他也因此意識到自己開始走出傷痛了。當然，這不代表他會興沖沖地馬上恢復單身生活，畢竟該發生的就會發生。但要是沒發生呢？沒關係，船到橋頭自然直，他願意等，等對的人出現。這個人不但要能帶給他幸福，還要像他一樣愛他的孩子。但他知道，在這樣的小鎮，要找到這個天命真女，機會實在微乎其微。南波特太小了。鎮上他認識的女子不是已經結婚或退休，要不就是還在念書，單身女子沒幾個；更何況他還帶著兩個拖油瓶，誰會願意跟他交往？但是無所謂，雖然他偶爾會感到寂寞，希望身邊有人陪，可他絕不會為了交女朋友而犧牲孩子。他們吃的苦已經夠多了，他永遠會把他們擺在第一順位。

儘管如此，說到交女朋友，他心中確實有一個人選，一個他感興趣的女人，雖然他對此人幾乎一無所知，只知道她單身。從三月初起，她每個星期都會來店裡一、兩次。頭一回看到她時，她一臉蒼白，瘦得簡直只剩皮包骨。這樣的人他通常不會多看一眼的。畢竟，外地人到店裡來買汽水、零食，加油什麼的，並不是什麼罕見的事，只是他們多半不會出現第二次。但這個女人不同。每一次上門，她總是低頭鑽進貨架旁的走道上，好像不想被人看見，好像她是個徒有人類外型的鬼魂。只可惜這一招不管用，因為她太美了，想不被注意都很難。艾歷克猜她大概二十七、八歲，褐色的頭髮長度及肩，但長短參差不齊，沒上妝，顴骨高高的，一雙眼睛又大又圓，優雅中帶著點脆弱。

等她到櫃臺結帳時，艾歷克才發現，這女子近看比遠看還要漂亮。她的眼眸，綠色中帶了點茶色，還閃著金光。臉上偶爾會露出淡淡的、心不在焉的笑，但都來得快去得也快。每一次，她拿到櫃臺結帳的東西一定都是日用品，譬如咖啡、白米、麥片、麵條、花生醬、衛浴用品之類的。艾歷克感覺得出來，要是找她說話她大概會不太自在，因此結帳時都不發一語。沒想到，這一天她竟然主動開口了。

「你們這裡有賣乾豆嗎？」

「很抱歉，」艾歷克說：「我們店裡通常沒賣乾豆。」

他幫她把東西裝進袋子裡，但同時也注意到她望著窗外，心不在焉地咬著下脣。不曉得為什麼，他覺得她好像快哭了。

他清清喉嚨。「如果妳經常用得到的話，我可以幫妳進貨，只是妳得告訴我要哪一種。」

「不用麻煩了。」她的聲音微弱得像蚊子叫一樣。

她拿出小面額的紙鈔付錢，接過袋子後便轉身離去，再徒步走出停車場。艾歷克這才恍然大悟，她沒開車。他對這個人更好奇了。

隔週，他進了一些乾豆，種類共計三種：斑豆、菜豆、皇帝豆，雖然每一種都只有一袋。等到這女人再上門時，他特別提醒她說，角落最底層、白米附近的貨架上，可以找到乾豆。結果她把三袋都抱到了櫃臺，還問他店裡有沒有洋蔥。艾歷克指指門口附近的一個大籃子說，籃子裡那個小袋子就是了。但這名女子搖搖頭，輕聲地說：「一個就夠了。」臉上還露出遲疑且略帶歉意的微笑。結帳時，她抖著手數鈔票給他，然後跟往常一樣徒步走了。

從那時候起，艾歷克的店裡就隨時備有乾豆，也開始賣起單顆洋蔥；而這名女子在光顧了兩次以後，也成了這家店的常客。儘管話仍然不多，但她已經不像一開始那麼纖細脆弱和緊張不安了。她眼皮底下的黑眼圈逐漸退去，臉色顯得比較紅潤，身材也變得豐腴了些——雖然體重增加不多，但起碼看起來沒有那麼消瘦了。她的聲音如今比較有中氣了，目光與艾歷克對望的時間也拉長了——雖然這不見得代表她對他有興趣。他們倆的對話，大致還停留在「妳要的東西都買齊了嗎？」「對，都買齊了，謝謝你！」的階段，但至少，她不再像頭害怕被獵殺的小鹿，總是買好東西就匆匆逃走，而會在店裡多逗留一會兒，甚至趁沒有旁人注意時和克莉絲汀閒聊個幾句。這是艾歷克頭一次看到她卸下心防。而且，從她放鬆自在的舉止和表情看來，她喜歡孩子。當下，艾歷克腦中的頭一個念頭是，他似乎瞥見了這個女人曾經有過的真實樣貌，未來只要狀況許可，她或許願意將自己的本性展現出來。不只艾歷克，連克莉絲汀也注意到了；她離開後，克莉絲汀興沖沖地告訴艾歷克說，她剛剛交了一個新朋友，叫做凱蒂小姐。

但這不代表凱蒂已經可以輕鬆面對艾歷克了。比方說上星期，她和克莉絲汀閒聊了幾句，然後開始瀏覽店內的小說，但只看了封底，沒有購買。結帳時，艾歷克順口問她最喜歡哪個作家，結果她又露出了緊張的神情，讓艾歷克後悔不已，他不該讓他知道他在注意她的。他趕緊接著說：「不想說沒關係，那不重要。」但就在凱蒂手裡勾著購物袋要離開時，她停下腳步，朝艾歷克的方向微微轉身，囁嚅著說：「我喜歡狄更斯。」說完便開門走了。

從那時候起，艾歷克越來越常想到凱蒂，不過都是些帶著神祕色彩的模糊念頭。他只知道，他很想進一步認識她，但不代表他曉得該怎麼做。畢竟，除了當初追求卡莉，他其實不擅長與女人交往。念大學時，他多半不是在上課，就是在游泳。在軍中服役時，他則把全副精神都放在工作上，每天長時間工作，並隨著每一次升遷，調任到不同單位。雖然交過幾個女朋友，但都相當短暫，而且大多都僅止於性關係。有時候回想起前妻，他會覺得好像不認得從前的自己，但他知道，他會有這些改變都是因為卡莉。沒錯，他有時候會感到寂寞、感到難受，但他真的好想念卡莉，而且他可以發誓，他有時甚至會覺得卡莉就在身旁，眷顧著他，確保他平安無事，雖然這件事他從來沒有告訴過任何人。

星期天，風和日麗，店裡的生意因此比平常來得好。早上七點，艾歷克才打開店門，碼頭邊就停了三艘船在等著加油。船東們到櫃臺付錢時，通常也會順便採買零食、飲料和冰塊放到船上備用。在小吃部負責掌廚的羅傑，一穿上圍裙就忙得不可開交，沒有半刻得閒，餐桌邊也很快坐滿用餐的客人。他們一邊吃著臘腸比司吉和起司漢堡，一邊交換著股市情報。

至於艾歷克，通常要在收銀機旁忙到中午，再交接給喬伊絲。喬伊絲跟羅傑一樣，都是不可多得的好員工，讓這家店經營起來輕鬆許多。原本在法院上班的她，十年前退休後，經艾歷克的老丈人僱用，在店裡一直工作至今；儘管已經七十多歲，工作起來仍毫不懈怠。由於丈夫數年前已經過世，幾個子女又搬到外地，因此她把店裡的每個客人都當成家人一樣。可以說，她和貨架上的商品一樣，是這家店不可或缺的成員。

更令人感動的是，喬伊絲很清楚艾歷克偶爾需要陪陪孩子，帶孩子出去走走，而且她不介意週日上班。每一次進到店裡，她就馬上走到收銀機後頭，要艾歷克趕快下班走人，好像她才是老闆而艾歷克不是。此外，她還身兼保母；當艾歷克有事必須到外地去，譬如到羅利去會見昔日的軍中同袍——儘管這種情形並不常見，過去這幾年只發生過兩次——他一定請喬伊絲幫忙帶孩子，因為她是他唯一信得過的人。也因此，艾歷克把喬伊絲視為是生命中的貴人，他需要她時她一定都在。

在等候喬伊絲進門上班的同時，為了了解一下店裡的生意，他先到貨架邊走走看看。他知道，用電腦追蹤存貨固然方便，但光憑商品條碼並不能得知經營的全貌。有時候親眼瀏覽貨架，看看昨天賣出了什麼商品，更有利於掌握營業的實況。一家店要經營成功，商品就必須時常翻新，而這也意味著他必須提供一些其他店家沒有販賣的東西，譬如手工製的果醬、果凍，可以為牛豬肉增添特殊風味的獨家調味粉，當地自產自銷的蔬菜水果等等。因此，即使是習慣到知名連鎖超市採買雜貨的人，也會在回家時順道到艾歷克店裡看看有沒有什麼「只此一家，別無分號」的特殊商品。

此外，他知道商品在何時賣出去，很多時候比銷售量來得更重要，但這個資訊往往很難從銷售數字裡得知。譬如他觀察到，用來夾熱狗的麵包在週末賣得特別好，平時則生意清淡；一般的土司麵包則恰恰相反。因此他知道什麼時候要多準備哪些商品，也令整體業績有了成長。儘管成長的幅度不多，但至少讓他這家小店得以經營下去，不像許多傳統的小店都被連鎖超市逼得關門大吉。

他一邊瀏覽貨架，一邊想著下午要為孩子安排些什麼活動，最後他決定：騎腳踏車好了。卡莉生前最喜歡把孩子放在推車裡，再固定在腳踏車上載他們在鎮上兜風。但是騎腳踏車沒辦法玩一整個下午。不然騎到公園去好了，他們在公園裡應該會玩得很開心。

快速覷了一眼門口，確定沒顧客上門，艾歷克趕緊走進後面的儲藏室，頭探出門外，看到喬許正在碼頭邊從事他最喜愛的活動：釣魚。儘管他不喜歡兒子自己一人到碼頭邊，也知道有人可能會因此認定他是個不負責任的父親，但還好喬許不會亂跑，總是待在監視攝影機的視野範圍內——攝影機拍攝到的影像，從收銀機後方的監視螢幕上就可以看到。關於這一點，艾歷克曾經跟喬許約法三章，而喬許也一直很遵守規定。至於克莉絲汀，此刻跟平常一樣坐在收銀機後方牆角邊的一張小桌子旁，玩著洋娃娃，幫它們換上不同款式的衣服。每換好一套，她就抬起喜孜孜的純真臉蛋看著父親，問他洋娃娃漂不漂亮。他怎麼可能說不漂亮呢？

小女孩。再冷酷的心都會被她們給融化。

後來，他走到貨架旁整理調味品，聽到店門口的鈴聲響起。一抬頭，就看見凱蒂走進來。

「嗨，凱蒂小姐，妳覺得我的洋娃娃漂不漂亮？」克莉絲汀高聲問道，一顆頭從櫃臺後面冒出來。

克莉絲汀個子不高，站起來只比櫃臺高出一點點，艾歷克從他此刻站的地方幾乎看不到她。她手上抱的那個棕髮洋娃娃，名字叫凡妮莎還是蕾貝嘉呢？但不管叫什麼，克莉絲汀的高度應該都足以引起凱蒂的注意吧。

「好漂亮喔，」凱蒂回答：「她身上的衣服是新的嗎？」

「不是，這套衣服已經買很久了，只是最近都沒有穿。」

「她叫什麼名字？」

「叫凡妮莎。」

原來是凡妮莎，艾歷克心想，晚一點讚美女兒的洋娃娃時，他應該要這樣叫它，這樣他聽起來會比較像個稱職的父親。

「名字是妳幫她取的嗎？」

「不是，她買來的時候就叫這個名字了。妳可以幫我把靴子套在她腳上嗎？我試了好久都套不上去。」

凱蒂接過洋娃娃，幾個俐落的動作，就把軟質的塑膠靴套在洋娃娃腳上了。在她手中，整件事看起來好像很簡單，但艾歷克有過親身經驗，知道這件事看起來容易，做起來卻不是那麼回事。連他都覺得困難了，更何況是小女孩？凱蒂將洋娃娃遞回給克莉絲汀。「妳覺得怎麼樣？」

「好棒喔，」克莉絲汀說：「妳覺得我應該幫她穿外套嗎？」

「不用吧，今天天氣不冷。」

「我知道，但凡妮莎有時候會感冒，我覺得她還是穿上外套比較好。」克莉絲汀的頭消失在櫃臺後，不一會兒又再度冒出來。「妳覺得哪一件比較好？藍色還紫色的？」

凱蒂一隻手指放在嘴邊，表情嚴肅地思考著。「紫色的還不錯。」

克莉絲汀點點頭。「我也是這麼想。謝謝妳。」

凱蒂笑了笑才轉身走開。艾歷克趕緊收回注意力，將一罐罐芥末醬和調味料移到貨架前方，免得被凱蒂發現他一直在偷看。透過眼角的餘光，他看到凱蒂拎起購物籃，走進另一條走道。

等艾歷克回到櫃臺邊，看到凱蒂在看他，他才友善地揮揮手說：「早安。」

「嗨，」凱蒂伸手將一縷髮絲撩到耳後，但頭髮太短，一會兒又飄回來。「我來買幾樣東西。」

「找不到的話告訴我，這裡的東西有時候會移位。」

凱蒂點點頭，再繼續往後走。艾歷克走回櫃臺後時，往監視器瞥了一眼：喬許正在老地方釣魚，附近還有一艘船在慢慢靠岸。

「爹地，你覺得這洋娃娃好不好看？」克莉絲汀扯扯艾歷克的褲管，舉起洋娃娃問道。

「好漂亮！」他在女兒身旁蹲下來。「我喜歡這件外套。凡妮莎有時候會感冒對嗎？」

「沒錯。但是她告訴我，她今天想去盪鞦韆，所以可能需要換件衣服。」

「這主意聽起來不錯。晚一點，或許我們可以一起到公園去，如果妳也想盪鞦韆的話。」

「我不想，想盪鞦韆的是凡妮莎。而且，爹地，這一切都是假裝的。」

「好吧好吧。」艾歷克站直身子，心想，那就不要去公園好了。

克莉絲汀正沉醉在自己的世界裡，再一次動手幫洋娃娃寬衣解帶。艾歷克瞥了一眼監視器，看看兒子在幹嘛。此時，一名身上只穿了一件衝浪褲的青少年走進店裡，遞上一疊鈔票說：「船在碼頭邊要加油。」說完又衝了出去。

艾歷克一邊結帳，一邊幫這名青少年加油。這個時候凱蒂走過來，把要買的東西放上櫃臺。她這次買的東西跟往常一樣，但多了一條防晒乳。當凱蒂將目光投向櫃臺後的克莉絲汀時，艾歷克注意到她的眼眸有著多變的顏色。

「妳要的東西都買齊了嗎？」

「齊了，謝謝。」

艾歷克一邊將凱蒂要買的東西放進袋子裡，一邊用友善的聲音說：「狄更斯的小說，我最喜歡《孤雛淚》。妳呢？妳最喜歡他的哪一部作品？」

凱蒂沒有馬上回答，因為她好像吃了一驚，沒料到艾歷克會記得她所說過的話。

「《雙城記》。」她輕聲說。

「我也喜歡《雙城記》，可是太悲傷了。」

「沒錯，所以我喜歡啊。」

因為知道凱蒂會徒步走回家，於是艾歷克將她所購買的物品分成兩袋裝起來。

「對了，既然妳都認識我女兒了，我好像應該自我介紹一下。我叫艾歷克，艾歷克·惠特利。」

「她叫凱蒂小姐。我告訴過你了，記得嗎？」艾歷克身後響起女兒的聲音。他轉頭看看女兒，再轉過頭，看到凱蒂面帶微笑地遞上鈔票。

「叫我凱蒂就可以了。」

「很高興認識妳，凱蒂。」艾歷克敲了幾下鍵盤，收銀機抽屜「叮」一聲打開。「妳住這附近對吧？」

但凱蒂還沒回答，艾歷克一抬頭就看到她眼中露出驚懼的神色。轉身一看，這才明白凱蒂為何神色慌張。從監視器的畫面裡，他看到喬許不小心落入水中，正驚慌失措地亂揮手腳。艾歷克喉頭一緊，從櫃臺後衝出，跑進店後方的儲藏室，推開後門，途中還撞飛了一盒紙巾，卻沒有因此而放慢腳步。

在大量腎上腺素的作用下，他撞開後門，跳過幾道灌木叢，循捷徑跑到碼頭邊，再縱身一躍。喬許正在水裡狂亂揮動著四肢，嘴巴也灌進不少水。

艾歷克感覺心臟在胸口狂跳，他用力往前划，不一會兒就距離喬許只剩幾英尺了。水不深，大概六英尺左右，他雙腳碰到水底鬆軟的泥巴，身子往下一陷，轉眼間小腿以下就陷入泥巴中。他奮力游到水面，伸手抓住喬許，雙臂一緊。

「我抓住你了！我抓住你了！」他大叫。

但喬許一邊掙扎一邊咳嗽，一口氣差點喘不過來，艾歷克努力將他拉到較淺的水面，再用力一抬，將他抬到長有雜草的岸邊，心中快速思索著：該進行心肺復甦術、洗胃，還是人工呼吸？他試著將喬許放在地上，但喬許抗拒著，不斷在掙扎與咳嗽，儘管喬許仍驚魂未定，但他看得出來，喬許應該沒事，因此心情也平靜了許多。

過了不曉得多久——也許只有幾秒，但感覺卻像是更久，喬許猛咳一聲，從口中吐出一口水，終於能夠呼吸。他深深吸了口氣，然後咳嗽，接著又是一陣呼吸和咳嗽，只不過這次，他的聲音聽起來比較像在清喉嚨。之後他深深吸了幾口氣，儘管餘悸猶存，但似乎終於理解到剛剛發生了什麼事。

他伸手找爸爸，艾歷克也將他緊緊擁在懷裡，喬許肩膀抖動，哭了起來。而艾歷克則是想到孩子要是發生不測、要是他沒注意到凱蒂盯著監視器螢幕看，要是再拖個一分鐘，不曉得會發生什麼更嚴重的事，他的胃部忍不住開始翻攪，身體也發起抖來，而且抖得跟喬許一樣厲害。

過了好一會兒，喬許的哭聲開始減緩，也說出了他從水裡被父親救出來後第一句話。

「對不起，爹地。」

「該說對不起的是我。」艾歷克輕聲地回應說，手裡仍緊緊抱著孩子，好像深怕一鬆手，時光就會倒流，而且結果會大不相同似的。

終於，當艾歷克鬆開手，才發現店後頭有一群人正在注視著自己，裡頭有羅傑、有原本在用餐的客人，還有一對大概才剛到不久的客人，正在伸長脖子觀望。至於凱蒂，她當然也在裡頭。艾歷克忽然間再一次覺得，自己是個很糟糕的父親，因為他看到自己的小女兒嚇哭了，克莉絲汀此刻有多麼地需要他，但自己卻無法及時給予她安慰，還好，有凱蒂抱著她。

待父子倆都換過衣服，艾歷克才有辦法回想剛剛的事發經過。羅傑幫兩個孩子做了漢堡和炸薯條，大夥兒在小吃部的桌子旁坐著，但似乎沒什麼人有胃口。

「船開出去時，纏住了我的釣魚線，但我不想丟掉釣竿。原本以為釣魚線會馬上斷掉，結果沒有，還把我拖下水，害我喝了好多水，然後無法呼吸，還覺得有東西把我往下拉。」遲疑了半晌，喬許又說：「我的釣魚竿，應該掉進河裡了吧。」

克莉絲汀坐在哥哥身旁，一雙眼睛又紅又腫。從事發到現在，凱蒂一直在她身邊陪她，這時候仍握著她的手。

「沒關係，」艾歷克說：「晚一點我會到河邊看看，要是找不到釣竿，我再幫你買新的。但下一次再發生這種事，記得要放手，好嗎？」

喬許吸吸鼻子，然後點點頭。「對不起。」

「沒關係，這是意外。」艾歷克安慰兒子。

「你之後一定不會再讓我釣魚了。」

當然，難不成再冒一次失去你的危險？但他沒把這話說出口，只說：「這件事晚點再說，好嗎？」

「我保證，我下次一定會放手。」

「我說了，這件事晚點再說。先吃點東西好嗎？」

「我不餓。」

「我曉得，但吃飯時間到了，你一定要吃點東西才行。」

喬許伸手拿了根薯條，咬了一小口，機械化地咀嚼著。克莉絲汀也依樣畫葫蘆。她在餐桌上老愛模仿哥哥，經常搞得喬許快要抓狂。但現在，喬許似乎連抗議的力氣都沒有。

艾歷克轉向凱蒂，嚥下口水，突然緊張了起來。「可以跟妳說幾句話嗎？」

凱蒂從桌邊站起，跟著艾歷克走到一旁，直到距離夠遠，兩個孩子聽不見他們講話了，艾歷克才清清喉嚨說：「剛才，多謝妳幫忙。」

「謝我幹嘛？我又沒做什麼？」

「怎麼會沒有？要不是因為妳，我可能不會回頭去看監視器，以至於來不及救我兒子。」頓了一會兒，艾歷克又說：「還有，謝謝妳照顧克莉絲汀。她是世界上最可愛的孩子，但是也很纖細敏感。還好妳沒有拋下她不管，連我和喬許上樓去換衣服時也陪著她。」

「任誰碰到這種狀況都會這麼做的。」在接下來的沉默裡，她忽然意識到兩個人距離好像太近了，於是往後退了半步。「我該走了。」

「等等。」艾歷克走向冷凍櫃。「妳喜歡葡萄酒嗎？」

凱蒂搖搖頭。「喜歡，不過……」

沒等凱蒂說完，艾歷克已經轉身從冷凍櫃中取出一瓶夏多內白酒。

「別客氣，請收下。這個酒不錯喔。雖然妳可能覺得我們這種小店買不到什麼好酒。我是當兵時在同袍的帶領下學會品酒的，他算是個業餘的專家，我店裡的酒都是他幫忙挑選的。試試看，妳會喜歡的。」

「真的不用了。」

「收下吧，起碼讓我用這個方式聊表謝意。」

相識以來，凱蒂頭一次直視著艾歷克的眼睛。「好吧。」她最後總算收下。

收拾好採買的東西後，她離開了雜貨店，艾歷克也回到餐桌旁，哄兩個孩子吃完午餐，接著再到碼頭邊尋找喬許失落的釣竿。回到店裡時，喬伊絲已經繫上圍裙，艾歷克便帶著兩個孩子去騎單車，之後再開車載他們去威明頓，看電影、吃披薩——這是陪孩子消磨時間最老套，卻也最好用的備用方案。回到家時，太陽已經下山，大人小孩也都累了。兩個孩子洗完澡後，艾歷克幫他們穿上睡衣，然後在兩個孩子的床上躺了一個小時，讀故事書給他們聽，直到孩子睡著後才熄燈離開。

來到客廳，他雖然沒心情看電視，卻還是打開了電視機，從這個頻道轉到那個頻道。儘管喬許此刻正安全地在樓上睡覺，他還是不禁想起今天稍早的意外，並再一次體會到當時的恐慌與挫敗感。身為父親，他已經盡力了，而且天底下大概再也找不到比他更愛孩子的父親了，但不曉得為什麼，他還是覺得自己做得不夠。

兩個孩子已經入睡許久，他走進廚房，從冰箱裡拿出一罐啤酒，捧在懷裡坐在沙發上，再一次回想起白天的情景。只不過，他這次想到的是另一個畫面：他女兒緊緊抓住凱蒂，小小的臉龐埋在凱蒂的頸項間。

接著他又想起自己上一次看到類似的畫面，是老婆卡莉還在世時。

4

隨著四月過去，五月來臨，日子一天天過去，餐廳裡的生意越來越好，凱蒂存進咖啡罐裡的鈔票也越來越多，她知道，若非得離開這裡不可，她將不用再擔心沒有費用。

而且，她的收入扣除掉伙食費、房租和水電費之後，居然還有剩餘，雖然金額不多，但已經讓她很開心了。星期五早上，她特地來到專賣二手衣的安娜珍小鋪逛了很久，最後買了兩雙鞋、兩條長褲和短褲、三件款式獨特的T恤和幾件上衣。這些衣服或褲子多半是有品牌的，而且看起來幾乎全新，要是放在百貨公司裡賣，應該可以賣個不錯的價錢，她想不透為什麼會有人這麼輕易地就把它們給捐出去。

回到家時，凱蒂看到裘正在掛風鈴。從上回初次見面後，兩人幾乎沒有再聊過天。她不知道裘是做什麼的，但工作好像很忙，而她自己也是能做多少班就接多少班。晚上，她偶爾會注意到裘家裡亮著燈，但因為時間太晚，她就沒有過去叨擾了，更何況上個星期裘整個週末都不在家。

「好久沒跟妳聊聊了。」裘朝她揮揮手，又順手在風鈴上「叮」地敲了一聲，然後才穿過院子走向凱蒂家。

凱蒂放下手中的袋子，然後問：「妳這陣子上哪兒去了？」

裘聳聳肩。「就早出晚歸，四處奔波囉。我常常覺得自己快分身乏術了。」她指指門廊上的搖椅。「介意我坐下嗎？我得好好休息一下。打掃了一整個早上，剛剛還掛起那個東西。我喜歡風鈴的聲音。」

「請坐。」凱蒂說。

坐下來後，裘轉動了幾下肩膀，活動僵硬的關節。「妳好像變黑了，最近去了海邊嗎？」

「沒有。」凱蒂拎起一個袋子放到旁邊，好騰出空間放腳。「最近幾個星期，我偶爾上上白天班，在戶外露臺上工作。」

「原來如此。人家說，陽光、水……還有什麼？在伊凡小館上班，應該像度假吧？」

凱蒂笑了。「沒這回事。妳呢？」

「我啊，沒晒到太陽，也沒碰上什麼新鮮事。」她朝購物袋呶呶嘴。「我今天早上來過，原本想跟妳討杯咖啡喝，沒想到妳已經出門去了。」

「我去買東西。」

「看得出來。有找到喜歡的嗎？」

「有。」凱蒂承認。

「那別光坐著啊，讓我看看妳買了什麼。」

「妳真的想看？」

裘笑笑說：「住在這種雞不拉屎、鳥不生蛋的荒郊野外，又洗了一整個早上的櫥櫃，還有什麼比這更值得期待？」

凱蒂從袋子裡挑出一件褲子。裘將褲子高高舉起，前前後後端詳了一番。「這件褲子，應該是在安娜珍小鋪買的吧？我愛死那裡了。」

「沒錯，妳怎麼知道？」

「這附近，大概只有那家店買得到這種好東西吧。不曉得是哪個富婆，褲子還這麼新就不要了。但話說回來，那裡有很多東西基本上都還算新品。」裘放低手中的牛仔褲，再摸摸褲袋的縫線。「好棒。這款式我好喜歡！」接著她朝凱蒂的袋子又覷了幾眼。「妳還買了什麼？」

凱蒂將袋子裡的衣服一一拿出來給裘看，而裘都大肆誇獎了一番。直到袋子裡空空如也，她才嘆口氣說：「說真的，我好羨慕，店裡的好東西應該都被妳挑走了吧。」

凱蒂聳聳肩，害臊了起來。「抱歉，我在那裡逛了好一陣子。」

「不要緊，我很替妳高興。那裡確實挖得到一些寶。」

凱蒂朝著裘家點點頭。「妳家整理得如何？開始粉刷了嗎？」

「還沒。」

「工作太忙？」

裘苦著臉說：「老實說，自從整理好行李，把裡裡外外打掃了一遍，我差不多就累壞了。還好有妳這個朋友，讓我偶爾可以到妳明亮開朗的家裡坐坐。」

「我這邊隨時歡迎妳。」

「謝啦，我很感激。可惡的房東說，明天早上會派人送幾桶油漆過來，但我不想一整個週末都泡在油漆裡，所以過來找妳。」

「沒那麼糟啦，粉刷牆壁很快的。」

裘抬起雙手說：「妳沒看到這雙手嗎？它們生來應該是要用來撫摸帥哥，塗上美美的指甲油，戴鑽戒的，而不是用來幹粗活，刷油漆、噴油漆什麼的。」

凱蒂呵呵一笑。「要我過去幫忙嗎？」

「不用。我是拖延專家沒錯，但我可不希望妳認為我無能，畢竟我在工作上的表現還不錯呢。」

一群北椋鳥從樹叢後飛出，節奏彷彿音樂般韻律有致。門廊上的地板也因為搖椅的晃動吱嘎作響。

「妳是做什麼的？」凱蒂問。

「心理輔導。」

「在高中當輔導老師？」

裘搖搖頭。「不，我做的是哀傷輔導。」

「喔，」凱蒂沉吟了半晌才問：「那是什麼？」

裘聳聳肩。「簡單講就是助人的工作。人生在世，難免會碰到身邊的親朋好友過世，」停頓了一會兒，裘改以更溫柔的聲音說：「但每個人的反應方式不盡相同；而我的工作呢，就是想辦法協助他們接受事實——老實說我痛恨『接受』這兩個字，因為我從沒遇到過什麼人會想要接受事實的；但我的工作基本上就是如此。因為到頭來，不管多困難，人都得接受親友過世的事實，生活才有辦法繼續下去，只不過有時候……」

裘沒有把話說完。靜默中，她摳下搖椅上一片快要剝落的漆。「案主在接受輔導時，有時候會浮現其他議題。像我最近就在做這種事。除了面對哀傷，人有時候也需要其他協助。」

「這工作聽起來很有意義。」

「沒錯，但挑戰也不少。」她轉頭問凱蒂：「那妳呢？」

「我在伊凡小館上班啊，妳不是已經知道了？」

「是沒錯，但妳還沒告訴我別的事，關於妳自己。」

「沒什麼好說的。」凱蒂顯然想迴避問題。

「怎麼會沒有？每個人都有過去。」沉吟了半晌，裘又說：「譬如妳為什麼來南波特？」

「我不是說了嗎？我想重新開始。」

在思索凱蒂這句話時，裘的眼神彷彿可以看穿凱蒂，最後她改以輕鬆的口吻說：「妳說得沒錯，那不關我的事。」

「我不是這個意思……」

「妳就是這個意思，只是妳表達得比較婉轉而已。的確，那不關我的事，這一點我尊重妳。不過，也許是職業病吧，一聽到妳說要重新開始，我就不禁好奇妳為什麼想這麼做？更重要的是，妳過去發生了什麼事所以想重新開始？」

凱蒂感覺肩膀僵硬了起來。但她的不自在，裘感受到了。

「這樣好了，」裘輕聲地說：「剛剛的問題，當我沒問。我只是想讓妳知道，想談的話可以找我。我是個很好的聽眾，在朋友面前更是如此。而且，信不信由妳，把話說出來有時候真的有幫助。」

「要是我有難言之隱呢？」凱蒂不由自主地囁嚅道。

「那這樣好不好？忘記我是個諮商師，把我當朋友就好。朋友之間，有什麼不能談的？比如在哪裡出生？小時候最開心的是什麼事？」

「這有什麼重要的？」

「是不重要，但這正是重點所在啊。不過，不想講的話就別說。」

凱蒂思索了一會兒，再瞇起眼看裘。「看來妳很擅長心理輔導喔？」

「盡力囉。」裘坦承。

凱蒂將十指交扣，再放在大腿上。「好吧，我是在阿爾圖納出生的。」

裘坐在搖椅上晃啊晃的。「那是什麼樣的地方？我沒去過。」

「那是個古老的小鎮，鎮上有火車通過，還有一群心地善良、為了改善生活而辛勤工作的居民。而且那裡很美，尤其在秋天，當樹葉開始變色時，風景更是美不勝收。以前我總覺得，世界上大概找不到比阿爾圖納更美的地方了。」凱蒂低下眼睛，彷彿迷失在記憶裡。「我當時有個朋友叫愛蜜麗，我們有時候會一起玩個遊戲，就是把硬幣放在鐵軌上，等火車經過後再跑上去找，要是硬幣上的花紋被壓得消失無蹤，我們就大嘆神奇。有時候，硬幣被我們找到時還熱呼呼的，有一次還差點燙傷我的手。我對童年的回憶，多半是這類開心的小事。」

接著凱蒂聳聳肩，但裘沒有接腔，似乎在等她說下去。

「總之，我在那裡念書，一路從小學念到高中。高中畢業後，不知道為什麼……也許是厭倦了一切吧，我想要有點改變。小鎮生活，妳知道的。一成不變的週末；一成不變的人出現在一成不變的派對上；一成不變的男孩坐在皮卡車上喝啤酒。但我希望生活多點什麼，剛好大學生活又不順利，所以……我長話短說好了——所以我搬到了大西洋城，在那邊工作了好一陣子，前前後後搬了幾次家，而幾年後的今天，我來到了這裡。」

「這個小鎮不也一成不變？」

凱蒂搖搖頭。「這裡不同，在這裡我覺得……」

就在凱蒂遲疑著要怎麼形容時，裘幫她把話說完。

「覺得安全？」

聽到這句話，凱蒂嚇了一跳，但裘卻露出興味十足的表情。「不難猜想。妳說過，妳想重新開始。要重新開始還有什麼地方比這裡更合適呢？這個地方向來沒什麼大事發生。」說到這兒，裘停頓了一會兒，接著又說：「不對不對。聽說幾個星期前，鎮上發生了一件大事，引起了不小的騷動。妳當時人在雜貨店？」

「妳聽說了？」

「這是小鎮，想不聽說也難。到底發生了什麼事？」

「很嚇人的事。原本，我在跟雜貨店老闆艾歷克講話，接著我從監視器畫面上看到他兒子發生意外，艾歷克大概注意到我的表情了吧，他下一秒馬上從我身邊飛快地衝出去。後來，克莉絲汀也看到監視器裡的畫面，慌張了起來，於是我一把將她抱起，尾隨她父親出去。我抵達岸邊時，艾歷克已經將兒子從水裡救出了，還好他最後沒事。」

「是啊，還好。」裘點點頭。「妳覺得克莉絲汀怎麼樣？是不是很可愛？」

「是啊，她都叫我凱蒂小姐。」

「我喜歡她。」裘抬起雙腿，將膝蓋抱在胸前。「聽到妳們相處融洽，知道她害怕時要妳抱她，我並不意外。」

「為什麼？」

「因為她是個善感的小女孩，曉得妳有一副好心腸。」

凱蒂面露懷疑的神色。「她應該只是嚇壞了，她父親不在，我又是在場唯一的大人。」

「別小看自己。就像我剛剛說的，她很善感。」裘接著追問：「那艾歷克呢？我是說，他後來怎麼樣？」

「他看起來心有餘悸，但應該沒事。」

「在那之後，妳有常常跟他聊天嗎？」

凱蒂不置可否地聳聳肩。「不常。我到他店裡時，他對我一向很客氣，我需要什麼他都會盡量幫我補貨。但是就這樣而已。」

「的確，他在這方面很貼心。」

「妳聽起來好像很了解他？」

裘坐在搖椅上輕輕搖了搖。「算是吧。」

原以為裘要繼續說下去，但她沒有。

接著凱蒂故作天真地說：「妳想要聊聊嗎？把心裡的話講出來，尤其在朋友面前，有時候會有幫助。」

裘霎時眼睛一亮。「妳看妳看，我就知道妳這人比表面上的樣子還要狡猾。居然拿我剛剛講過的話來對付我。真不要臉！」

結果，就像裘先前的反應一樣，凱蒂只是笑了笑，沒說什麼。沒想到，這樣做真的奏效了。

「我不確定我應該透露多少，」裘說：「但至少有一點是肯定的：艾歷克是個好男人，是那種……妳可以放心把事情交給他，知道他一定會做出正確決定的男人。這一點，從他對小孩的愛就看得出來。」

凱蒂緊抿了雙唇，然後問：「你們倆交往過？」

裘慎重思考了一下遣詞用字才回答說：「有過，但不是妳想的那樣。有件事我要聲明喔，我和他已經成了過去式，我們現在各有各的生活。」

凱蒂不曉得要如何解讀裘說的這番話，但又不想顯得咄咄逼人。「那他呢？就我所知，他離婚了對嗎？」

「這種事妳應該自己問他。」

「我？我幹嘛問？」

「因為妳對他感興趣啊。」裘抬抬眉毛說。

「沒有。」

「不然幹嘛跟我問起他？」

凱蒂橫著臉。「妳都這樣對待朋友啊，心機真重。」

裘聳聳肩。「我只是把別人心中有數卻不敢承認的事實說出來罷了。」

思索了一會兒，凱蒂接著說：「好吧好吧，那我也得聲明喔：先前我不是說，我願意幫妳粉刷房子嗎？現在，我正式收回這項提議。」

「什麼！妳不是答應了嗎？」

「對，但我現在要收回這個承諾。」

裘笑了起來。「好吧，收回就收回。對了，妳晚上要做什麼？」

「上班啊。說到這個，我差不多該出門了。」

「那明晚呢？要上班嗎？」

「不用，這個週末我休假。」

「那我帶瓶酒到妳這邊坐坐如何？我很需要來上一杯，而且，家裡的油漆味我不想再多吸一口了。好嗎？」

「這主意不錯。」

裘從椅子上起身。「那就一言為定囉。」

5

星期六早上日出時，天空雖然晴空萬里，但很快就堆滿了雲。又灰又厚的雲，在越來越強的風中翻滾、扭轉，氣溫也開始陡降，凱蒂出門時非得穿上保暖的運動衫不可。艾歷克的雜貨店，距離她家將近兩英里遠，腳程快的話，走路大概要半個小時。她知道如果不想身陷在暴風雨當中，一定得加快腳步才行。

然而，才走上大馬路，她就聽到雷聲轟隆作響。她加快腳步，感覺周遭空氣凝重了起來。一輛卡車快速駛過，揚起一片沙塵，她趕緊走向布滿了沙子的分隔線上。周遭的空氣，明顯聞得出海的鹹味。頭頂上方，一隻紅尾禿鷹在上風處斷續盤旋，彷彿在測試風力。

踩著穩定的節奏，凱蒂開始心不在焉，回想起自己跟裘的對話。但不是自己跟裘說了些什麼，而是裘跟她說了些什麼……關於艾歷克的事。她認為，裘不曉得自己在說什麼。她只是在跟裘聊天而已，但裘卻刻意扭曲她話中的含意。的確，艾歷克這人看起來不錯，而且正如裘所說的，克莉絲汀很討人喜歡，但她對艾歷克沒有半點興趣，何況自己幾乎不認識他。喬許發生落水意外後，他們倆並沒有太多交談，況且她現在最不想做的事情就是談戀愛——不管是什麼樣的戀愛。

那為什麼她覺得袞好像在撮合他們？

不知道，但不重要。她很高興袞晚上要過來找她聊天，這不過是兩個朋友聚在一起聊聊，喝點小酒而已，沒什麼特別的。其他的女人不也常常這麼做嗎？好吧，或許不是常常，但應該大多數女人都有過這樣的念頭吧？這，正是她跟別的女人最不一樣的地方。她自問，正常女人會做的一些事情，她已經多久沒有做了？

大概從童年以後，從她和愛蜜麗在鐵軌上玩硬幣遊戲以後，她就沒做過什麼正常的事了。先前，她對袞並沒有完全老實。她沒有告訴袞，她常常跑到鐵道旁，是因為不想聽爸媽吵架、彼此惡言相向。她沒有告訴袞，她曾經不只一次成為父母親吵架時的箭靶，十二歲時，還被父親擲向母親的雪球砸到，頭破了個洞，流了好幾個小時的血，但爸媽卻都沒打算帶她上醫院。她沒有告訴袞，她父親喝醉時會變得脾氣暴躁。她沒有告訴袞，她從沒有邀請過任何人到她家去，連愛蜜麗也不例外。她沒有告訴袞，她沒能順利念完大學是因為，她父母認為這樣做既浪費時間又浪費錢。她也沒有告訴袞，高中畢業那天，她就被父母親趕出了家門。

這些事，也許她有一天會告訴袞吧，但也或許不會。畢竟，這些事有那麼重要嗎？沒有完美的童年又如何？她父母雖然嗜酒如命，經常失業，但除了那次砸雪球的意外，他們從來沒傷害過她。她父母雖然沒給過她車子，沒替她辦過生日派對，但也從來沒讓她餓肚子啊；而且，每當秋天要開學前，不管家裡的經濟有多拮据，他們總會設法為她添購新衣，讓她可以穿新衣服上學。她的父親，或許不是這世上最理想的，但至少不會像某些同學的父親一樣，三更半夜偷溜到女兒房裡，對女兒毛手毛腳。十八歲時，她並不覺得自己傷痕累累，雖然不能上大學讓她感到有些失望，離家自立也讓她感到惶惶不安，但至少，她還沒受傷到無法復原的地步。更何況，她終究辦到了。住大西洋城的那段日子並沒有那麼糟糕，她在那裡認識了幾個不錯的男生，而且曾經不只一次跟工作上的伙伴聊天說笑，直至凌晨。

她告訴自己，她的童年並不能決定她日後的人生，跟她來南波特的真正理由也毫無瓜葛。在南波特，裘雖然是最像朋友的人，但她畢竟不了解她。沒有人了解她。

「嗨，凱蒂小姐。」克莉絲汀的聲音從一張小桌子後頭響起。她今天沒有玩洋娃娃，而是手拿蠟筆，趴在桌上，幫著色簿裡的獨角獸和彩虹著色。

「妳好嗎，克莉絲汀？」

「我很好。」克莉絲汀抬起頭來。「為什麼妳總是走路過來？」

凱蒂愣了一會兒，然後繞過櫃臺，在克莉絲汀身邊蹲下來。「因為我沒車啊。」

「為什麼沒車？」

凱蒂心想，因為我沒駕照啊，就算有，我也買不起車子。「這樣好不好？買車的事，我再好好考慮一下，好嗎？」

「好。」克莉絲汀拿起著色簿。「妳覺得我畫得怎麼樣？」

「很漂亮，妳畫得很棒。」

「謝謝，我畫完了再給妳看。」克莉絲汀說。

「沒關係，不用了。」

「可是我想給妳看啊，妳可以貼在妳家冰箱上。」

凱蒂面露微笑，站起身來。「好，那就貼在我家冰箱上。」

「有什麼需要幫忙的嗎？」

「沒關係，我自己來就行。這樣妳才可以把畫畫完啊。」

「也對。」

凱蒂拿起籃子，看到艾歷克朝她走過去，她忽然覺得，自己好像是第一次看到他，儘管這並非事實。艾歷克的頭髮雖然已經灰白，但眼睛周圍只有幾條皺紋，因此反而顯得更有活力而非老態龍鍾。而且，從他肩膀到腰部的曲線看來，他應該不是那種會暴飲暴食的男人。

「妳好嗎，凱蒂？」

「我很好。你呢？」

「還可以。」艾歷克咧嘴一笑。「很高興妳來了，我有東西想讓妳看看。」順著艾歷克的手指頭，凱莉從監視器畫面裡看到，喬許正坐在碼頭上，手裡拿著釣竿。

「你允許他回去釣魚啦？」凱蒂問。

「妳看到他身上穿什麼了嗎？」

凱蒂湊近一看。「救生衣？」

「是啊。我花了不少時間才找到一件既不笨重又不會太熱的救生衣，還好這一件可以說是恰到好處。更何況，我其實沒有選擇的餘地。這陣子他無法釣魚，傷心死了。為了說服我改變心意，他求了我不曉得多少遍。後來我實在受不了了，才想出這個折衷之道。」

「他沒有抗議嗎？穿救生衣？」

「沒辦法，這是新規定——想釣魚就穿救生衣，不然拉倒。但我想他不介意啦。」

「他有真的釣到過魚嗎？」

「有，雖然不如他期望中來得多。」

「你們再把魚煮來吃？」

「有時候是這樣沒錯，」艾歷克點點頭，「但喬許通常會把魚丟回海裡放生。同一隻魚一再上鉤，他並不介意。」

「很高興你想出了解決辦法。」

「稱職的父親，可能早就想到這一點了吧。」

認識以來，凱蒂頭一次抬頭看他。「你是個不錯的父親啊。」

兩人四目交接了一會兒，凱蒂才趕忙轉過頭。艾歷克察覺到了她的不自在，開始在櫃臺後東翻西找。

「我有東西要給妳。」他最後找出了一個袋子，放在櫃臺上。「我合作的一家小農場有個溫室，裡頭種了一些別人種不出來的東西。昨天，他們送了一些新鮮蔬菜過來，裡頭有馬鈴薯、小黃瓜、各種瓜果之類的。妳嚐嚐看。我老婆曾經信誓旦旦地說，這是她吃過最好吃的蔬菜。」

「你老婆？」

艾歷克搖搖頭。「很抱歉，又說錯話了。我是說我前妻，她幾年前過世了。」

凱蒂喃喃道：「很抱歉，提起你的傷心事了。」腦海裡同時閃過她先前和裘的對話。

那麼他呢？他的過去呢？

裘回答說：這種事妳應該自己問他。

顯然，裘早就知道艾歷克的前妻已經過世了，卻隻字未提。真怪。

但艾歷克沒注意到凱蒂的心思飄走了，他放低音量說：「謝謝，她人很好。要是她還在，妳一定會喜歡她的。」一絲渴望掠過他的臉上。「但無論如何，她曾經為這個地方掛保證。那是個有機農場，而且堅持用手採收。他們的農作物採收完後，通常幾個小時之內就被搜刮一空，但我留了一些給妳，讓妳品嘗看看。」艾歷克臉上露出微笑。「而且，妳大概吃素吧。我保證這些蔬菜，吃素的人一定喜歡。」

凱蒂睜大眼睛看著艾歷克。「為什麼你覺得我吃素？」

「不是嗎？」

「不是。」

「抱歉我誤會了。」艾歷克把雙手插進口袋裡。

「沒關係，」凱蒂說：「我聽過更嚴重的指控。」

「怎麼可能？」

怎麼不可能，凱蒂在心裡自言自語，再點點頭說：「好吧，這些菜我就收下囉，謝謝你。」

6

看到凱蒂走進店裡，艾歷克開始在收銀機旁東摸摸西摸摸，一邊用眼角的餘光瞄她。他一會兒清理櫃臺，一會兒看看喬許，一會兒又幫克莉絲汀看她畫的畫，然後再一次整理櫃臺，設法裝出忙碌的樣子。

最近幾個星期，凱蒂變了，她的皮膚似乎晒出了些許的古銅色，還閃著新鮮的光澤。而且她現在碰到艾歷克，也不再那麼緊張焦慮了，像今天就是個顯著的例子。當然，這不是說他們已經可以輕鬆自在地聊天，轟轟烈烈地談起戀愛，但起碼是個開始，不是嗎？

但，是什麼東西的開始呢？

從一開始，艾歷克就意識到她似乎碰到了麻煩，而他的本能反應就是想幫她。但他想幫她不只是因為她長得漂亮（雖然她頭髮剪得不怎麼好看，穿著也很普通），更重要的是，她在喬許發生溺水意外時伸出援手，幫忙照顧和安慰克莉絲汀，讓他十分感動。當然，另一個重要因素是克莉絲汀對凱蒂的態度，她那時候在凱蒂面前就好像孩子哭著找媽媽一樣。

一想到此，艾歷克不禁喉頭一緊，因為不只他失去了妻子，兩個孩子也沒有了媽媽。他知道兩個孩子很難過，他也設法在彌補他們，但一直到那天看到凱蒂抱著克莉絲汀安慰她，他才理解到，孩子們經歷到的不是只有悲傷，還有孤獨。他們跟他一樣孤獨。

他很自責，為什麼沒有及早意識到這一點呢？

至於凱蒂，她是個謎樣的人物。艾歷克總覺得她好像有什麼祕密，雖然他不知道那是什麼。他看著她，一面在心裡納悶著，這名女子究竟是誰？是什麼風把她吹到了南波特？

此刻，凱蒂正站在冷凍櫃前，看著玻璃門後的商品，皺著眉，顯然在猶豫要買什麼。她右手的手指，在左手的無名指上摩挲著，彷彿在把玩戒指，儘管她手上並沒有戒指。看到這一幕，某個已經被長久遺忘的熟悉記憶忽然在艾歷克腦海裡甦醒過來。

以前，他在刑事調查部工作時就曾經注意到，不少被家暴的婦女都有這個習慣：她們會習慣性地摸摸手上的戒指，彷彿那個戒指是把她們和先生綁在一起的腳鐐手銬。這些被家暴的婦女，通常會否認遭到丈夫毆打，就算承認了，她們也會堅稱不是先生的錯，而是她們自找的，是她們惹惱了丈夫，譬如飯菜煮到燒焦、忘了洗衣服、先生喝了酒等等。還有，這些婦女多半都會信誓旦旦地說，這是先生第一次動粗，而且她們不想提起告訴，以免先生的事業毀於一旦。畢竟，軍人若對太太施暴，往往會遭到很嚴格的懲處。

可是有些人不一樣，至少一開始不一樣，她們堅持非提告不可。於是艾歷克會坐下來幫她們做筆錄，但這些受害婦女會質疑，難道做筆錄比逮捕壞人重要？比伸張正義重要？但畢竟這是規定，做完筆錄後，艾歷克會將筆錄內容唸給受害者聽，確認無誤後再請她們簽名。但，受害者往往會在這個時候前功盡棄，露出埋藏在憤怒底下的恐懼。結果很多人最後並沒有簽名，而且就算簽了名，往往也會在丈夫開始接受調查時很快地改變心意。但事情到了這個地步，不管這些婦女最後怎麼決定，案子還是得繼續查。只不過，要是她們不願出庭作證，施暴者最後往往只會遭到不痛不癢的懲處。艾歷克後來理解到，除非堅持提告，否則這些受暴婦女終究不能從她們那監牢般的生活中真正解脫，雖然她們多半不願承認這一點。

當然，要逃出這種水深火熱的生活還有一個辦法，只是他多年來只看到過一個實例。還記得，有個受暴婦女在做筆錄時，一開始跟一般受害者一樣，表現出否認與自責的態度。但幾個月後，艾歷克聽說她逃跑了。但不是跑去投靠親朋好友，而是跑到了一個連她丈夫也找不到的地方。這個丈夫因為找不到老婆的下落，勃然大怒，終於失控，有天晚上喝得爛醉如泥，打傷了一名憲兵。最後遭到判刑，被關在萊文沃斯堡（Leavenworth）的軍事監獄裡。艾歷克聽到消息時，覺得大快人心，忍不住額手稱慶，並發出會心一笑，在心中對那個受暴婦女說：幹得好。

看著凱蒂撫摸手上那個並不存在的戒指，艾歷克忍不住猜想：凱蒂應該結過婚，而且她丈夫恐怕就是她不願說出口的那個祕密。看來，凱蒂應該還很怕他，不管他們的婚姻關係是否依舊存在。

凱蒂才伸手要拿餅乾，就聽到天空響起爆炸聲，一道閃電劃過天空，幾秒鐘後雷聲大作，最後轉成憤怒的低鳴。就在天空快下起傾盆大雨時，喬許手裡抓著釣具箱和捲線器衝進店裡，一張臉紅通通的，還喘著粗氣，彷彿賽跑選手跨越了終點線。

「爸。」

艾歷克抬起頭。「有釣到東西嗎？」

「跟平常一樣，鯰魚。」

「待會兒記得下來吃飯。」

喬許一溜煙跑進後面的儲藏室，再啪啪啪地跑上樓梯，上樓去了。

屋外，雨開始傾盆而下，並且伴隨著狂風打在窗玻璃上。在強風的吹拂下，樹枝紛紛彎折，彷彿在向某個更高的力量頂禮。陰沉沉的天空，不時閃起閃電的光亮，雷聲也轟隆隆地發出巨響，音量大到連窗玻璃都震動了起來。在店內另一頭，凱蒂瑟縮著身體，臉上帶著驚嚇和恐懼的表情，一看到此，艾歷克不禁好奇，她的丈夫是否也曾經見過她如此的表情？

忽然，有人開門衝了進來，老舊的木地板上登時出現了一條小溪。他甩甩衣領上的雨水，再向艾歷克點點頭，然後往小吃部走去。

凱蒂將注意力轉回到餅乾貨架上。這裡的餅乾種類不多，只有蘇打餅和夾心餅，她伸手拿了夾心餅。

又拿了一些平常會購買的物品後，她提著購物籃到櫃臺結帳。當艾歷克算好價錢，把東西裝袋後，他伸手比了比他之前放在櫃臺上的東西。

「這些菜別忘了。」

凱蒂看看收銀機上的數字。「你確定這筆錢有算進去？」

「當然有。」

「怎麼金額跟平常差不多？」

「給妳優待。」

凱蒂皺皺眉頭，不曉得該不該相信，最後她從袋子裡拿出了一顆馬鈴薯，放在鼻子前聞了聞。

「好香。」

「我昨晚吃了一些，加點鹽巴還不錯喔。小黃瓜的話，就什麼都不用加了。」

凱蒂點點頭，眼睛卻直盯著門外。強風正挾帶著大雨，不斷拍打著門。門咿呀一聲被風吹開，雨水爭先恐後地噴進屋裡來。窗外的世界變得模糊一片。

不少客人流連在小吃部的座位上，一邊竊竊私語，說是要等暴風雨過去再回家。

為鼓舞自己勇敢踏出門去，凱蒂深深吸了一口氣，再抓起袋子。

「凱蒂小姐！」克莉絲汀發出像是慌張的叫聲，然後驀地站起，手裡揮著她剛剛完成的、從簿子裡撕下來的著色畫。「別忘了我的畫！」

凱蒂接過畫一看，整張臉頓時亮了起來。而艾歷克也在剎那間覺得，世上的一切彷彿都被遺忘了。

「好漂亮喔，」凱蒂喃喃道：「我等不及要把它給掛起來了。」

「下次妳來我再畫一張給妳。」

「好啊，我很期待。」

克莉絲汀一臉燦爛地笑起來，再坐回桌子旁。為了不把圖弄皺，凱蒂小心翼翼地將圖捲起來，再塞進袋子裡。屋外開始雷電交加，並下起滂沱大雨，停車場上許多地方都開始積水。此時天空黑壓壓的，簡直像北海一樣黑。

「這場暴風雨會持續多久？」凱蒂問。

「聽說會持續將近整整一天喔。」

凱蒂一邊望著門外，一邊又開始摩挲起那並不存在的戒指，顯然在猶豫接下來該怎麼辦。沉默中，克莉絲汀拉拉父親的襯衫。

「爸，你開車載凱蒂小姐回家啦。她沒有車，雨又下得這麼大。」

艾歷克看看凱蒂，知道她聽到了。他問：「我載妳回家好嗎？」

「不用了。」凱蒂搖搖頭。

「那我的畫怎麼辦？會溼掉耶！」克莉絲汀說。

趁凱蒂還沒回答，艾歷克便走出櫃臺。「好啦，讓我載妳一程，沒必要淋成落湯雞。我的車就在後面。」

「我不想麻煩……」

「不麻煩。」艾歷克拍拍褲袋，掏出車鑰匙，再伸手拿住凱蒂的袋子。「我來提。」然後他轉身對克莉絲汀說：「親愛的，麻煩妳上樓告訴哥哥，我出去一下，十分鐘後就回來，好嗎？」

「好，爸爸。」

接著他高聲呼叫。「羅傑？幫我看一下店和兩個小孩，可以嗎？」

「沒問題。」羅傑揮揮手說。

艾歷克朝店後方點點頭，說：「準備好了嗎？」

兩人快速衝向艾歷克的吉普車，手上的傘被狂風吹得彎折。天空則因為雷電交加而閃個不停。在椅子上坐定後，凱蒂伸手擦去車窗上的霧氣。

「我出門時完全沒料到風雨會來得這麼大。」

「在暴風雨來襲以前，沒有人料想得到。我們常常在氣象預報中聽到『天快塌了』的消息，以至於當暴風雨真的來襲時，我們往往大吃一驚。要是實際的風雨不像氣象預報講的那麼嚴重，觀眾會抱怨；要是更嚴重，觀眾也會抱怨；要是一樣嚴重，大家照樣抱怨。這時候大家會說：『氣象預報出錯的頻率太頻繁了，我們才沒有料到這次會是對的。』反正，大家一定要找個理由抱怨就對了。」

「就像你小吃部裡的客人一樣？」

艾歷克點點頭，並咧嘴一笑。「但他們基本上都是好人。這地方的人，大部分都很勤勞、誠實，而且心地善良。只要我開口，他們大概都願意幫我看店，而且不會拐走一分一毫。因為每個人內心都很清楚，在這樣的小鎮，大家必須同舟共濟。這一點很棒，雖然我花了一點時間才適應。」

「你不是本地人？」

「不是，我老婆才是。我是斯波坎人。還記得剛搬來這裡時，我以為自己無法在這裡一直待下去。因為我以為，在這樣的南方小鎮，大家並不關心世界上其他地方發生了什麼事。一開始這的確需要時間適應，但妳會越來越喜歡這裡，它讓我可以把心思放在重要的事情上。」

凱蒂輕聲地問：「重要的事情是指？」

艾歷克聳聳肩。「看人囉。像我現在，最重要的是兩個孩子。這裡是他們的家，在經歷過喪母之慟後，他們需要的是安定。克莉絲汀需要一個地方畫畫、玩洋娃娃，喬許需要一個地方釣魚，而且他們需要我的時候，我也一定要在他們身邊。這個地方，還有我那家店，都可以給他們這樣的安定，而這正是我現在想要也需要的。」

說到這兒，艾歷克忽然不好意思了起來，覺得自己好像說太多了。「對了，我該怎麼走？」

「直走。在前面轉彎，再開上一條石子路就對了。」

「妳是說農場再過去那條石子路？」

「沒錯，就是那裡。」凱蒂點點頭。

「那條路通往哪裡我還不曉得呢。」艾歷克皺起了眉頭。「從妳家徒步走到我們店裡應該還滿遠的，大概有好幾英里吧？」

「還好啦。」

「天氣好的話或許無妨，但是像今天，妳恐怕得游泳回家。天氣這麼糟，哪有辦法走這麼遠？還有，克莉絲汀的畫恐怕會毀掉。」

艾歷克這時候注意到，凱蒂在聽到克莉絲汀的名字時臉上掠過了一抹微笑，雖然她沒多說什麼。

「聽說妳在伊凡小館工作？」艾歷克問。

凱蒂點點頭。「沒錯，三月分開始的。」

「妳喜歡這份工作嗎？」

「還可以，反正就只是工作而已，更何況，老闆對我還不錯。」

「妳是說伊凡？」

「你認識他？」

「這裡誰不認識伊凡啊。妳知道嗎，他每年秋天都會打扮成南軍統帥，演出著名的南波特之役，也就是謝爾曼將軍放火屠城的故事。這一點我沒有意見，只不過南北戰爭裡事實上並沒有所謂『南波特之役』。那時候的南波特還不叫南波特，而是叫史密斯維爾。至於謝爾曼將軍，他根本從未踏進這附近方圓一百里以內。」

「真的？」

「真的。但是別誤會我的意思。我喜歡伊凡，他是好人，他的餐廳也是本鎮的正字標記之一。他那裡的油炸玉米球，克莉絲汀和喬許都很喜歡，每一次我們光顧時，伊凡也都很熱情招待我們。只是我很好奇，他究竟為什麼那麼做。他的家人，是在五〇年代從蘇聯移民美國的，也就是所謂第一代移民。他家族裡或許沒有人聽說過南北戰爭，但他每年卻花上一整個週末的時間在法院前大馬路上扮演將軍，揮著劍下達命令。」

「為什麼這件事我從沒聽說過？」

「因為鎮上的人不會拿這種事當茶餘飯後的話題，畢竟他這個舉動有點……呃，特立獨行。因此即便是鎮上喜歡他的人，都會假裝視而不見。要是在路上看到他上演這齣戲，大家都會轉過頭去，對身旁的人說：法院旁的菊花開得好燦爛喔！」

凱蒂笑了起來。「我不曉得該不該相信你。」這是她上車後頭一次笑。

「沒關係。十月分的時候，妳要是還在這裡，就會親眼看到。但我要再強調一次，伊凡是個好人，他的餐廳也很不錯。我們要是去海邊玩，結束後通常會去那邊用餐。下次再去，我們就指名找妳。」

凱蒂猶豫了一會兒才說：「好。」

「她喜歡妳。我是說克莉絲汀。」

「我也喜歡她啊。她很活潑開朗，是很有個性的小女孩。」

「這句話我會轉告給她聽的。謝謝。」

「她今年幾歲？」

「五歲。等她秋天開始上學後，我真不曉得自己該怎麼辦。店裡一定會變得很安靜。」

「你會很想念她的。」凱蒂說。

艾歷克點點頭。「我想也是。雖然她應該會喜歡上學，但我也很希望她能陪在我身邊。」

大雨持續敲打著車窗。天空像閃光燈一樣閃閃爍爍，不時還傳來轟隆隆的雷聲。

凱蒂望著窗外，不知在想些什麼。但艾歷克沒有說話，彷彿知道她會主動打破沉默。

最後，凱蒂總算開口問起：「你和你老婆結婚多久？」

「五年。婚前交往了一年。我是在派駐布拉格堡的時候認識她的。」

「你當過兵？」

「對，當了十年。是段不錯的經驗，我很高興自己做了這個選擇。但另一方面，我又很慶幸自己已經退伍。」

凱蒂指了指前方的擋風玻璃。「前面轉彎。」

艾歷克依言將車子轉了個彎，再放慢速度。由於大雨的關係，粗糙的石子路面已經開始淹水，車子一經過，積水紛紛濺到車窗上和擋風玻璃上。就在艾歷克駕著方向盤試圖繞過路上的坑洞時，他忽然想到，前妻過世後，這是他頭一回和一個女人單獨坐在車上。

不一會兒，他看到前方出現兩棟小屋，他瞇起眼睛問：「哪一棟？」

「右邊那棟。」

艾歷克將車子開上臨時車道，在靠近屋子的地方停車。「我幫妳把東西拿進去。」

「不用了。」

「誰說不用？」不等凱蒂反對，他已經跳下車，抓起袋子，跑向凱蒂家的門廊。當他放下袋子，甩去身上的水，凱蒂已經快步迎上，手中抓著艾歷克借她的傘。

在大雨的淅瀝聲中，凱蒂高聲說：「謝謝。」

接著她遞上雨傘，沒想到艾歷克卻搖搖頭說：「妳留著吧。借用一陣子或借用永久都沒關係。要是妳經常在這附近走動，會用得著的。」

「我可以付錢——」

「別擔心。」

「但這是店裡賣的東西。」

「沒關係。要是妳真的過意不去，下一次到我店裡再一起算好嗎？」

「你不用這麼客氣——」

但艾歷克沒讓她講完。「妳是個好顧客，恰巧我又喜歡幫助客人。」

凱蒂沉默了一、兩秒才說：「謝謝。」她睜著墨綠色的眼眸，注視著艾歷克。「謝謝你載我回家。」

艾歷克偏著頭說：「我的榮幸。」

週末來了，該為孩子安排什麼活動好呢？跟往常一樣，艾歷克拿不定主意。對他來說，這真是個永遠存在卻經常無解的難題。

屋外，暴風雨還在持續發威，絲毫沒有緩和的跡象，看來是不可能從事戶外活動了。他可以帶孩子去看電影，但最近上映的電影裡，沒有一部是他和孩子都感興趣的。當然他也可以放牛吃草，讓孩子自己玩耍，很多父母就是這麼做的。但兩個孩子年紀還太小，這樣做似乎不妥。何況他平日忙於顧店，已經沒什麼時間陪孩子了，難不成週末也放著他們不管？他一邊烤著起司三明治，一邊思索著可能的選項，但他很快發現自己的思緒轉眼間就飄到了凱蒂身上。

他知道，凱蒂雖然想保持低調，但是在這樣的小鎮，幾乎不可能辦到。她的外表太出眾了，很難不被人注意。大家要是發現她無論到哪兒都是靠走路時，一定會議論紛紛，開始打探她的過去。

但艾歷克不希望這種情形發生，他這樣想不是出於自私的理由，而是因為他認為，凱蒂有權得到她想要的生活——正常的生活，大多數人都視為理所當然的生活，能擁有一些簡單的享受的生活。有一個住起來安全、安心的家，而且想去哪裡就去哪裡，說到這裡，艾歷克想到了，她需要一樣交通工具。

艾歷克把做好的三明治放進盤子。「小朋友，我有個主意。我們幫凱蒂小姐做點事情好不好？」

「好啊！」克莉絲汀大表贊同。

個性一向隨和的喬許，只點了點頭，沒說什麼。

7

北卡羅萊納州的天空陰沉沉的，狂風挾帶著大雨敲打在凱蒂家廚房的窗玻璃上。稍早，她在水槽邊洗完衣服，將克莉絲汀畫的圖貼到冰箱上，客廳裡的天花板就開始漏起水來，她只好拿鍋子去接，但水很快就裝滿，她已經倒過兩次水。凱蒂打算隔天早上打電話通知房東，但她猜想，房東可能不會馬上派人來修，甚至會乾脆放著不管。

裘晚一點就要來了，她開始在廚房裡準備，把巧達乳酪切丁，順手吃了幾個，並在一個黃色的塑膠盤子上放了些餅乾、切片番茄和切片小黃瓜，但不管怎麼弄都擺不出她要的樣子。其實不只是食物，她現在的生活裡，沒有一樣東西是她希望的樣子。不像她之前的家，裡頭有漂漂亮亮用來盛裝食物的木製淺盤、一把上頭刻有紅雀圖案的銀製乳酪刀、一整套的酒杯、櫻桃木製成的餐桌，和透明的薄織窗簾，但是在這裡，桌子會左右晃動，桌椅的顏色和款式不搭，窗戶邊沒有任何裝飾，而且連一只酒杯都沒有，她和裘晚上只能用馬克杯喝酒。儘管她之前的生活可以用水深火熱四個字來形容，但她一向喜歡布置家裡，只不過如今，這些事情就跟她棄之不顧的其他東西一樣，被她當成是敵人看待。

透過窗戶，她看到裘家裡的燈滅了，知道她就要過來，於是走去開門。門一打開，就看到裘一手拿傘，一手拿酒，跨過院子裡的積水，三步併作兩步來到她家門廊上，身上的黃色雨衣還不斷滴水。

「我總算了解挪亞當初的感受了。這風雨真大，弄得我家廚房到處都積水了。」凱蒂別過頭，朝身後呶呶嘴。「我這邊是客廳漏水。」

「好一個甜蜜的家庭啊。」裘遞過葡萄酒。「我說過要拿酒來的。正好，我今天很需要喝酒。」

「怎麼？今天過得不順利啊？」

「妳說呢？」

「先進來吧。」

「等一等，我脫雨衣。雨衣留在這兒，不然妳家客廳就要多一灘水了。」裘手腳俐落地脫下雨衣。「才出門幾秒鐘，我就已經淋成落湯雞了。」

她將雨傘和雨衣扔在搖椅上，尾隨凱蒂走進她家。進到廚房，凱蒂先把酒擱在流理臺上，再走到冰箱旁，拉開抽屜，從裡頭抽出了一把生鏽的瑞士刀和開瓶器。

「太棒了。我餓壞了，一整天都沒吃東西。」

「自己來，別客氣。對了，妳家牆壁粉刷得怎麼樣了？」

「客廳漆完了，但其他部分就不是那麼順利了。」

「怎麼說？」

「晚一點再告訴妳。我想先喝點酒。妳呢？妳今天做了什麼？」

「出門買東西，打掃家裡，洗洗衣服，就這樣。」

裘在桌邊坐下，並伸手拿了塊餅乾。「很值得寫進回憶錄喔。」

凱蒂笑了起來，一邊轉動開瓶器。「對，活色生香，很值得回憶。」

「要我幫忙嗎？」

「不用，我自己來就行了。」

「也對，」裘噗哧一笑，「我是客人，應該要接受招待。」

凱蒂將酒瓶夾在兩腿中間，將開瓶器一扭，瓶蓋「啵」一聲打開了。

裘嘆了口氣。「但說真的，謝謝妳找我過來。我非常期待今天跟妳見面。」

「真的假的？」

「別這樣。」

「別怎樣？」凱蒂問。

「別表現得好像很驚訝。難道妳不相信我真的想過來跟妳喝點小酒，培養培養感情。朋友就應該這樣不是嗎？」裘抬了抬眉毛。「喔對了，要是妳覺得，我們還不是很了解彼此，現在就以朋友相稱似乎太快了。相信我，我是真的把妳當朋友。」說完，她停頓了一會兒，彷彿在等凱蒂消化這段話，接著才繼續說下去：「來，喝酒。」

入夜後不久，風雨總算停了。凱蒂打開廚房窗戶，感覺氣溫變低了，空氣涼爽又乾淨。地面上有層層霧氣籠罩著，天上則有厚厚的積雲從月亮旁滾過，營造出半明半暗的效果。隨著微風搖曳的樹葉，彷彿閃著微光，顏色一會兒從銀色變成黑色，一會兒又從黑色轉為銀色。

在酒精、微風，和裘開朗的笑聲的催化下，凱蒂彷彿進入了夢鄉。品嘗著口中的奶油餅乾和香濃起司，她想起自己有一段日子經常餓肚子，以至於瘦得跟吹玻璃的細絲沒有兩樣。

她腦海裡開始飄過各種思緒。譬如她想起了父母，但不是不快樂的回憶，而是愉快的回憶，當魔鬼還在沉睡時，譬如她想起媽媽在廚房裡煎培根蛋，弄得家中香氣四溢，她父親趁機溜進廚房，靠近母親，將母親臉上的頭髮撥到一旁，吻她脖子，逗得她咯咯笑。她想起父親曾經帶全家人到蓋茲堡出遊，溫柔又有力地牽著她的手四處逛逛。她父親個頭很高、肩膀很寬，有著深棕色的頭髮，上臂則刺有一個代表海軍的圖案。他曾經在一艘驅逐艦上當了四年兵，到過日本、韓國、新加坡，但是卻很少提及這段經歷。

凱蒂的母親則是個身材嬌小的金髮女子，她曾經在選美比賽中得到亞軍。還有，她很愛花。每年春天，她會在陶製的花盆裡埋入球莖，再放到院子裡，當鬱金香和水仙花、牡丹花和紫羅蘭相繼綻放，繽紛的色彩往往看得凱蒂眼花撩亂。搬家時，他們會把花盆擺在後座，用安全帶固定好。此外，她媽媽經常一邊打掃一邊哼歌，譬如哼兒時學過的曲調，或家鄉話波蘭語的歌曲，這時候凱蒂就會在另一個房間裡偷聽，並努力想聽懂歌詞裡的意思。

裘帶來的酒，滋味不錯，嘗起來有橡樹和杏樹的餘韻，凱蒂才喝完第一杯，裘又幫她斟了一杯。喝著喝著，她們倆看到一隻蛾既固執又惶惑地在水槽上方翻飛，忍不住呵呵笑了起來。

看到食物快沒了，凱蒂在盤子裡又加了一些乳酪和餅乾。兩人天南地北地閒聊著，一下子談談電影，一下子又聊聊喜歡的書；當凱蒂提到她最喜歡的電影是《風雲人物》（*It's a Wonderful Life*）時，裘興奮地尖叫，說那部電影也是她的最愛。凱蒂還記得，她小時候經常跟媽媽吵著買鈴鐺，為的就是幫天使長出翅膀來。喝完了第二杯酒，她開始覺得身體輕飄飄的，彷彿夏日微風裡的一根羽毛。

而且，裘今天沒有問太多問題，只是不斷聊著膚淺的話題，讓凱蒂再一次覺得，有裘的陪伴真好。當窗外的世界灑滿了銀白色的光，兩人從桌邊站起，來到了門廊上。凱蒂察覺到自己有點搖晃，於是抓住欄杆穩住身體。兩人一邊喝酒，一邊看天上的雲逐漸散開，忽然間，天空已經布滿星斗。凱蒂指指北斗七星，再指指北極星，她唯二認得的兩個，但裘認得的星星可多著呢，她一連叫出了好幾十顆星的名字，讓她驚嘆不已，怎麼裘懂得這麼多？後來，她聽到裘口中喃喃念著：「這邊這一顆呢，叫做蛋頭艾爾摩，而那邊，松樹上方那一顆，則叫達菲鴨。」這才明白裘認識的星星跟她一樣少得可憐，她像個淘氣的孩子呵呵笑了起來。

回到廚房，她把最後的一點酒倒入杯中，啜了一口，感覺喉嚨熱熱暖暖的，頭也暈了起來。水槽旁的那隻蛾，仍固執地繞著燈光飛，但凱蒂定睛一看，卻看到了兩個影像。她頓時覺得，今天晚上玩得真開心，一股安全的幸福感湧上心頭。

而且，她還交了一個朋友，一個真正的朋友，一個可以一起開懷大笑、看著星星講笑話的朋友。但另一方面，她又覺得哭笑不得，因為她已經好久沒有過如此輕鬆自然的互動了。

「妳還好吧？」裘問。

「沒事，」凱蒂回答，「我只是在想，很高興妳過來陪我。」

裘瞇眼看著凱蒂，「妳是不是醉了？」

「也許吧。」

「既然如此，要不要做點什麼？反正人都醉了，就瘋狂一下吧。」

「我不懂妳說什麼。」

「我是說……妳想不想做點特別的事？譬如到鎮上找個刺激的地方探險一下？」

凱蒂搖搖頭。「不想。」

「什麼，妳不想認識人啊？」

「我啊，還是一個人過日子比較好。」

裘用手指頭摸摸杯緣。「相信我，一個人的日子不會比較好。」

「我就是啊。」

裘想了想凱蒂的回答，然後靠過去說：「妳的意思是說，只要能夠活下去，有東西吃、有地方住、有衣服穿，妳寧願一個人孤孤單單，困在一個雞不拉屎、鳥不生蛋的荒島上，直到老死？老實回答我這個問題。」

凱蒂眨了眨眼睛，努力要將目光聚焦在裘身上。「難道妳覺得我不會老實回答？」

「因為大家都在說謊。這是群體生活的一部分。但是別誤會我的意思，我認為這有其必要。畢竟，要是生活在完全誠實的社會，人類應該會受不了。想想看，要是A告訴B：你是個矮肥短，而B回答說：我曉得，但至少不像你臭得要死。這是絕對行不通的。於是大家只好說謊，只好隱瞞真相，儘管他們說出了大部分的事實。但我的經驗告訴我，人們刻意隱瞞的事情往往是最重要的。人們隱瞞真相是因為害怕。」

裘這番話彷彿說中了凱蒂的心事，她忽然覺得呼吸困難。

「妳是在說我嗎？」她艱難地吐出了這幾個字。

「不曉得耶。妳是這樣嗎？」

凱蒂覺得自己好像變蒼白了，但還來不及回答，裘就笑笑說：「老實說，我這樣講是因為我自己。我不是說我今天過得不太順利嗎？就跟我剛剛講的這個狀況有關。要是人們不說實話，我工作起來就會很辛苦。我是說，要是我的個案有事情隱瞞我，要是我不清楚發生了什麼事，我要如何幫助他們？」

凱蒂忽然覺得胸口扭絞、收緊了起來，她低低地說：「也許他們不是不肯講，而是因為他們知道別人無論如何都幫不上忙。」

「一定有地方幫得上忙的。」

月光從窗外灑進室內，把裘的皮膚映照得白亮白亮的，讓凱蒂不禁懷疑她是不是從來不晒太陽。在酒精的作用下，她感到房間好像正在移動，牆壁也似乎快要崩塌。她感覺淚水就快奪眶而出，於是用力閉眼把淚水逼回去。接著她發現口好乾。

「不見得吧。」她再次低聲說，然後轉頭望向窗外，看著低垂在樹梢上方的月亮。她吞了口口水，忽然覺得自己好像正在房間的另一頭觀察著自己。她可以看到自己和裘坐在桌邊，發出彷彿不是自己的聲音在說話。「曾經，我有個朋友，婚姻很不美滿，卻無法向任何人訴說。

她老公經常打她。一開始，她告訴她老公說，他再這麼做她就會離開他。她老公發誓絕不會再這麼做，而她也相信他了。沒想到，情況卻越來越糟。晚飯冷了，她老公會動手打她；她要是跟遛狗的鄰居聊上幾句，晚上也會遭老公毒打一頓，整個人被摔到鏡子上。」

說到這裡，凱蒂望了望地板，看到地板上的亞麻油地氈角落已經捲起來。她不曉得該怎麼處理，曾經拿膠水想黏好它，但是沒用，油地氈的角落處很快又捲了起來。

「她老公一再向她道歉，有時候甚至因為看到她手上、腿上或背上的瘀青而痛哭失聲。他說他很痛恨自己做了那些事，但下一秒卻又告訴她，她活該，這是她自找的。她要是更小心，這些事就不會發生；她要是更用心或沒有做出那些愚蠢的事來，他的脾氣就不會失控。我這個朋友努力改變自己，想做個一切都合丈夫心意的好太太，但是沒用，她再怎麼努力都沒有用。」

凱蒂覺得淚水就快奪眶而出，她努力加以克制，但終於克制不住，淚水開始止不住地流下臉頰。坐在桌子另一邊的裘，這時候並沒有任何動作，只是靜靜地看著她。

凱蒂又接著說：「但我這位朋友很愛她老公。剛認識時，她老公對她真的很好，有他在身邊，她就覺得很安全。認識頭一天，我這個朋友晚上下班回家途中，被兩個陌生男子跟蹤，她走到街角時，被其中一名男子抓住，嘴巴也被摀住，她雖然努力想脫困，但那兩個男的身材實在比她魁梧許多。還好她日後的丈夫出現了，他用力往其中一名男子的頸後敲下去，將他打倒在地，再將另一個一把抓住，往牆上一扔，事情就這樣結束了。後來，這個男的將我朋友從地上扶起，陪她走路回家，隔天還請她去喝咖啡。一直到兩人婚後度蜜月以前，這個男的對她一直很好，還把我朋友當公主一樣伺候。」

凱蒂知道，她不應該告訴裘這些事，但是她一開口就停不下來。「我這個朋友兩度想逃。第一次，她因為無處可去，只好乖乖回家。第二次，她以為自己總算解脫了，沒想到行蹤還是敗露，被丈夫給拖回家。回到家，她老公不斷毒打她，還拿槍抵著她，告訴她：她要是敢再逃跑，他一定會殺了她，並殺了她關心的任何親朋好友。這番話，我朋友都信了，因為她知道她老公已經喪心病狂。問題是，我朋友彷彿受困的籠中鳥，她老公不給她一毛錢，不允許她踏出家門一步，上班的過程中還不時開車回家查看。為了監視我朋友的一舉一動，他掌控她的通聯紀錄，常常打電話查勤，還不允許她考駕照。有一次，我朋友半夜醒來，看到她老公就站在床邊，一動也不動地盯著她。原來他喝了酒，還拿出了槍，把我朋友嚇得半死，只好求他趕快上床，什麼話都不敢多說。我朋友這時候才總算領悟，要是再不離開，她這條命終究會斷送在丈夫手中。」

說到這兒，凱蒂伸手拭淚，手指上滿是鹹鹹的淚水。儘管覺得快要不能呼吸，但這些話還是不斷從嘴裡冒出。「後來，我這個朋友開始從她先生的皮包裡偷錢，但一次頂多偷一、兩塊錢，以免被發現。夜裡，她老公通常會把錢包上鎖，但偶爾還是會忘記。為了籌足盤纏逃走，她等了好久。對，她要做的事情就是逃走，逃到一個永遠不會被丈夫找到的地方，因為她丈夫絕不會停止找她。可是，她又不能透露半點消息給別人知道，因為她的親人都已經不在，而警方也一定會置之不理。可是，她丈夫要是起疑，一定會殺了她，她只好靜待時機，從丈夫的皮夾裡偷錢，撿起在沙發座墊中或洗衣機裡撿到的任何一枚銅板，再收進塑膠袋裡，藏在花盆底下。每一次她丈夫走到門外，她都很擔心這些錢會被他發現。等了好久，錢終於存夠了，她總算可以遠走高飛，逃到一個她老公找不到的地方，好展開新的生活。」

不曉得什麼時候，裘握住了凱蒂的手，而凱蒂也不再從房間的另一頭看著自己，她嘗到嘴唇上的鹹味，並覺得靈魂正在一點一滴地往外流。她忽然覺得好想沉沉地睡上一覺。

裘沒有說話，但一直望著凱蒂的眼睛。「妳這位朋友很勇敢。」她輕聲地說。

「哪有，她隨時都怕得要死。」

「這就是勇敢的真諦。要是不害怕，就無所謂勇不勇敢了啊。我很欽佩她。」她緊緊握了一下凱蒂的手。「我想，我會喜歡妳這位朋友的。謝謝妳告訴我這些。」

凱蒂別過眼睛，忽然覺得好累好累。「這些事，也許我不該告訴妳的。」

裘聳聳肩。「放心，對於別人的祕密，尤其是我不認識的人的祕密，我一定守口如瓶。好嗎？」

「好。」凱蒂點了點頭。

裘在凱蒂家又待了大約一個小時，但都是聊些比較輕鬆的話題，例如凱蒂在伊凡小館的工作經驗，最近認得了哪些客人等等。裘還問凱蒂，黏在她指甲底下的油漆要如何清除。酒喝完後，凱蒂頭暈的情形慢慢好轉，取而代之的是疲倦感。看到裘也打起了呵欠，兩人意猶未盡地從桌旁起身，將碗盤清洗乾淨，最後凱蒂送裘來到門口。

走到門廊上時，裘停下腳步。「看來，剛剛有人來拜訪我們。」

「什麼？」

「妳家外面的那棵樹，旁邊停了一部單車。」

凱蒂跟在裘身後，走到燈光昏黃的門廊上。外面的世界黑暗一片，遠方松樹的輪廓，讓她不禁聯想到黑洞參差不齊的邊緣。一閃一閃的螢火蟲，則彷彿天上的星星。她瞇起眼睛一看，才知道裘沒有亂說。

凱蒂問：「是誰的車？」

「不曉得。」

「妳剛剛有聽到誰來過嗎？」

「沒有。但我猜是某人拿來給妳的。妳看，」裘伸手指了指，「腳踏車手把上還打了個蝴蝶結。」

凱蒂定睛一看，沒錯，手把上是有個蝴蝶結。原來是部女用腳踏車，後輪的兩側和前輪的上方，都裝了一個鐵絲籃子。一條鎖鏈鬆垮地套在椅子上，鑰匙孔裡還插著鑰匙。「誰會送腳踏車給我？」

「妳怎麼老是問我這種問題？我比妳還狀況外耶。」

兩人步下門廊。地上的積水已消去大半，沉入底下的砂壤土中，但雜草間仍積了不少雨水，凱蒂才走過去，鞋尖就已經溼掉。她伸手摸摸腳踏車，再摸摸蝴蝶結，眼中露出愛惜的神色。絲帶下方塞了一張卡片，她伸手拿起來看。

「是艾歷克送來的。」她聲音裡滿是疑惑。

「是雜貨店那個艾歷克還是……？」

「雜貨店那個。」

「上面寫些什麼？」

凱蒂搖搖頭，似乎也無法理解，她把卡片遞給裘，上面寫著：這部車妳應該會喜歡。

裘用手指彈彈卡片。「看來，他對妳很感興趣喔，就像妳對他感興趣一樣。」

「我對他才不感興趣呢。」

「是，」裘眨了眨眼睛，「妳最好不感興趣。」

8

凱蒂進到雜貨店時，艾歷克正在冷凍櫃附近掃地。一看到凱蒂進門，他趕緊將掃帚擱在冷凍櫃玻璃旁，將襯衫紮進褲子裡，再用手撥撥頭髮。他原本以為凱蒂一大清早就會來他家跟他談腳踏車的事，結果沒有。等了她一個早上的克莉絲汀，沒等店門闔上就從櫃臺後冒了出來。

「凱蒂小姐！妳收到腳踏車了嗎？」

「收到了，謝謝。我來這裡就是為了這件事。」

「我們花了很多心血整理那部車喔。」

「做得很棒。對了，妳爸爸在嗎？」

「在啊。在那裡。」克莉絲汀伸手指了指。「他過來了。」

凱蒂轉身看艾歷克。

「妳好，凱蒂。」艾歷克說。

待艾歷克走近，凱蒂交抱起雙臂。「可以借一步說話嗎？」

他聽得出來凱蒂的正在克制怒氣，但由於不想在克莉絲汀面前爆發出來，所以說話時刻意保持聲音平靜。

「當然可以。」他推開門，尾隨凱蒂走出門外，看著凱蒂走向腳踏車，他情不自禁欣賞起她的身材。

凱蒂在腳踏車附近停下腳步，轉身看艾歷克。腳踏車前方的籃子裡，放著她前一天從艾歷克店裡借來的傘。她拍拍座椅，一臉嚴肅地說：「可以告訴我這是怎麼回事嗎？」

「喜歡嗎？」

「你幹嘛買腳踏車送我？」

「我沒有買。」

凱蒂瞪大眼睛。「可是卡片上明明寫說……」

艾歷克聳聳肩。「這部車在儲藏室裡放了好幾年，相信我，我最不想做的事就是買單車送妳。」

「那不是重點！重點是，你一直送東西給我。拜託你，不要再這麼做了。我不要你送我東西。我不需要傘、不需要菜、不需要酒，更不需要一部腳踏車！」

「那就送出去啊，」艾歷克聳聳肩說：「反正我用不著。」

凱蒂沉默了下來，表情從困惑變成沮喪，再變成無奈。最後她搖搖頭，轉身要走。但在她踏出腳步以前，艾歷克清清喉嚨說：「要走之前，能不能給我個解釋的機會？」

凱蒂別過頭，瞪了艾歷克一眼。「不重要。」

「對妳而言或許不重要，對我來說卻很重要。」

凱蒂注視著艾歷克的眼睛，遲疑了一下，最後才移開視線，嘆口氣，順著艾歷克手指的方向，在店門前一張板凳上坐下。這張板凳就放在製冰機和一排丙烷儲存槽之間，艾歷克原本是擺好玩的。畢竟誰會想坐在這裡盯著停車場和馬路瞧？沒想到大多數的日子裡，這張板凳幾乎隨時都有人坐。要不是現在時間太早，它恐怕不會是空著的。

凱蒂猶豫了一會兒才坐下，艾歷克交握雙手放在大腿上。

「我沒騙妳，那部車的確在儲藏室裡放了好幾年。那車是我太太的，她很喜歡，經常騎著它兜風。有一次，她甚至一路騎到了威明頓，當然，到威明頓時她已經累壞了，只好請我開車過去載她。當時沒有人可以幫忙顧店，我只好關上店門，休息幾個小時。」頓了半晌，艾歷克又說：「可是，那天也是她最後一次騎那部車。當天夜裡她的病就發作了，我只好趕快將她送進醫院。之後，她的病情越來越嚴重，一直沒有機會騎那部車，所以車子被我收進車庫裡。每一次看到車，我就不禁回想起那個恐怖的夜晚。」艾歷克挺直身子，繼續說：「我知道，這部車我早應該處理掉的。可是，一想到車子送出去之後，車主要是只騎了一、兩次就對它不理不睬，我就覺得捨不得。我希望車子的新主人能跟我前妻一樣愛惜它、常騎它。我相信，我老婆一定也希望這樣。要是妳認識她，妳就會了解。所以幫我個忙，收下這部車好嗎？」

凱蒂再開口時，聲音變得溫柔許多。「既然是你老婆的車，我就更不能收了。」

「妳仍執意要把它還給我？」

凱蒂點點頭，艾歷克傾身向前，手靠在膝蓋上。「妳知道嗎？妳跟我，比妳以為的還要相像。換做是我，我大概也會這麼做。我知道，妳不想對別人有所虧欠，妳想證明自己一個人也可以過得很好，對嗎？」

凱蒂開口想說什麼，卻什麼都說不出來。沉默中，艾歷克繼續說下去。

「我老婆過世以後，我的狀況跟妳一樣。有好長一段時間，很多來我店裡的客人都會告訴我，有需要就打電話給他們。我曉得他們是出於好意，因為他們知道我在這裡沒有親人，但我從來沒打電話給任何人，因為那不是我的作風。而且就算我有需要，我大概也不曉得要如何開口，更何況大多數時候，我甚至不曉得自己需要什麼。我只知道，我不曉得該怎麼辦。有好長一段時間，我只能盡量撐著，畢竟突然之間，我必須獨自一人照顧這家店和兩個孩子，而且他們當時年紀都還很小，照顧起來比現在更費心。還好有一天，喬伊絲出現了。」艾歷克看看凱蒂。「對了，妳見過喬伊絲沒？每個星期，她會在這裡幫忙幾天，時間多半在下午，還有星期天，她年紀有點大了，喜歡跟客人聊天。喬許跟克莉絲汀都很喜歡她。」

「我不確定。」

「沒關係。總之，有天下午，大概五點左右，她出現在我店裡，要我隔週到海邊走一走，小孩她會幫忙照顧。她說，她已經幫我安排好了地方，要我千萬不能拒絕，因為她認為我要是再不好好放鬆，恐怕就要精神崩潰。」

艾歷克捏捏鼻梁，似乎在壓抑那段回憶。「一開始我很擔心，畢竟我是兩個孩子的父親，要是別人認為我不是個稱職的父親，那我該怎麼辦？但喬伊絲跟別人不同，她沒有說，有需要就打電話給她，而是二話不說，就做了她認為該做的事，因為她知道我經歷了什麼。結果，我真的照她的話做去海邊散心了。喬伊絲說得沒錯。頭兩天，我原本還過得慘兮兮，但是再過幾天，情況便有所改變，我開始散步、看書，每天都睡得很飽，等我再回到家，我知道我已經好久沒有這麼放鬆過了……」

艾歷克沒有把話說完，只是靜靜感受著凱蒂注視他的目光，和目光裡的重量。

「我不曉得你為什麼要告訴我這些。」

艾歷克轉身看著凱蒂。「妳我都知道，要是我先問妳要不要腳踏車，妳一定會拒絕。因此，我採取了喬伊絲當初對待我的方式，二話不說就把車送過去給妳，因為我知道這樣做是對的。我從過去的經驗當中學會了一件事：偶爾接受別人的幫助不是壞事。」艾歷克朝腳踏車點點頭。「收下吧。反正我用不著。而且妳不能不承認，有了這部車，妳上下班都方便得多吧。」

過了幾秒，凱蒂的肩膀終於放鬆下來，還笑著挖苦艾歷克說：「這段話，你是不是事先演練過？」

「呃，沒錯，」艾歷克臉上露出尷尬的表情，「那這部車，妳到底願不願意收下？」

凱蒂猶豫了一會兒，終於點頭答應。「好吧，有腳踏車代步還不錯。謝謝你。」

兩人沉默了幾秒，什麼話都沒有說。看著凱蒂的側影，艾歷克再一次覺得，眼前這個女子真的好美，雖然他直覺認為，凱蒂自己應該不這麼想，但這反倒讓他覺得她更有魅力。

「不客氣。」艾歷克說。

「但以後，不要再送我東西了好不好？你為我做的已經夠多了。」

「沒問題。」艾歷克朝腳踏車呶呶嘴。「好騎嗎？我是說，裝上籃子以後。」

「還不錯。為什麼這麼問？」

「籃子是昨天才裝上去的，在兩個孩子的幫忙下。我想趁著雨天，跟孩子做做勞作也不錯。籃子是克莉絲汀挑的，她還說，妳應該會喜歡亮晶晶的握柄呢。不過這一點我沒有聽她的。」

「亮晶晶的握柄我倒是不介意。」

艾歷克笑了起來。「好，我會告訴她的。」

凱蒂遲疑了一會兒，然後說：「你知道嗎？你做得還不錯。我是說，你這個爸爸當得還不錯。」

「謝謝誇獎。」

「我說真的。我知道不容易。」

「人生就是這樣啊。活著，很多時候並不容易，我們只能盡全力過好它。妳懂我的意思嗎？」

「我懂。」

這時候，有人推開雜貨店的門，艾歷克將身子往前一探，看到喬許正在掃視停車場，身後跟著克莉絲汀。喬許的外表跟媽媽很像，有著棕色的頭髮跟棕色的眼睛。看到他頭髮亂成一片，他知道他應該剛起床。

「小朋友，我在這裡。」

喬許朝他們走過去，一邊伸手搔頭。克莉絲汀則一臉燦爛地朝凱蒂揮手。

「爸？」喬許說。

「什麼事？」

「我們是想問你，我們今天還要去海邊嗎？你答應要帶我們去的。」

「計畫是這樣沒錯。」

「去烤肉嗎？」

「當然。」

「那就好。」喬許摸摸鼻子。「凱蒂小姐妳好。」

凱蒂朝喬許和克莉絲汀揮揮手。

「妳喜歡那部腳踏車嗎？」克莉絲汀雀躍地問。

「喜歡，謝謝妳。」

「我有幫我爸修腳踏車喔。」喬許對凱蒂說：「操作工具的事，他不拿手。」

凱蒂噗哧一笑，覷了一眼艾歷克。「這他倒沒說。」

「誰說的，我會修。我只是請喬許幫我裝上新內胎而已。」

克莉絲汀繼續望著凱蒂。「妳要跟我們一起去海邊嗎？」

凱蒂坐直身子。「不……不好吧。」

「為什麼？」克莉絲汀追問。

「凱蒂小姐可能要上班。」艾歷克說。

「不是，今天不用，」凱蒂回答，「但家裡有事要忙。」

「不用上班就來啊，」克莉絲汀興奮叫道：「很好玩的。」

「這是你們全家人的聚會，我不方便打擾。」

「不會打擾。而且很好玩耶。妳還可以看我游泳。拜託來啦！」克莉絲汀央求。

艾歷克沒有說話，因為他不想讓凱蒂覺得有壓力。原本以為凱蒂會拒絕的，但教他大感意外的是，她最後居然答應了，而且再一次開口時聲音格外溫柔。「好吧！」她說。

9

從雜貨店回到家，凱蒂在屋子後頭把車停好，便進屋換衣服去了。她沒有泳衣，但就算有，她大概也不會穿吧。她總覺得在陌生人面前穿著泳衣，就好像只穿內褲和胸罩一樣，教她很不自在，更何況是在艾歷克和兩個孩子面前。但小孩子就不一樣了，他們即使穿著泳衣在陌生人面前走來走去，看起來倒也很自然。

此外，儘管心裡抗拒，但她承認艾歷克這個人確實勾起了她的好奇心。不是因為他為她做了那些事，雖然那些事很令她感動，而是因為他悲傷的笑容；當他談起前妻或兩個孩子時，臉上偶爾會浮現一種悲傷的表情。此外，他身上還散發著一種他無法掩飾的孤獨，凱蒂知道，這樣的孤獨，跟她自身的情境頗為相似。

而且，她知道艾歷克對她很感興趣。畢竟她出社會也一段日子了，她看得出男人是不是被她吸引。像是，雜貨店裡的店員跟她攀談太過、陌生人用特別的眼神看她、餐廳服務生招待得太殷勤，都會讓她察覺有異。但她也學會了因應之道，譬如假裝沒看到這些男人在注意自己，或刻意表現輕蔑的態度，因為她知道要是不這麼做，晚一點，當她跟這些男人回家或獨處時，會發生什麼事。

但她提醒自己，這樣的日子已成了過去式。她打開抽屜，拿出她從安娜珍小鋪買來的短褲跟涼鞋。昨晚，她才跟朋友喝了點酒，今天居然就要跟艾歷克一家人到海邊去玩。其實這些都是平凡生活裡的平凡事件，但她卻覺得陌生得很，彷彿正在體驗什麼異國文化似的，因此她雖然感到興高采烈，卻又不由自主地提高警覺。

剛換好衣服，凱蒂便看到艾歷克的吉普車出現在石子路上，在她家門前停下。她深深吸了一口氣，走到門廊上，告訴自己：要是今天不去，以後可能就沒機會了。

坐上車，她聽到後座的克莉絲汀開口說話：「凱蒂小姐，要記得繫安全帶喔，否則我爸爸會拒絕開車。」

艾歷克撇過頭去看她，彷彿在問她：準備好了沒？她擠出了一個最勇敢的笑容。

「好，那我們出發囉！」艾歷克說。

出發後不到一個小時，他們就來到了一個名叫「長堤」的海邊小鎮。放眼望去，眼前盡是形似鹽盒的樓房和廣闊的海景。艾歷克將車子開進沙丘旁一個小停車場內，沙灘上的雜草隨著強勁的海風不住搖曳。凱蒂走下車，看著大海，深深吸進一口氣。

兩個孩子一下車，馬上朝沙丘與沙丘之間的走道跑過去。

喬許舉起手上的面罩跟呼吸管，大叫：「爸，我先去試試水溫。」

「我也要去。」克莉絲汀跟在哥哥後頭跑了。

「等一等，」艾歷克開始忙著從後車廂裡卸下東西，「等等再去！」

喬許嘆了口氣，重心不斷從左腳移到右腳，再從右腳移到左腳，一副很不耐煩的樣子。

看到艾歷克動手要搬手提冰箱，凱蒂問：「需要我幫忙嗎？」

艾歷克搖搖頭。「不用，我自己來就行。可以麻煩妳幫兩個孩子擦防晒乳，留意他們幾分鐘嗎？他們每次到海邊都興奮得很。」

「沒問題。」接著她轉身問克莉絲汀和喬許說：「你們倆準備好了嗎？」

艾歷克將車上的東西陸續卸下，在距離沙丘最近的一張野餐桌旁紮營（這裡不用擔心漲潮）。附近雖然還有其他人家，但基本上這塊沙灘可以說是他們自己的。凱蒂脫去涼鞋，雙手交抱，站在水邊，看孩子們在淺水處嬉戲。艾歷克從遠處看過去，發現凱蒂臉上竟露出了滿足的表情。他心想，真是難得。

他拎起幾條浴巾掛在肩膀上，朝凱蒂走過去。「天氣這麼好，誰想得到昨天才經歷過一場暴風雨。」

凱蒂轉頭對艾歷克說：「我都快忘記自己有多麼懷念海邊了。」

「多久沒來了？」

「很久了。」浪花拍岸的聲音以穩定的節奏在凱蒂耳邊響著。

喬許在浪花中奔進奔出，克莉絲汀則蹲在一旁的地上找尋值得珍藏的貝殼。

「獨自一人照顧兩個孩子，很辛苦吧。」凱蒂說。

艾歷克遲疑著，似乎在思索該如何回答。再開口時，他的聲音很輕很柔。「多半的時候都還好啦。人活著，總是會營造出某種固定的節奏，只要將節奏維持住，我們就不會感到挫折。」艾歷克踢了踢腳邊的沙子，踢出了一個小小的溝來。「我和我老婆曾經談到，要不要再生一個？但是她警告我，再生一個，就代表我的生活將從『盯人防守』變成『區域防守』，她擔心我應付不來。誰曉得現在，我每天都在進行區域防守……」但話沒說完，艾歷克便搖搖頭說：「很抱歉，我不該聊這個。」

「不該聊什麼？」

「每次跟妳說話，我最後好像都會聊起我太太。」

凱蒂轉頭看艾歷克。「聊你太太有什麼不對？」

艾歷克將沙子踢過來又踢過去，似乎想把他剛剛弄出來的溝給填平。「我不想讓妳覺得，除了我太太，我沒有別的事情可以講；我不想讓妳覺得，我一直活在過去。」

「你很愛她對不對？」

「對。」

「她是你生命裡很重要的一部分，而且是兩個孩子的媽，對不對？」

「對。」

「既然如此，談她有什麼關係？事實上你也應該這麼做，因為她已經成為你生命的一部分了。」

艾歷克露出感激的笑容，卻不曉得該說什麼。但凱蒂似乎明白，她接著用溫柔的聲音問艾歷克：「你們倆是怎麼認識的？」

「我們是在酒吧裡認識的。當天，她跟幾個朋友出去，幫朋友慶生。那天天氣很熱，酒吧裡擠滿了人，燈光昏暗，音樂又吵，她卻顯得……與眾不同。我是說，她的朋友們都玩開了，但她卻十分淡定。」

「她應該很漂亮吧。」

「這還用說。總之，我努力克制我的緊張情緒，走過去對她發揮我的魅力。」

停頓的片刻，艾歷克注意到凱蒂脣邊蕩漾著笑意。

「然後呢？」凱蒂問。

「結果，我花了三個小時才要到她的名字跟電話號碼。」

凱蒂笑了起來。「我猜，你隔天就打電話約她出去，對嗎？」

「妳怎麼知道？」

「你像是會幹這種事的人。」

「聽起來，妳常常被搭訕囉。」

凱蒂聳聳肩，沒打算辯解。「然後呢？」

「妳為什麼想聽這些事？」艾歷克問。

「不曉得，就是想聽。」

艾歷克看了看凱蒂，最後才說：「好吧。總之，我後來約她出去吃飯，聊了一整個下午。那一週的週末，我就告訴她我和她應該會結為夫妻。」

「不會吧。」

「我知道這聽起來很瘋狂。相信我，她也是這麼想。但不曉得為什麼……我就是有這種直覺。她很聰明、很善良，和我有很多共同點，我們想追求的人生目標也差不多。她很愛笑，也經常逗我發笑。能和她在一起，老實說，我覺得我比較幸運。」

浪花持續乘著海風滾向凱蒂的腳踝。「說不定她也是這麼想的。」

「那肯定是因為她上了我的當。」

「別這麼說。」

「因為妳也上了我的當。」

凱蒂笑了。「我不這麼認為。」

「妳會這麼說，是因為我們是朋友。」

「我們是朋友嗎？」

「對啊。」艾歷克望著凱蒂的眼睛。「難道妳不這麼認為？」

艾歷克從凱蒂的表情看得出來，這個說法嚇了她一跳，但她還沒來得及回答，克莉絲汀就已經全身溼答答地跑過來，手裡還捧著一堆貝殼。

「凱蒂小姐，」她大叫：「我找到了一些很漂亮的貝殼喔！」

凱蒂彎下腰，說：「我可以看看嗎？」

克莉絲汀伸出手，將貝殼倒在凱蒂手上，接著轉身問艾歷克：「爸，可以開始烤肉了嗎？我肚子好餓。」

「沒問題，親愛的。」接著艾歷克走向水邊，看兒子在浪花中翻來覆去。趁著喬許浮出水面，他把手握成喇叭狀，大喊：「喬許，我要燒炭生火了，你可以上來一下嗎？」

「現在嗎？」喬許喊回去。

「對，一下下就好。」

即使距離很遠，艾歷克仍然可以看到兒子的肩膀垮了下來。

凱蒂八成也看到了，她接著說：「你不放心的話，我可以幫你顧他。」

「真的？」

「反正克莉絲汀要展示她的貝殼給我看啊。」

艾歷克點點頭，轉身朝喬許大喊：「沒關係，不用上來了，凱蒂小姐會看著你。不要跑遠喔。」

「好。」喬許咧嘴笑了笑。

10

在水裡玩了一陣子，克莉絲汀已經全身發抖，而喬許則心情雀躍，兩人跟著凱蒂走上岸，往艾歷克鋪在地上的墊子走去。烤肉架已經架好，煤炭邊緣也發出了紅光。

艾歷克打開最後一張沙灘椅，擺在墊子上，看著他們走來。「海水如何？」

「棒透了！」喬許回答。他的頭髮橫七豎八地亂翹，其中有部分已經乾了。「什麼時候可以吃飯？」

艾歷克檢查了一下炭火。「再二十分鐘吧。」

「那我和克莉絲汀可以下水嗎？」

「你們不是才上來嗎？為什麼不休息個幾分鐘？」

「放心，我們是要去蓋沙堡，不是游泳。」

但克莉絲汀的牙齒不停打顫，艾歷克懷疑地問道：「妳確定妳行嗎？妳整個人都發紫了。」

克莉絲汀用力地點點頭。「沒問題，」她發著抖說：「更何況我們只是要去沙灘邊蓋沙堡而已。」

「好吧。但是先穿上衣服再說。還有，」艾歷克伸手指了指，「要待在我看得到的地方。」

喬許嘆口氣。「爸，我知道，我已經不是三歲小孩了。」

艾歷克從袋子裡翻出幾件乾衣服，幫兩個孩子穿上。喬許接著抓起一個裝滿了塑膠玩具和塑膠鏟子的袋子，一溜煙跑到距離水邊幾英尺處，後頭還跟著克莉絲汀。

「需要我過去顧著他們嗎？」凱蒂問。

艾歷克搖搖頭。「不用了，他們不會有事的。更何況，他們已經習慣了。我是說，他們知道不能在我煮飯時下水。」

接著艾歷克走到冰箱旁蹲下，掀開蓋子。「妳也餓了嗎？」

「有一點。」說完，凱蒂才想起自從昨晚吃過起司配紅酒，她一直都還沒進食。結果，她的肚子彷彿配合演出似的，咕嚕嚕叫了幾聲，她趕緊用手按住肚子。

「很好，因為我快餓扁了。」艾歷克伸手在冷凍櫃裡翻找食材，凱蒂則注意到了他胳膊上結實的肌肉。「我在想，喬許可能想吃熱狗，克莉絲汀可能想吃起司漢堡，至於我們兩個，就吃牛排吧。」艾歷克取出肉來，放在一旁，再蹲低身子，朝木炭吹氣。

「有什麼我可以幫忙的嗎？」

「麻煩妳幫我鋪桌巾好了，桌巾在冰箱裡。」

「沒問題。」凱蒂從冰箱裡拿出一袋冰塊，愣愣地看著說：「這麼多食物，大概夠六、七個家庭吃吧。」

「有小孩在，寧願多帶也不要少帶，因為妳壓根兒不曉得他們會吃多少。妳知道嗎？有好幾次我們人到了這裡，才發現有東西忘了帶，只好開車回店裡去拿。但今天，我可不希望這樣的事情發生。」

凱蒂照著艾歷克的吩咐，將桌巾展開鋪到桌子上，還拿紙鎮壓住四個角落——不曉得為什麼，艾歷克今天居然連紙鎮都記得帶。

「接下來呢？其他東西要不要也拿出來放在桌上？」

「沒關係，有的是時間。對了，我現在很想喝點啤酒，妳呢？」說完，艾歷克從冰箱裡拿出了一罐啤酒。

「汽水好了。」凱蒂說。

「健怡可樂？」艾歷克把手又伸進了冰箱。

「好。」

凱蒂伸手接可樂的時候，和艾歷克的手稍稍碰觸了一下，但她不確定艾歷克是不是注意到了。

艾歷克指著一旁的椅子說：「要不要坐一下？」

凱蒂猶豫了一會兒，注意到椅子和椅子間有足夠的空隙，兩人坐下時不會碰到，這才安心在艾歷克身旁坐下。艾歷克拉開拉環，喝了一口啤酒。「天氣熱的時候來海邊，沒有什麼比冰涼的啤酒更享受了。」

和艾歷克獨處，讓凱蒂有點不自在，她硬擠出笑容說：「好吧，我相信你。」

「妳不喜歡喝啤酒？」

一個畫面閃過凱蒂的腦海：她父親常坐的躺椅旁，藍帶啤酒的空罐頭散落一地。「不是很喜歡。」她承認。

「只喜歡葡萄酒？」

凱蒂愣了一下，半晌後才想起，艾歷克曾經送她一瓶葡萄酒。「事實上，我昨天晚上才跟鄰居一起喝了點葡萄酒。」

「是嗎？不錯喔。」

為了化解尷尬，凱蒂思考著什麼樣的話題比較安全。「對了，你說你是斯波坎人？」

艾歷克伸直了雙腿，腳踝左右交叉，好活動活動筋骨。「對，我在那裡出生，在那裡長大，而且上大學前一直住在那裡。」他接著朝凱蒂瞥了一眼。「對了，我念的是華盛頓大學。加油，哈士奇！」

「你父母還住那裡嗎？」凱蒂微笑著問。

「對。」

「這樣的話，要探望孫子不是很不容易？」

「大概吧。」

「大概？」艾歷克的口氣引起了凱蒂的好奇。

「他們不是那種會經常探望孫子的爺爺奶奶，就算住得很近也一樣。我兩個孩子從出生到現在，他們只看過兩次，一次是克莉絲汀出生時，一次是卡莉出殯時。」艾歷克搖搖頭。「別問我為什麼，但除了寄寄生日賀卡或耶誕禮物，他們對我的兩個孩子就是不怎麼感興趣。他們寧願拿這些時間去旅行或做他們想做的事。」

「是喔？」

「我能怎麼辦呢？更何況，他們對待我的方式也沒有太大不同，雖然我是獨子。我上大學時，他們只去探望過我一次，就是我畢業那天。我雖然很會游泳，還爭取到全額獎學金，但是我參加游泳比賽他們只看過兩次。我猜想，就算我住在他們對面，他們大概也不會想來看我的孩子吧。我會一直待在這裡，恐怕也跟這一點有關。」

「那孩子的外公外婆呢？」

艾歷克伸手刮刮啤酒罐頭上的商標。「那就更怪了。除了卡莉，我岳父母還有兩個女兒，多年前就搬到了佛羅里達州。我岳父母把雜貨店賣給我後，也搬去了那裡。每一年，他們會回來探望我們一、兩次，但每次都只待上幾天，但是這對他們來說已經是很難得了。而且，他們來的時候多半不願意住在家裡，我猜那是因為他們會想起卡莉吧，畢竟這裡有太多回憶了。」

「也就是說，你基本上只能靠自己。」

「誰說的？恰恰相反，」艾歷克朝兩個孩子呶呶嘴，「別忘了我還有兩個孩子。」

「要看店，又要照顧孩子，有時候應該很辛苦吧。」

「沒那麼糟啦。只要能夠早上六點起床，半夜再上床睡覺，基本上就應付得來。」

凱蒂輕鬆地笑了笑。「木炭是不是快好了？」

「我看看。」艾歷克將啤酒罐往沙子上一擱，再起身走向烤肉爐。炭塊已經呈現白熱狀態，熱氣像波浪一樣，一波波往外放射。「妳好厲害，時間掌握得恰到好處。」說完，他伸手將牛排和漢堡肉放上烤肉架，凱蒂則走到冰箱旁把裡頭的食物一樣樣都搬出來，包括裝在特百惠容器裡的馬鈴薯沙拉、高麗菜沙拉、醃醬菜、四季豆沙拉、切片水果、兩袋洋芋片、若干乳酪片，和各式各樣的調味料。

凱蒂一邊擺放這些食物，一邊搖頭想著，艾歷克難道忘記了喬許和克莉絲汀還是小小孩嗎？這些食物的分量，比她來到南波特後在家裡準備的食物還要多呢。

將牛排和漢堡肉翻面後，艾歷克把熱狗也放到烤肉架上。接著他注意到正在餐桌旁走動並整理東西的凱蒂，一雙腿好美好美。

但凱蒂似乎發現了他正在盯著自己看。「什麼事？」她問。

「沒事。」

「你看起來心不在焉。」

艾歷克嘆口氣。「很高興妳過來。我今天玩得很開心。」

艾歷克一邊烤肉，一邊和凱蒂輕鬆閒聊著。他告訴凱蒂，在鄉下經營一間雜貨店是什麼情形，這家店他岳父母當初又是怎麼經營起來的。在談起店裡一些特立獨行、簡直稱得上「怪胎」的常客時，他聲音裡仍帶著感情。聽到這裡，凱蒂不禁在心裡納悶，他要是帶別人來海邊玩，會不會也用怪胎這樣的字眼來形容她？

但是這不重要。聽艾歷克講得越多，她就越了解到，他是那種會盡量看到別人優點、不會亂發牢騷的人。她試著在腦海裡想像他年輕時是什麼樣子，但是她想像不出來，於是將兩人的對話導入那個方向。結果，艾歷克談到了他在斯波坎長大的經歷。譬如他經常趁著長長的週末，和朋友一起騎腳踏車沿著單車跑道兜風；學會游泳後不久，他就瘋狂地愛上這項運動，每天都游上四、五個鐘頭，甚至夢想成為奧運選手，直到大二那年才因為肩旋轉肌受傷不得不放棄夢想。他還提到，大學時舉辦的兄弟會派對是什麼樣的情形，他認識過什麼樣的人，雖然他和這些朋友後來都漸行漸遠。凱蒂注意到，艾歷克談話時，並不會刻意去掩飾或淡化自己的過去，也不會過度在意別人對他的看法。

而且她看得出來，艾歷克的確曾經是個一流的運動員，因為他的舉止間流露出一股優雅和自在，臉上也經常掛著從容的笑，彷彿輸贏對他來說早已是家常便飯，他不會太放在心上。說著說著，艾歷克沉默了下來，凱蒂原本擔心他會問起自己的過去，但還好沒有，因為他好像意識到了這會讓她感到不自在，所以又開始說起別的往事。

終於，肉烤好了，兩個孩子聽到父親的呼喚飛奔而來，但由於身上沾滿沙子，只好先站在一旁讓艾歷克幫忙撥掉沙子。凱蒂看在眼裡，深深覺得他這個父親實在比他自認為的還要好上許多倍——至少就重要的方面來說是如此。

兩個孩子坐上餐桌後，談話內容立即變得不同。兩個孩子談起他們剛剛蓋的沙堡，談到他們兩人都很喜愛的某個迪士尼頻道的節目，然後又問艾歷克什麼時候可以吃棉花糖夾心餅——棉花糖夾心餅，就是把棉花糖、巧克力棒和全麥餅乾加熱，直到這些材料全部融化並融合在一起的一種點心。顯然，透過這道點心，艾歷克為兩個孩子創造了一個有趣又特殊的傳統。凱蒂不禁覺得，和自己認識過的每個男人甚至女人相比，艾歷克實在與眾不同。聽著聽著，她有過的緊張焦慮此刻已消失無蹤。

由於最近都吃得很清淡，凱蒂覺得這頓食物格外美味。晴朗的天空萬里無雲，偶爾才有幾隻海鳥飛過。在微風的輕拂下，她覺得神清氣爽，再聽著海浪平穩的節奏，更感到無比平靜。

吃完飯後，兩個孩子先幫忙收拾餐桌，把沒吃完的東西收回冰箱，只留下醃醬菜和洋芋片等不會腐壞的食物在桌上。然後他們說想去衝浪，艾歷克先幫他們再次塗上防晒乳，再脫下身上的衣服，跟著他們跳進水裡。

凱蒂搬了張椅子在水邊坐著，看兩個孩子在父親的協助下在水裡衝浪，還不時興奮地發出尖叫，顯然玩得不亦樂乎。她覺得艾歷克真厲害，可以讓兩個孩子都覺得自己是父親目光的焦點，而且他對待他們的方式是如此溫柔又耐心十足，讓凱蒂大感意外。隨著時間一分一秒過去，天空的雲越積越多，她面帶微笑地想著：這麼多年來，這是她頭一次感到澈底放鬆。而且她知道自己跟兩個孩子一樣開心。

11

從水裡出來以後，克莉絲汀直說好冷，艾歷克於是先帶她到浴室裡換衣服。凱蒂則留在墊子上，看水面閃著瀲灩的波光，喬許則在一旁堆起了小沙堆。

「凱蒂小姐，妳可以幫我放風箏嗎？」喬許突然開口問道。

「放風箏？我不確定我會不會耶……」

「沒關係，很簡單。」接著，喬許從父親帶來的玩具堆裡抽出了一個小風箏。「來，我示範給妳看。」

說完，喬許便拔腿朝海灘跑去。凱蒂跟在後頭，先快跑了幾步，接著才慢放速度，改為快走。跟上喬許時，他已經把風箏的線給捲開，接著再把風箏遞給凱蒂。「高舉在頭上就可以了。」

凱蒂點點頭，喬許則慢慢地往後退，一邊輕鬆俐落地將風箏的線給鬆開。

「準備好了嗎？」喬許高聲詢問，並停下腳步。「我開始跑的時候，妳就放掉風箏！」

「好，我準備好了！」凱蒂高聲回應。

喬許大叫一聲，跑了出去，凱蒂一感受到風箏被拉扯就馬上放手。她不確定風力是不是夠強，但不出幾秒，風箏就飛向天空。看到喬許停下腳步，轉過身來，凱蒂朝他走過去，喬許緊接著又放掉更多線。

走到喬許身旁，凱蒂舉手擋住太陽的強光，再抬頭看風箏緩緩上升。儘管距離很遠，風箏上黑黃兩色的蝙蝠俠圖案仍清晰可見。

喬許抬著頭說：「我算是放風箏高手喔。為什麼妳從來沒放過風箏呢？」

「不曉得，我小時候從來沒有機會放風箏。」

「真可惜，很好玩的。」

喬許一臉專注地繼續望著上方，凱蒂這才注意到他跟克莉絲汀長得好像。

「你現在上幼稚園對嗎？你喜歡上學嗎？」

「還算喜歡啦。不過我最喜歡下課時間，可以去賽跑什麼的。」

凱蒂心想，看得出來，他來到海邊後就一直動個不停，幾乎一刻也沒有停過。接著她問：

「你們老師人好不好？」

「很好啊。跟我爸爸有點像，不會大吼大叫。」

「你爸爸不會這麼做？」

「不會。」喬許肯定地說。

「那他生氣時會怎麼樣？」

「他從不生氣。」

真的？凱蒂懷疑地盯著喬許，最後才想到，他沒有必要騙她。

「妳朋友多不多？」喬許問。

「不多。為什麼這麼問？」

「因為爸爸說妳是他的朋友，所以才邀妳一起來。」

「他什麼時候說的？」

「我們去玩水的時候。」

「他還說了什麼？」

「他還問說，找妳來我們會不會不高興？」

「你們會不高興嗎？」

「沒有，為什麼要不高興？」喬許聳聳肩。「每個人都需要朋友。更何況海邊很好玩。」

這句話聽起來不像爭辯。「你說得對。」凱蒂說。

「以前，我媽媽也常常一起來。」

「是喔？」

「對，可是她過世了。」

「我知道。很遺憾她過世了。你應該很難過，很想她吧。」

喬許點點頭，剎那間，他看起來彷彿比實際年齡老了好幾歲，又彷彿小了好幾歲。「我爸爸有時候想到她也會很難過。他以為我不知道，但是我看得出來。」

「換做是我，我也會很難過。」

喬許安靜了一會兒，似乎在思索她這句話的意思。最後他說：「謝謝妳幫我放風箏。」

艾歷克幫克莉絲汀換好衣服後，也帶她一起放風箏。他來到水邊，跟凱蒂一起站在厚實的沙子上。凱蒂的頭髮在微風中輕輕擺動。

「你們倆好像玩得滿開心的嘛。」艾歷克說。

「他是個乖孩子，而且比我想像的還要健談。」

看艾歷克注視著兩個孩子放風箏，凱蒂有個直覺，這父親可什麼都看在眼裡。

「所以，你每個週末離開雜貨店後，做的這就是這件事？陪孩子享受天倫之樂？」

「沒錯，」艾歷克回答，「我覺得這很重要。」

「雖然你爸媽可能不這麼想？」

艾歷克猶豫了片刻才答腔：「聽起來很順理成章對嗎？因為我沒有從父母親身上得到充分的關愛，所以就告訴自己，以後一定要當個不一樣的父母。這樣的說法很有道理，但是不是完全正確我就不曉得了。我只知道，我經常陪小孩是因為我喜歡這麼做，我喜歡跟他們在一起，看著他們漸漸長大。我不想錯過他們的成長。」

艾歷克的回答讓凱蒂不禁回想起童年，她多麼希望自己的父母當初也是同樣的心情，卻怎麼樣都無法說服自己。

「你畢業後為什麼決定投筆從戎？」

「因為我覺得自己應該這麼做。那時候的我，很想迎接新的挑戰，嘗試一些不同的東西。

從軍，讓我有正當的理由可以離開家鄉。在此之前，除了幾次參加游泳比賽，我從來沒離開過華盛頓州。」

「那你有沒有看過……？」

凱蒂沒把話說完，但艾歷克知道她心裡想的是什麼。「戰場上的廝殺？沒有。我當的不是那種兵。我大學主修的是刑事司法，所以當兵時在刑事調查科服務。」

「刑事調查科？」

艾歷克解釋了一下那是什麼，凱蒂聽完後轉身問他：「你是說，像警察那樣？」

艾歷克點點頭。「差不多。我是負責辦案的。」

凱蒂沒說什麼，只是忽然轉過頭去，一張臉像門一樣「砰」地關上。

「我說錯了什麼嗎？」艾歷克好奇地問。

凱蒂搖搖頭，沒有說話。艾歷克不知道怎麼了，只能不住地看著她。他之前對她的猜疑，關於她的過去，幾乎馬上又浮現出來。

「怎麼了凱蒂？」

「沒什麼。」但凱蒂這幾個字才說出口，艾歷克就知道她沒有說實話。如果換個時空，他可能會換個方式繼續追問，但是今天他不打算這麼做。

他只是靜靜地說：「不想講沒關係。更何況，我早就不是軍人了。我不是告訴過妳嗎？經營雜貨店，我過得還比較開心，這一點妳可以相信我。」

凱蒂點點頭，但艾歷克感覺得出來，她心中仍有一絲焦慮徘徊不去。儘管不曉得為什麼，但他知道，凱蒂需要更多空間。他舉起拇指往身後指了指。「對了，烤肉爐需要再加點木炭。孩子們要是吃不到棉花糖夾心餅，我可就吃不完兜著走了。等我一下，我馬上回來。好嗎？」

「好。」凱蒂刻意裝得從容不迫。但是當艾歷克走開時，她卻鬆了一口氣，彷彿剛逃過一劫。原來他以前是警官，她在心裡想，但她試著告訴自己：沒關係，不重要。儘管如此，她還是花了將近一分鐘的時間調整呼吸，情緒才平穩了些。當時，兩個孩子也在附近，克莉絲汀正彎著腰檢視一個貝殼，根本無視於正在天上飛的風箏。

凱蒂聽到身後響起艾歷克的腳步聲。

艾歷克故作輕鬆地說：「我剛剛說了，我馬上回來。吃完棉花糖夾心餅後，我們應該就可以打道回府了。雖然我很想在這裡待到太陽下山，但喬許明天要上學，還是早點回家比較好。」

「你什麼時候想回去，我都沒意見。」說這話時，凱蒂交抱著雙臂。

看到凱蒂肩膀僵硬，說話的語氣又冷冰冰的，艾歷克知道不對勁，他皺起了眉頭說：「如果我剛剛說了什麼話惹妳不高興，我跟妳道歉。但只要妳想說，我很樂意當妳的聽眾。」

凱蒂點點頭，但沒有說話，艾歷克以為她接下來要說什麼，於是沉默了半晌，但她還是靜默無語。「我們之間，難道要一直維持這樣的關係？」

「你這話什麼意思？」

「我是說，跟妳在一起，有時候氣氛會忽然變得很緊張，讓我覺得如履薄冰，雖然我不曉得為什麼。」

「我希望我可以告訴你為什麼，但是不行。」凱蒂的聲音很小，幾乎快被海浪的聲音給淹沒。

「起碼妳可以告訴我，我說錯了什麼或做錯了什麼，害妳不高興吧？」

凱蒂轉身看著艾歷克。「沒有，你沒有說錯什麼或做錯什麼。只是，我現在能說的就只有這麼多了。」

艾歷克端詳著凱蒂。「好吧，妳高興就好。」

凱蒂勉強自己擠出了一個笑容。「我已經很久沒玩得這麼愉快了。」

「妳還在為腳踏車的事情生氣是不是？」艾歷克瞇起眼睛，裝出懷疑的表情。看到艾歷克的表情，凱蒂先前感受的緊張情緒雖然還在，但仍是忍不住笑了。

「當然，哪有那麼快就氣消！」她噘起嘴唇，佯裝還在生氣。

艾歷克將目光投向遠方的地平線，彷彿鬆了一口氣。

「可以問你一件事嗎？」凱蒂的語氣又嚴肅了起來。「不想說的話不必勉強。」

「妳儘管問。」

「你太太怎麼了？你只說她病情發作，沒說得了什麼病。」

艾歷克嘆了口氣，彷彿知道自己遲早會被問到這個問題，但他還是強自鎮定，緩緩地答道：「腦瘤。講得更精確一點，是三種不同的腦瘤。我原本不曉得，但後來才知道，這種情形其實相當普遍。其中一種，是生長緩慢的腫瘤，也就是一般人所認知的那種，體積跟雞蛋差不多，可以透過外科手術切除掉大半。但其他類型的腫瘤，處理起來就沒那麼容易了。另一種腫瘤會像蜘蛛腿一樣蔓延開來，要加以切除，通常還得切除掉部分的腦，而且那類腫瘤是惡性的。當醫生們走出手術房，告訴我手術還算順利的時候，我馬上就聽懂了。」

「換做是我，我根本無法想像自己聽到這種消息會有什麼反應。」凱蒂的眼睛直盯著沙子看。

「老實說，我當初也很難相信那是真的，畢竟那實在太出人意料了。前一個星期，我們還是個正常的家庭，結果接下來就聽到她得了絕症，而我卻什麼事都不能做。」

一旁的克莉絲汀和喬許，一雙眼睛仍緊緊盯著天上的風箏，但凱蒂知道，此時的艾歷克應該對風箏視若無睹。

「手術結束後，過了好幾個星期，卡莉才有辦法再度行走，當時我多麼希望相信一切都沒事了。但幾個星期過去後，我開始注意到一些微小的變化，譬如卡莉左半邊的身體變得越來越虛弱，睡午覺的時間也越來越長。儘管這已經夠煎熬了，但更讓人心痛的是，她和孩子的距離越來越遠。我猜這是因為，她不希望孩子記得她生病時的憔悴模樣，而希望他們記得她本來健康的模樣吧。」說到這裡，艾歷克停頓了一會兒，接著又搖搖頭說：「對不起，我不該告訴妳這些的。她是個很棒的母親，看看那兩個孩子現在的樣子就知道了。」

「這個部分，孩子的父親應該也有功勞吧。」

「我盡力啦。但老實說，有一半的時間，我並不清楚自己做得對不對。好像我是在假裝自己是個好爸爸似的。」

「天底下的父母應該都這麼覺得吧。」

艾歷克轉頭看凱蒂。「妳父母也這麼想嗎？」

凱蒂遲疑地說：「他們……應該也盡力了吧。」她這句話不是在為父母背書，但的確是事實。

「妳跟他們親嗎？」

「我十九歲時，他們就車禍身亡了。」

艾歷克看著凱蒂。「我很遺憾。」

「是不容易。」

「妳有兄弟姊妹嗎？」

「沒有。」凱蒂轉頭看著海水。「就我一個。」

幾分鐘後，艾歷克幫兩個孩子把風箏線捲起來，再回到野餐區。但由於木炭還不夠熱，他決定先洗洗衝浪板，拍掉浴巾上的沙子，再取出做棉花糖夾心餅的材料。

接著，兩個大人和兩個孩子齊心協力，將大部分的東西都收拾好，放回吉普車內，只剩下一張毯子和四張椅子在沙灘上。兩個孩子坐在排成半圓形的椅子上，等艾歷克發給他們一支長長的叉子和幾袋棉花糖。喬許一時太興奮，撕開袋子的時候用力過猛，幾塊棉花糖因此掉到毯子上。

看孩子將棉花糖放在叉子上，凱蒂有樣學樣，用叉子叉了三顆棉花糖，再站到烤肉爐邊，轉著叉子，看上面的糖霜變成金黃色。但由於沒有經驗，叉子拿得離火太近，結果有兩顆棉花糖燒了起來，艾歷克趕緊將火吹熄。

當棉花糖烤得差不多了，艾歷克再幫他們完成剩下來的部分：在全麥餅乾上放一塊巧克力，再放上烤好的棉花糖，最後再疊上另一塊全麥餅乾。凱蒂將成品放入口中，嗯，滋味香甜，而且入口融化，她已經很久沒吃過如此美味的東西了。

她坐在兩個孩子中間，看艾歷克為了吃手上那快要化掉的棉花糖夾心餅，弄得一團糟，還用手指抹抹嘴巴，結果更是慘不忍睹。兩個孩子忍不住捧腹大笑，她也跟著呵呵笑了起來，忽然，她心中升起一股樂觀的情緒——原來，這就是美滿家庭的樣子，儘管他們經歷過失去至親的痛苦；原來，這就是幸福的家庭聚在一起時會做的事。雖然對艾歷克一家人而言，這不過是某個平凡週末當中平凡的一天，但是對她而言，這卻揭示了某個不平凡的意義：原來，這樣的幸福時刻的確存在。未來，或許她也有機會……有機會經歷這樣的快樂吧。

12

「然後呢？」

凱蒂剛回到家，就看到裘頭髮上沾著點點油漆，過來找她串門子。凱蒂煮了一壺咖啡，在桌上放兩個杯子，與她在餐桌邊對坐，廚房裡只有爐子上方亮著昏黃的燈光。

「沒什麼。吃完棉花糖夾心餅後，我們到海邊又走了一圈，後來就上車回家了。」

「他有送妳到門口嗎？」

「有。」

「妳有邀請他進來嗎？」

「他還得送小孩回家呢。」

「那你們有吻別嗎？」

「當然沒有。」

「為什麼沒有？」

「我剛剛講的話妳沒有注意聽啊？他原本就計畫帶孩子到海邊去，至於我，他只是順道邀請而已。我和他又不是在約會。」

裘拿起咖啡杯。「可是聽起來很像約會啊。」

「那是他們的家庭聚會。」

裘想了想。「但是你們好像聊了不少。」

凱蒂往椅背一靠。「妳不是希望我們約會嗎？」

「我為什麼希望你們約會？」

「不曉得耶。自從我認識妳以來，妳每次聊天好像都會提到他。好像妳很希望我……該怎麼說呢？注意到他。」

裘攪了攪杯裡的飲料，再放回桌上。「那妳有注意到他嗎？」

凱蒂無奈地舉起雙手。「妳看，我沒說錯嘛。」

裘笑了笑，再搖搖頭。「好吧好吧，那我這樣說好不好？」她遲疑了一會兒才接著說：「我看過的人不少，直覺還滿準的。妳我都知道，艾歷克是個好人，我剛認識妳的時候也有這種感覺。可是，除了調侃妳，我可從沒有硬拉著妳到艾歷克的雜貨店要介紹你們倆認識喔。他開口邀妳一道去海邊玩時，我也不在場，更何況，接受他的邀請，妳應該再樂意也不過吧。」

「是克莉絲汀要我一起去的……」

「我知道，妳說過了。」裘挑了挑眉毛。「妳接受邀請完全是因為克莉絲汀。」

凱蒂橫眉怒目地說：「妳很愛扭曲事實耶。」

裘又笑了。「妳有沒有想過，我這樣說也許是出於嫉妒？但不是嫉妒妳跟艾歷克約會，而是嫉妒妳可以在天氣這麼好的時候去海邊玩，我卻得一連兩天在家裡粉刷牆壁。我發誓，我這輩子絕不再刷油漆了。我的手臂和肩膀痠死了。」

凱蒂站起來走到流理臺邊，為自己又倒了一杯咖啡，並舉起咖啡壺。「妳還要嗎？」

「不了。我今晚得好好睡個覺，喝太多咖啡會睡不著。對了，我想要叫點中國菜來家裡吃。妳要不要？」

「我不餓，我今天已經吃很多了。」

「怎麼可能？不過妳倒是晒了不少太陽，妳晒黑一點還滿好看的，雖然那可能會害妳長皺紋。」

凱蒂用鼻子哼著氣說：「謝謝妳喔。」

「要不然朋友幹什麼用的？」裘站起身來，像貓一樣伸了伸懶腰。「對了，我昨晚玩得很開心，雖然今天早上付出了一點代價。」

凱蒂同意道：「是很好玩啊。」

裘走了幾步，又回轉過身。「對了，差點忘了問妳，那部腳踏車，妳會收下嗎？」

「會。」

裘想了想。「不錯。」

「怎麼說？」

「我只是覺得，車子妳沒有必要還他。畢竟，妳需要交通工具，而他又很希望妳收下。所以幹嘛不留著呢？」裘聳聳肩。「妳這個人啊，有時候就是把事情想得太嚴重了。」

「譬如對我那個心機重的朋友？」

「妳真的覺得我心機重？」

「一點點而已啦。」

裘笑了起來。「妳這星期會很忙嗎？班多不多？」

凱蒂點點頭。「六個白天班，三個晚班。」

裘扮了個鬼臉。「我的媽啊。」

「沒問題。我習慣了，更何況我需要這份薪水。」

「而且，妳還過了一個愉快的週末。」

凱蒂頓了一會兒才說：「對，沒錯。」

13

接下來幾天，沒什麼特別的事情發生，讓艾歷克覺得日子更加漫長。自從星期天傍晚開車送凱蒂回家，他們倆就再也沒講過話。雖然他知道凱蒂這星期工作很忙，所以並不意外，但他曾不只一次走出店外，朝馬路上引頸期盼，因為沒看見她而覺得悵然若失。

原本還以為，凱蒂說不定會覺得他魅力無法擋呢，但如今看來，這不過是個經不起考驗的幻想罷了。但教他訝異的是，自己居然像個情竇初開的少年一樣，滿心渴望再見到她——雖然不知道她對自己是不是有相同的感受。他常常在腦海裡回想起那天在海邊見到的凱蒂：細緻的五官，顏色變換不定的眼眸，栗子色的頭髮在微風中輕輕飄揚。後來，她總算逐漸放鬆下來，看來那天到海邊一遊，應該讓她在某種程度上卸下了心防吧。

對於凱蒂，他好奇的不僅僅是她的過去，還包括所有他不知道的，關於她的一切。譬如她喜歡什麼樣的音樂，早上起床後第一個念頭是什麼，有沒有去看過棒球比賽，睡覺時是仰躺還是側睡，喜歡淋浴還是泡澡等等。而且，想得越多，他對她的好奇就越發強烈。

他希望凱蒂可以信任他，願意將過往的點點滴滴說給他聽，但他這麼想並非出於一廂情願，以為自己可以拯救凱蒂或凱蒂需要被拯救，而是因為他覺得，把過去的事情說出來，生活才能迎向未來，而他們倆也才能產生真正的交流。

到了星期四，他開始反覆思量：要不要去她家找她呢？他很想這麼做，甚至還一度伸手拿了鑰匙，最後卻又作罷，因為他不曉得見到她該說什麼，甚至無法預料她會有什麼反應。她會對他報以微笑呢？還是變得侷促不安？會請他進去坐坐呢？還是要他離開？儘管設想了各種狀況，但未知數實在太多，他最後只好放下鑰匙。

唉，事情太複雜了，但話說回來，凱蒂本來就是個神祕的女人不是嗎？他這樣提醒自己。

至於凱蒂，她過沒多久終於承認，艾歷克送她的腳踏車簡直就是天上掉下來的禮物。現在，她可以趁著兩班之間的空檔回家休息，而且有了代步工具，她總算可以在鎮上四處走走了。比方說星期二這天，她逛了幾家古董店，上畫廊欣賞了一系列以海景為主題的水彩畫，騎車兜風，還在海邊欣賞到不少歷史古厝寬闊氣派的門廊和柱廊。星期三，她上圖書館待了好幾個小時，瀏覽書架上的豐富藏書，閱讀書籍封面上的介紹文字，最後還借了幾本感興趣的小說帶回家看。

晚上，她躺在床上讀著借回來的書，思緒卻不時飄到了艾歷克身上，並想起以前住阿爾圖納時同一條街上一位鄰居的父親。這個鄰居名叫凱麗，小凱蒂好幾歲，因此凱蒂跟她其實不熟。還記得高二那年，每個星期六早上她都會坐在自家門廊，看凱麗的父親像時鐘一樣，規律地打開車庫門，吹著口哨，將除草機拖出來，來來回回在自家草坪上除草，動作像軍人般精準確實——他家院子，可以說是那一帶最漂亮整齊的，因此他非常引以為傲。不時，他會停下腳步，彎腰撿起掉落的樹枝，再從後褲袋內掏出手帕擦擦臉上的汗珠。除完草，他會斜倚在他那輛福特汽車的引擎蓋上，喝著老婆為他準備的檸檬汁，老婆如果在身旁，他還可能拍拍老婆的屁股表示親暱。每當看到這一幕，凱蒂就不禁會心一笑。

看著這父親心滿意足地喝著檸檬汁，親暱地碰觸老婆，凱蒂總覺得，他應該很滿意自己的生活，也實現了所有的夢想吧，因此她時常感到好奇，要是出生在那個家庭，自己的人生會是什麼光景呢？

艾歷克也一樣，當孩子在身邊時，他身上也會散發出這種滿足的神情。而且他不但走出了喪妻之痛，甚至有餘力帶領兩個孩子同樣走出悲傷。他談起前妻時，凱蒂原本以為會從中聽到憤恨或自憐的情緒，但是沒有，雖然他難免還是會露出悲傷或寂寞的神色，但凱蒂也清楚感覺到，他不會拿她們兩人相提並論，而且似乎可以接受她現在這個樣子。因此凱蒂不得不承認，她的確被他所吸引，雖然她不曉得這是從什麼時候開始的。

但除此之外，她心裡其實五味雜陳。畢竟大西洋城那段往事，最後是以惡夢收場，因此在那之後，她不曾卸下心防讓別人如此靠近。儘管刻意保持疏離，每次見到艾歷克，似乎都會有什麼事情發生把他們倆牽到一塊兒。雖然那有時候是湊巧，譬如那次喬許落水，她幫忙安撫克莉絲汀，但更多時候卻好像是命中注定，譬如那次暴雨來襲，或克莉絲汀求她跟他們一起去海邊玩。正因為如此，她的理智告訴她，她最好不要透露太多關於自己的事。然而跟艾歷克相處的次數越多，她就越覺得，艾歷克對她的了解似乎超越了表面上看起來的那樣，這一點讓她頗感害怕。因為這讓她覺得自己很赤裸裸、很脆弱，所以這星期才故意不到他店裡去。她需要時間好好想想，要是事情的發展出乎她預期之外，她應該怎麼辦。

可是，她太常想起艾歷克了，包括他大笑時眼角的魚尾紋，在水中的英姿，他女兒吵著要他抱時所展現的那種絕對的信任。裘說過，艾歷克是個好男人，是那種……會做出對的事情的人。儘管自己還不是很了解他，但直覺告訴她，艾歷克的確值得信賴。無論告訴他什麼，他應該都會表示支持，並對她的祕密守口如瓶，也不會利用這一點來傷害她。

不，她不能這樣想，太不理智了，而且違反了她剛搬來這裡時告誡自己的種種。但另一方面，她卻又心知肚明，她希望他認識她、了解她，因為她對他有一種奇怪的直覺：他應該是那種，自己會愛上的男人，儘管她認為自己不想再墜入愛河。

14

捉蝴蝶。

星期六早上，艾歷克才剛剛起床，還沒下樓開店，腦海裡就冒出了「捉蝴蝶」這個想法。說也奇怪，他之前想了老半天，一直想不出要為孩子安排些什麼活動，後來卻忽然想起自己小六時學校老師指定的家庭作業：蒐集昆蟲。當初為了做作業，他趁著假日在草地上跑來跑去，捕捉蜜蜂、紡織娘等各式昆蟲。他有把握，這個活動喬許和克莉絲汀一定會很喜歡，他也為自己想出了這麼一個有趣又創意十足的點子來消磨週末下午頗為得意，於是開始在店內販售的漁網裡東翻西找，想篩選出三張尺寸適合的網子。

沒想到，午餐時間他告訴兩個孩子這個主意時，他們的反應並不雀躍。

克莉絲汀抗議道：「我喜歡蝴蝶，我不想傷害牠們。」

「誰說要傷害牠們了，捉到了可以放走啊。」

「那幹嘛捉？」

「好玩啊。」

「哪有?聽起來很殘忍。」

艾歷克原本張嘴想說什麼，卻因為想不到要說什麼而作罷。喬許咬了口手上的烤乳酪三明治，邊嚼邊說：「爸，可是天氣很熱耶。」

「沒關係。捉完蝴蝶，我們可以去溪裡游泳。還有，吃東西時嘴巴閉上。」

喬許把食物一口吞下。「那為什麼不直接去游泳?」

「因為要去捉蝴蝶啊。」

「改看電影行不行?」

「好好好!」克莉絲汀興奮地附議：「我們去看電影。」

這些孩子，有時候真是難搞，艾歷克心想。

「天氣這麼好，我才不要一整天都坐在室內呢。總之我們要去捉蝴蝶。相信我，你們會喜歡的。」

用完餐，他開車載孩子到郊外一處長滿野花的地方，然後便遞上捕蟲網要他們找蝴蝶去了。喬許把網子放在地上拖著走，看起來心不甘情不願，而克莉絲汀則將網子緊緊抱著，彷彿在抱洋娃娃一樣。

為了引起孩子們的興趣，艾歷克手裡抓著網子，跑到孩子前面，結果在野花叢中發現了好幾十隻蝴蝶。他慢慢靠近，等到距離夠近了，再用力一揮，果然捉到了一隻。他蹲下來，小心翼翼拉開網子，蝴蝶身上橘褐色交雜的斑爛色彩馬上展現在眼前。

「耶!」他興高采烈地大喊：「我捉到了一隻!」

半晌，兩個孩子已經來到身後，端詳他手中的蝴蝶。

「爸！小心點！」克莉絲汀驚呼。

「我會的，寶貝，妳看這些顏色多美麗啊。」

兩個孩子靠得更近了。

「酷喔！」喬許讚嘆了一聲，接著也開始四處奔跑，忘情地揮舞網子。

克莉絲汀則繼續端詳著網裡的蝴蝶。「這是什麼蝴蝶？」

「弄蝶，」艾歷克說，「但我不確定是什麼品種。」

「牠好像嚇到了。」克莉絲汀說。

「牠沒事。而且我會放牠走的，好嗎？」

克莉絲汀點點頭，看艾歷克小心翼翼地將網子的內面往外翻。蝴蝶一呼吸到自由的空氣，先是緊緊抓住網子，再展翅遨翔。

「爸，你可以幫我捉一隻嗎？」克莉絲汀問。

「沒問題。」

接下來一個多鐘頭，父子三人一直在花叢間捉蝴蝶，最後捉到了八種，其中還包括鹿眼蝶，但大多數都跟第一隻一樣，屬於弄蝶。活動結束時，兩個孩子已經滿臉通紅油亮。艾歷克先載他們去買甜筒冰淇淋，再來到屋後的小溪，兩個孩子穿上救生衣，和父親同時從碼頭上跳入水裡，再慢慢漂向下游。艾歷克自己的童年，常常就是這樣度過的。游完泳，他覺得心滿意足；除了上次去海邊，今天大概是他們一家人最近玩得最愉快的一次了。

但游泳也很累人。兩個孩子洗完澡後，說是想看電影，於是他選了一部他們父子三人都百看不厭的電影《看狗在說話》（*Homeward Bound*）來看。他站在廚房裡，看兩個孩子坐在沙發上，一動也不動地盯著電視。看得出來他們累了。

他把流理臺擦拭乾淨，將髒碗盤放進洗碗機裡洗，又洗了一批衣服，再整理客廳，刷洗孩子們的浴室，等這些家事做完，他才在沙發上坐下，陪孩子們看電影。喬許和克莉絲汀各自蜷縮在沙發的一角。電影結束時，他覺得一雙眼皮好重好重。能夠在忙碌了一整天之後放鬆一下，實在愜意不過。

但喬許喚醒了他。

「爸。」

「什麼事？」

「晚餐吃什麼？我餓死了。」

站在服務生櫃臺後的凱蒂，將視線從戶外露臺收回室內時，驚訝地發現，艾歷克正帶著兩個孩子跟在接待員後面，走向欄杆附近的一張空桌。克莉絲汀一看到凱蒂，先是朝她微笑揮手，再一個箭步衝出去，待凱蒂彎下腰時就雙手環抱住她。

「有沒有嚇一跳？」克莉絲汀說。

「有。你們怎麼來了？」

「爸爸今晚不想做飯。」

「是喔？」

「他說他累壞了。」

「不只如此，」艾歷克說，「相信我。」

凱蒂站直身子，跟艾歷克打了聲招呼，接著情不自禁地臉紅起來。

「妳好嗎？」艾歷克問。

「很好。」凱蒂點點頭，忽然覺得心頭小鹿亂撞。「但也很忙，你應該看得出來。」

「看得出來。接待員說，我們要再等一下才能坐到妳負責的座位區。」

「今天一直是這樣。」

「那我們就不打擾妳囉。來，克莉絲汀，我們回去。幾分鐘後，妳要是有空，我們再聊。」

「再見，凱蒂小姐。」克莉絲汀再一次揮手。

凱蒂心中生起了一股莫名的興奮感，她看著艾歷克走回桌邊，再打開菜單，問女兒想吃什麼，有那麼一個片刻，她好希望跟他們坐在一起。

她動手把衣服塞進褲子裡，再望望咖啡壺的不鏽鋼壺身映照出來的模糊倒影，發現自己頭髮亂了，於是伸手撥了撥，然後又覷一眼咖啡壺，想知道衣服是不是髒了（當然，就算弄髒了，她也無能為力，但她還是想知道），再走向艾歷克那一桌。

「小朋友，」凱蒂朝著兩個孩子說道：「聽說你們爸爸今晚不想做飯是嗎？」

克莉絲汀咯咯笑了起來，但喬許只是點點頭。「他說他累了。」

「我是這麼聽說的。」凱蒂說。

艾歷克轉轉眼珠子。「真不敢相信，我自己的孩子居然出賣我。」

「爸，我才不會出賣你呢。」克莉絲汀認真地說。

「謝謝妳喔，寶貝。」

凱蒂笑了起來。「渴不渴？要不要喝點什麼？」

最後他們點了三份甜茶和一份油炸玉米球。當凱蒂送上飲料，轉身要離開時，她可以感覺到艾歷克還在盯著自己看。儘管很想轉過身去，但她還是克制住了這股衝動。

接下來幾分鐘，她陸續幫幾桌客人點菜，收掉盤子，送餐，再將一籃油炸玉米球送到艾歷克一家人面前。

「小心喔，」凱蒂說：「還很燙。」

「就是燙才好吃啊，」喬許把手伸進籃子，克莉絲汀也伸手拿了一塊。

「我們今天去捉蝴蝶。」克莉絲汀說。

「真的？」

「真的。但蝴蝶我們都放走了，沒有傷害牠們。」

「聽起來很好玩。你們玩得開心嗎？」

「開心極了！」喬許說，「我捉到了大概一百隻蝴蝶吧。之後我們還去游泳。」

「真享受，」凱蒂真心地說，「難怪你們爸爸累了。」

「但我不累。」兄妹倆幾乎異口同聲地說。

艾歷克接腔道：「就算你們不累，還是得早早上床睡覺，因為你們可憐的老爸需要好好補眠。」

凱蒂搖搖頭說：「別這麼說，你老歸老，但並不可憐。」

半晌，艾歷克才聽懂凱蒂是在調侃他，忍不住開口笑了，而且笑聲不小，還引起隔壁桌的側目，但他似乎不在意。

「我來這裡是想要放鬆放鬆，好好吃頓飯的，沒想到卻被服務生欺負。」

「這就是人生，很辛苦對吧？」

「還用妳說。接下來妳是不是要告訴我，我胖成這個樣子最好看兒童菜單點菜？」

「好啦，我什麼都不說就是了。」但她刻意望了一眼艾歷克的肚子，讓艾歷克又笑了一聲，並用一種欣賞的眼光看她，讓她忍不住覺得他真的對自己有興趣。

「我們可以點菜了。」艾歷克說。

「想點些什麼？」

記下點菜內容後，凱蒂跟艾歷克對望了一眼，然後才走開，將點菜單送到廚房。儘管餐廳客人川流不息，她還是盡量抽空找藉口繞到艾歷克那一桌，幫他們加水、加茶、收走油炸玉米球的籃子，幫喬許換乾淨的叉子（他叉子掉到了地上），並趁機和艾歷克及兩個孩子閒聊個幾句，最後再幫他們送上主菜。

父子三人吃完飯後，太陽已經快要西沉，克莉絲汀也開始打起呵欠，但餐廳裡的客人不減反增。凱蒂先幫他們清理桌子，再送上帳單。當兩個孩子走下樓梯要離開時，凱蒂簡單跟他們道了聲再見，卻看到艾歷克露出猶豫的表情，似乎想約她出去，她不禁著急了起來：她該怎麼回應才好？沒想到，艾歷克話還沒說出口，就被一件小插曲給打斷了：餐廳裡一位客人不小心把啤酒灑出來，站起身時撞到桌子，又弄倒了兩個杯子。艾歷克知道凱蒂必須馬上過去處理，只好悻悻然離開。

他跟在孩子身後，一邊朝凱蒂揮手說再見。

隔天早上，艾歷克開店才半個小時，凱蒂就推門進來了。

「怎麼今天來得這麼早？」艾歷克驚訝地說。

「我今天很早起床，就想著早一點來買東西好了。」

「昨晚，你們餐廳裡的客人後來有沒有少一點？」

「有，最後有。這星期我們餐廳裡有好幾個員工請假，一個是去參加妹妹的婚禮，一個是臨時請病假。人手太少，忙得我們不可開交。」

「看得出來。但東西還是很好吃，雖然服務速度慢了些。」

看到凱蒂故意裝出不悅的表情，艾歷克笑了笑說：「逗妳的，誰叫妳昨晚要調侃我。」艾歷克搖搖頭。「說我老。拜託，我不到三十歲頭髮就已經花白了。」

「別這麼敏感嘛，」凱蒂用調侃的語氣說道：「相信我，你白頭髮還滿好看的，顯得很……穩重。」

「妳這話是褒還是貶？」

凱蒂微笑不語，只伸手去拿購物籃。這時候艾歷克清了清喉嚨說：「妳下星期還會這麼忙嗎？」

「不會。」

「那下週末呢？」

凱蒂想了一下。「我星期六休假。怎麼了？」

艾歷克將重心從一腳換到另一隻腳，最後和凱蒂四目交接。「我想請妳吃飯。就妳跟我，沒有兩個孩子當電燈泡。」

聽到這裡，凱蒂知道，她和艾歷克已經來到了十字路口，要是跨過某條界線，他們的關係就會變調。這也是她提早來店裡的原因。她前一天晚上在艾歷克的表情裡看出了一點什麼，但不曉得自己有沒有誤解，因此想確認一下。她知道，她希望艾歷克開口約她。

但她沒有講話，以至於艾歷克誤解了她的意思。「沒關係，不重要。」

「好，」凱蒂注視艾歷克的眼睛說：「我很樂意一起吃飯。但有個條件。」

「什麼條件？」

「你為我做了這麼多，這一次，讓我為你做點什麼吧。這樣好不好？我做飯請你吃，在我家。」

艾歷克鬆了口氣，開心地笑了。「再好不過了。」

15

星期日這天，凱蒂起得比平常晚。過去幾天，她一直在忙著居家裝潢，譬如在客廳窗戶旁安裝一副超薄的蕾絲窗簾，給牆壁貼上平價壁紙，買了幾張小地毯，還添購了幾份餐具墊和杯子。星期五晚上，她一直忙到深夜，直到鋪好新座墊，再打掃一次才上床睡覺。早上，當窗外的陽光灑進屋內，她聽到敲榔頭的聲音才醒過來。看看時鐘，已經九點多了。

她翻身下床，伸伸懶腰，走進廚房，打開咖啡壺開關，走到門廊，早晨刺眼的陽光讓她幾乎睜不開眼。她看到裘站在自家門廊上，手裡拿著榔頭。

一看到凱蒂，裘放下榔頭。「我沒有吵醒妳吧？」

「妳是吵醒我了，不過沒關係，我差不多該起床了。妳在幹嘛？」

「把窗板固定住。昨晚回到家，我發現窗板歪了一邊，心想半夜可能會掉下來，擔心得好幾個小時都睡不著。」

「需要幫忙嗎？」

「不用，快搞定了。」

「要不要來杯咖啡？」

「好啊，我幾分鐘後過去。」

凱蒂走進臥室，脫下睡袍，換上短褲和T恤，再刷刷牙，梳梳頭。透過窗戶，她看到裘朝著她家走過來。

裘一走進廚房，她就遞了一杯咖啡過去。

「妳這裡越來越有家的味道了！那些地毯和畫我很喜歡。」

凱蒂不好意思地聳聳肩。「這也許是因為我對南波特越來越有歸屬感了，所以心想也許我應該把這裡布置得更像個家。」

「太棒了。看來妳要在這裡落地生根囉。」

「妳呢？妳家整理得怎麼樣了？」

「有點樣子了。弄好了我再請妳過去參觀。」

「妳最近在忙什麼？我好幾天沒看到妳人影了。」

裘揮揮手。「我出城去辦點事情，週末又去探望某人，然後忙工作。反正就那些例行公事嘛，妳知道的。」

「我最近也很忙，經常輪班。」

「妳今晚要上班嗎？」

凱蒂喝了口咖啡。「不用。但今晚有人要來我家吃飯。」

裘霎時眼睛一亮。「我猜猜看，妳邀請的是……那個人嗎？」

「明知故問。」凱蒂知道自己臉紅了，卻無法讓自己不要臉紅。

「我就知道！」裘說，「真有妳的。妳決定好今晚要穿什麼了嗎？」

「還沒。」

「沒關係，不管妳穿什麼，一定都很漂亮。妳打算自己下廚？」

「對。信不信由妳，但我的廚藝還不錯呢。」

「妳打算做什麼菜？」

聽凱蒂敘述她打算煮什麼菜，裘忍不住抬了抬眉毛。

「聽起來很可口喔。好棒，我真是替妳、替你們兩個感到高興。妳興奮嗎？」

「不過就一頓晚餐而已……」

「妳這樣說我就當妳默認囉。」裘眨眨眼睛。「只可惜，我有事得出城去，沒辦法留在這裡偷窺。好想看看你們倆怎麼發展喔。」

「還好，」凱蒂說，「還好妳沒辦法在這裡偷窺。」

裘笑了起來。「別挖苦我了，那不是妳的調調。不過我不會放過妳的，我一回來，妳就要跟我詳細報告約會的經過。」

「不過就一頓晚餐而已……」凱蒂重複道。

「妳是說，妳願意跟我報告約會經過囉？」

「妳是不是應該培養一點別的嗜好啊？」

「也許，不過現在能透過妳間接體驗一下戀愛的滋味，感覺倒也不錯，畢竟我現在的感情生活幾乎是零。更何況，做夢是女人應有的權利，妳說對嗎？」

為了裝扮自己，凱蒂到訪的第一站是美容院。在那裡，幫她做造型的是一個名叫布蘭妮的年輕女子，過程中她不斷跟凱蒂聊天閒聊。美容院對面，是南波特唯一的一家女裝精品店，凱蒂雖然曾經騎車經過，但從來沒進去過，因為她從來不覺得自己會想要進去或需要進去，但是一進到店裡，她才發現這家店賣的服裝，不論款式或價格都讓她十分驚喜——最起碼特價品是如此啦，畢竟她買得起的也只有特價品。

能夠在這樣的服飾店裡獨自購物，對她來說是個奇特的經驗，因為她已經好久沒這樣做了。進到更衣室試穿衣服時，她忽然覺得無憂無慮，她好多年沒有過這種感受了。

最後，她買了幾件特價品，包括一件非常合身、有精緻串珠與繡工、前面的開叉足以襯托出她窈窕身材的咖啡色上衣，和一件花樣很漂亮的夏裙（裙子雖然長了點，但她知道自己有辦法把它改到好）。付完錢，她走出門外，來到隔壁的隔壁，鎮上唯一的一家鞋店，最後挑了一雙同屬特價品的涼鞋。花錢買東西，她通常會覺得捨不得，但這幾天她上班時拿到不少小費，因此決定要好好揮霍一下——在合理的範圍內揮霍一下。

離開鞋店後，她到藥妝店去買了幾樣東西，再騎著腳踏車來到鎮上另一邊的雜貨店，由於不趕時間，她悠閒地在店裡逛啊逛的。過去折磨她的那些記憶，如今正一點一滴地失去影響力。

買完東西，她騎車回到家開始準備做飯。今晚，她打算用挪威海螯蝦醬煮海螯蝦，並在蝦子裡塞入蟹肉。詳細的做法，她雖然得花點精神回想，但這麼多年來，這道菜她已經做過不下十次，因此有把握不會遺漏任何細節。此外，她決定做甜椒鑲肉和玉米麵包當配菜，用布里乾酪培根捲淋覆盆子醬當前菜。

如此豐盛的菜肴，她已經很久沒做了，但是從很年輕的時候起，剪下報章雜誌裡的食譜一直是她的興趣。烹飪是她偶爾可以跟母親分享的一大嗜好。

接著她開始加快手腳，把揉好的麵團放入烤箱後，她著手準備甜椒鑲肉的用料，然後連同布里乾酪培根捲放入冰箱。她把做好的玉米麵包靜置在流理臺上放涼，再動手做覆盆子醬。覆盆子醬的用料雖然不多，就只有砂糖、覆盆子和清水而已，但醬汁做好時，整間廚房已香氣四溢。她將做好的醬汁放入冰箱裡，其他的晚一點再處理。

回到臥室，她把買來的裙子修短至膝蓋上方的位置，然後把整間屋子又巡了一遍，確定一切都各就各位後，才開始寬衣。

踏進浴室，她想起艾歷克那親切的笑容和優雅的舉止，一道暖流頓時流經她的小腹。接著她不由自主地猜想，此刻，艾歷克會不會也正在洗澡？這個想法所暗示的新鮮與刺激，讓她心底的慾望不自覺被挑動起來。雖然她提醒自己，這不過是頓晚餐而已，但她知道這樣想並沒有對自己完全誠實。

在內心深處，她隱約知道，艾歷克對她的吸引力大得超出她願意承認的地步，因此在踏出淋浴間時，她提醒自己務必小心。儘管明知自己可能會愛上艾歷克這樣的男人，但她不敢承認，因為這樣的可能性讓她膽戰心驚。她告訴自己：她還沒準備好。最起碼現在還沒有。

然而，就在此時，她再一次聽到腦袋裡響起了一個微弱的聲音：誰說的？也許妳已經準備好了。

擦乾身體後，她拿出氣味香甜的保溼乳液塗抹在皮膚上，再穿上新衣、涼鞋，拿出她從藥妝店買來的化妝品。她不需要濃妝豔抹，只要塗些口紅、睫毛膏，再擦點眼影就行。她梳梳頭髮，再戴上她一時興起買來的、叮叮咚咚的耳環。打扮完後，她退後一步，看著鏡中的自己。

儘管太陽已經西斜，但屋子裡還相當熱，她打開廚房窗戶，讓清涼的微風吹進屋裡，再動手擺設餐具。接著她想起幾天前要離開雜貨店時，艾歷克問她能不能帶瓶酒過去，於是她順手拿出幾個杯子，再在桌子正中央擺上一根蠟燭。布置完後，她往後退幾步，仔細端詳了一下，耳中同時傳來汽車引擎的聲音。她看看時鐘，艾歷克很準時。

為了鎮定心情，她深深吸了一口氣，再穿過房間，打開門走到門廊上。艾歷克穿了一條牛仔褲和一件藍色襯衫，襯衫的袖子捲到手肘處，正站在駕駛座旁的車門外，伸長手好像在拿什麼東西。他的頭髮靠近衣領處則有點溼溼的。

他拿出了兩瓶酒，轉過身，看到凱蒂時整個人呆住了，臉上掛著不敢置信的表情。在夕陽餘暉的映照下，凱蒂顯得燦爛無比，有那麼一個片刻，他什麼都不能做，只能瞪大眼睛。

這時候的艾歷克顯然又驚又喜，而凱蒂也任由這樣的感覺流過自己。她知道，她很希望這分感覺能夠永遠持續下去。

「你來啦。」凱蒂說。

凱蒂的聲音，照理說是足以打破這片沉默的，但艾歷克只是繼續望著凱蒂，沒說什麼，雖然他知道自己應該要設法插科打諢，以緩和這股強大的張力，但他只是在心裡自言自語：完了，我這下麻煩大了。

這一切，究竟是怎麼發生或什麼時候開始的？是喬許掉進水裡，凱蒂幫忙安慰克莉絲汀那個早上嗎？還是天空下起滂沱大雨，他開車送她回家那個午後？又或者，是他帶孩子和凱蒂到海邊玩的那一天？他不知道，他只知道此時此刻，他已經不可自拔地愛上眼前這個女人了，他只能暗自期盼，凱蒂對他也有同樣的感覺。

最後，他總算及時清清喉嚨說：「是啊，我來了。」

16

傍晚，當晚霞把天空染得七彩斑斕時，艾歷克來到了凱蒂家，跟在她身後穿過小小的客廳，來到廚房。

「我不曉得你怎麼想，但我現在很想來上一杯酒。」凱蒂說。

「好啊，」艾歷克說：「但我不曉得今晚要吃什麼，所以帶了一瓶白蘇維翁跟一瓶金粉黛爾。妳想喝什麼？」

「你選好了。」凱蒂說。

凱蒂斜倚在流理臺旁，交叉著雙腿，看艾歷克將開瓶器鑽進軟木塞裡，用力旋轉，樣子比凱蒂還要緊張。這種情形倒是前所未見。艾歷克使出幾個俐落的動作，一下子便打開了酒瓶。凱蒂將酒杯放在艾歷克身邊的流理臺上，忽然意識到兩人的距離好近。

「有句話，我剛剛到的時候就想說，妳今天打扮得很漂亮。」

「謝謝。」凱蒂說。

斟好酒，艾歷克將酒瓶放在一旁，再遞過杯子給凱蒂。凱蒂伸手去接時，他聞到一股椰子的香氣，是凱蒂剛剛塗在身上的乳液。

「這酒，希望妳會喜歡。」

「應該會的。」她舉起酒杯，與艾歷克的杯子輕輕碰了一下。「乾杯。」

她輕輕啜了一口酒。眼前的這一切，包括自己今晚的打扮、心情、醇酒、覆盆子醬的香氣，和艾歷克不斷偷眼看她的模樣，都讓她覺得好開心。

「想到門廊上坐坐嗎？」

艾歷克點點頭。到了門廊上，兩人各坐在一張搖椅上。在逐漸變得涼爽的空氣裡，蟋蟀唱起了大合唱，彷彿在迎接接下來的這個夜晚。

艾歷克帶來的這瓶酒，嘗起來有果香的餘韻，凱蒂細細品嘗著。接著她問：「克莉絲汀和喬許今天過得如何？」

「還可以。」艾歷克聳聳肩。「我帶他們去看了場電影。」

「戶外的景色好美。」

「我知道。今年的陣亡將士紀念日在星期一，在那之前，我們應該可以在戶外玩個幾天。」

「你那天會開店嗎？」

「當然。那天是一年當中生意最好的日子之一，因為大家都想去玩水。所以我可能要工作到半夜一點吧。」

「真可憐。但我也一樣，我那天也得上班。」

「說不定我們會到你們家餐廳再麻煩妳一次喔。」

「不，不麻煩。」凱蒂的目光越過酒杯上緣，瞅著艾歷克。「至少，你的兩個孩子沒麻煩到我。但如果我沒記錯，你對我們餐廳的服務品質好像頗有微詞喔。」

「老了嘛。我們老頭子就愛抱怨。」艾歷克還以顏色。

凱蒂笑了笑，把搖椅往後一搖。「不用工作時，我喜歡坐在這裡看書。你知道嗎？這裡真的好安靜，有時候我覺得方圓幾英里內彷彿只有我一個人似的。」

「是沒錯啊。妳住的地方根本是荒郊野外。」

凱蒂沒好氣地打了一下艾歷克的肩膀。「你講話小心點喔，這個小窩，我剛好很喜歡。」

「應該的。妳這裡比我想像的還要舒適。有家的味道。」

「還差一點啦，還有改進的空間。但重要的是，這是我自己的家，沒有人可以把它奪走。」

艾歷克別過頭一看，發現凱蒂正在凝視屋外的石子路和石子路外的草叢。

「妳還好嗎？」艾歷克問。

凱蒂想了想才說：「我是在想，很高興你今天過來，雖然你還不是很了解我。」

「我想我已經夠了解妳了。」

凱蒂沒有回答，但目光卻壓得更低了。

「你以為你了解我，但其實你並不了解。」凱蒂低聲道。

艾歷克感覺得出來，凱蒂害怕再說更多。沉默中，門廊地板隨著搖椅的前後晃動發出吱嘎聲。「這樣好不好？我把我所了解的告訴妳，妳再告訴我對不對？」

凱蒂點點頭，但雙脣仍緊閉著。接著，艾歷克開始用輕柔的聲音描述他所認識的凱蒂。

「在我眼中，妳是個聰明、迷人、心地善良的人。我曉得，只要妳願意，妳的美絕對勝過我認識過的任何人。妳個性獨立，幽默感十足，對待小孩極有耐心。妳說得沒錯，關於妳的過去，細節我不曉得，但除非妳願意告訴我，否則我不曉得那重不重要。每個人都有過去，但過去已經過去了。我們可以從過去的經驗裡學到些什麼，卻無法加以改變。更何況，過去的妳我不認識，但我想要更了解的是我認識的那個凱蒂。」

在艾歷克說話的同時，凱蒂臉上掠過一抹笑意。「你把這一切講得好簡單。」

「未嘗不可。」

凱蒂旋轉著酒杯的杯腳，一邊思索著艾歷克講的話。「但要是過去並未結束，現在仍持續發生呢？」

艾歷克繼續望著凱蒂。「妳是說，要是被他找到的話該怎麼辦？」

凱蒂的身體縮了一下。「你說什麼？」

「妳聽到了。」艾歷克用穩定的聲音繼續說著，彷彿在閒聊一樣——這是他在刑事調查科學到的本領之一。「我猜妳結過婚，而妳先生正在設法找妳。」

凱蒂的身體頓時僵住，兩隻眼睛瞪得大大的。她忽然覺得呼吸困難，從椅子上跳開，杯子裡的酒因此灑了出來。她後退一步，驚訝地望著艾歷克，臉上失去了血色。

「你怎麼會知道得這麼多？誰告訴你的？」為了搞清楚是怎麼回事，她開始快速思考著。不可能，這些事他不可能知道。她沒有告訴過任何人。

除了裘。

一想到此，她差點喘不過氣來。她覷了一眼隔壁的小屋。她的鄰居，她的朋友，居然出賣了她——

艾歷克看得出凱蒂臉上的恐懼，這樣的表情他看過太多次了。他很清楚，和凱蒂的關係如果想進一步，兩人就必須開誠布公，不能再玩諜對諜的遊戲了。

「沒有，沒有人告訴我什麼。」他向凱蒂保證。「雖然妳的反應清楚顯示，我說得沒錯，但不重要。凱蒂，過去的妳我不認識，如果妳想說，我很樂意傾聽，也很樂意提供我能提供的協助，但我不會主動問起。不想說也沒關係，因為我剛剛說了，過去的凱蒂我不認識。妳的過去，妳之所以要守口如瓶，一定有妳的理由，我不會告訴任何人，不管妳我之間發生了什麼事或沒有發生什麼事。關於妳的過去，妳甚至可以編造一套全新的故事，我都會支持妳，這一點妳可以相信我。」

這時候的凱蒂既感到惶惑、害怕，同時又覺得憤怒，但她還是把艾歷克講的每個字都聽進去了。

「但你是怎麼……怎麼辦到的？」

「我有個本事，就是能注意到別人不會注意到的細節。而且這曾經是我每天的工作。妳這種狀況，我不是頭一回碰到。」

凱蒂繼續望著艾歷克，一邊思考著。「你是說你當兵的時候？」

艾歷克點點頭，眼睛仍然注視著凱蒂。最後，他從椅子上站起，小心翼翼地走向凱蒂。

「我再倒杯酒給妳好嗎？」

情緒仍一片混亂的凱蒂，沒有作聲，但是當艾歷克伸手拿她杯子時，她也沒有抗拒。艾歷克將門嘎吱一聲打開，在身後關上，留凱蒂一個人在前廊上。

凱蒂只覺得心亂如麻，她踱步到欄杆旁，心中又再次生起了趕快收拾行李和積蓄，然後一走了之的衝動。

但然後呢？如果艾歷克可以僅僅透過觀察猜出真相，那別人呢？難道別人猜不出來？更何況，其他人的反應可能跟艾歷克不同。

她聽到身後響起開門聲。艾歷克走到門廊的欄杆邊，在凱蒂身旁停下腳步，將杯子放在她面前。

「想出來該怎麼辦了嗎？」

「什麼該怎麼辦？」

「要不要盡早一走了之，到一個沒有人認識妳的地方？」

凱蒂轉身看艾歷克，臉上滿是震驚。

艾歷克將雙手一攤。「不然妳還會想什麼？不過，我餓了，我不希望妳在我們還沒吃飯前就一走了之。」

半晌後，凱蒂才意會到艾歷克是在說笑，儘管幾分鐘前才經歷過情緒上的驚濤駭浪，但她仍如釋重負般地露出笑容。

「好，我們先吃飯。」

「那明天呢？」

凱蒂沒有回答，只是伸手拿酒。「我想知道你是怎麼知道的。」

「線索很多。」接著他說明了幾個他注意到的線索，但最後卻搖搖頭說：「但光憑這些，大多數人是無法猜出真相的。」

凱蒂望著杯裡的酒。「可是你猜到了。」

「沒辦法，這對我來說已經像是反射動作。」

凱蒂想了想，然後說：「也就是說，你知道這件事已經有一陣子了，或起碼懷疑一陣子了。」

「沒錯。」艾歷克坦承。

「所以你從來沒問起我的過去。」

「沒錯。」

「那你還想跟我交往嗎？」

「第一眼見到妳，我就想跟妳交往了，只是我知道，我必須等到妳做好準備。」艾歷克的表情是認真的。

最後一絲太陽光終於消失在地平線上，暮色開始籠罩大地，將平坦無雲的天空染成淡紫色。欄杆旁，艾歷克看著凱蒂臉上散亂的髮絲在微風的吹拂下輕輕飄揚，皮膚散發桃紅色的光暈，胸膛也隨著呼吸輕輕起伏。她遙望遠方，臉上露出難以解讀的表情。她現在在想什麼呢？艾歷克覺得喉頭一緊。

「我的問題，妳還沒回答呢。」艾歷克說。

凱蒂半晌沒有說話，最後滿臉嬌羞地說：「我應該會在南波特待上一陣子吧，如果你指的是這個問題的話。」

艾歷克感覺凱蒂身上的香氣正撲鼻而來。「妳知道嗎？妳可以相信我。」

接著凱蒂投向艾歷克的懷抱，感受著他有力的臂膀摟著自己。「我好像也只能相信你不是嗎？」

幾分鐘後，兩人回到廚房。凱蒂放下酒杯，將開胃菜和甜椒鑲肉放入烤箱。在得知艾歷克精準地猜中她的過往後，她仍然感到天旋地轉，因此很慶幸此刻有事情可以讓自己忙碌。她不懂，艾歷克在知道了她的過去以後，為什麼還想跟她共度夜晚？而自己又為什麼想跟他共度夜晚？在內心深處，她不確定自己是不是有資格過得幸福快樂，甚至不認為自己配得上……正常人。

而這個，正是與她的過去有關的齷齪的祕密。儘管她未曾遭到虐待，但不知怎麼地，她總覺得自己有這些遭遇是自己活該，因為她允許這樣的事情發生。即使現在，一想到此她還是覺得丟臉，有時候甚至覺得自己醜陋到了極點，彷彿每個人都看得到她身上曾經有過的那些傷疤似的。

但現在，這些事對她而言已經不像以前那麼嚴重了，因為她似乎可以感受到，艾歷克了解、甚至接受她內心的這分羞恥感。

她從冰箱裡拿出稍早做好的覆盆子沾醬，再舀到小平底鍋內加熱，沒多久便加熱完成。她將平底鍋擺到一旁，從烤箱裡取出布里乾酪培根捲，淋上醬汁，再端上餐桌。接著，她想起艾歷克帶來的酒，走到流理臺邊取過酒瓶，再到餐桌旁跟艾歷克會合。

「這是第一道菜，」凱蒂說，「甜椒的話要再等一等。」

艾歷克湊近盤子聞了聞。「好香。」

接著他夾起一塊布里乾酪放進盤子裡，吃了一口。

凱蒂開懷地笑了。「還可以嗎？」

「好吃極了，這道菜妳從哪裡學來的？」

「我一個廚師朋友教我的，他說，這道菜可以讓每個人都讚不絕口。」

艾歷克拿叉子又切了一塊。「很高興妳在南波特住了下來。要是能常常吃到這些菜，就算要我拿店裡的東西來交換我都在所不惜。」

「別這麼說，這道菜又不難做。」

「妳沒看過我做菜。我做菜給小孩吃雖然拿手，做菜給大人吃可就沒轍了。」

他伸手拿酒杯喝了一口。「乾酪配紅酒比較美味。妳介不介意我開另一瓶酒？」

「不介意。」

艾歷克走向流理臺，打開金粉黛爾，凱蒂則從櫥櫃裡又取出兩個杯子。艾歷克將斟好的酒遞給凱蒂。由於兩人站得很近，無意間會碰到彼此的身體，艾歷克忽然有股衝動，想將凱蒂一把抱進懷裡，但他還是克制住了。他清清喉嚨說：「我有事想告訴妳，但又不希望妳誤會我的意思。」

凱蒂遲疑了一會兒才說：「你這句話好像有弦外之音，聽得我有點害怕。」

「我是想告訴妳，我很期待今晚的約會，我是說，我期待了一整個星期。」

「為什麼你覺得我會誤會？」

「不曉得耶。也許因為妳是女人吧。我這樣說，妳會不會覺得我飢不擇食？女人應該都不喜歡飢不擇食的男人吧。」

凱蒂發出了輕鬆的笑聲，這是今天晚上頭一次。「我不覺得你飢不擇食。我只是覺得，你偶爾可能會為了顧店或顧小孩而忙得不可開交，畢竟你又沒有每天打電話給我。」

「這是因為妳沒有電話啊。但無論如何，我希望妳知道，這對我而言意義重大。這方面的事情我經驗不多。」

「你是說一起吃飯？」

「我是說約會。我已經好久沒約會了。」

歡迎加入俱樂部，凱蒂心想，但聽到艾歷克這樣說，她還是很開心，她指指開胃菜說：「來，趁熱吃。」

開胃菜吃完後，凱蒂站起身，到烤箱邊看了一下甜椒鑲肉，接著拿起先前用過的平底鍋在水龍頭底下沖沖水，然後將蝦醬的醬料和在一起，再開始炒蝦子。蝦炒好時，蝦醬也完成了。然後她取出甜椒鑲肉，在兩人的餐盤上各放一個，再放入主菜。她調暗燈光，將置於餐桌中央的蠟燭點亮。於是，在奶油和大蒜的香氣及燭光的烘托下，這間老舊的廚房剎那間彷彿變得煥然一新。

他們一邊吃飯一邊聊天，直到屋外滿天星斗。關於這頓晚餐，艾歷克讚美了不只一次，說他從來沒吃過這麼美味的食物。隨著蠟燭越燒越短，酒瓶裡的酒隨之越來越少，凱蒂也說了不少自己的事，關於她在阿爾圖納成長的點點滴滴。雖然，她父母的事她沒有和盤托出，但她也沒企圖掩飾什麼；不管是小時候經常搬家，她父母嗜酒如命，或是她十八歲時就得自力更生，她都照實說了。儘管艾歷克在她陳述的過程中只是靜靜聽著，沒有任何批判，但她不確定艾歷克會怎麼想。她說完時，還懷疑自己是不是說得太多了，但艾歷克卻在這時候伸手握住了她的手。儘管她無法直視艾歷克的眼睛，但兩個人的手就這樣在桌上一直握著，誰也不肯放，彷彿全世界只剩下他們倆似的。

最後，凱蒂打破沉默：「也許該清清廚房了。」看到凱蒂推開椅子站起，艾歷克知道自己錯過了表白的時機，恨不得能重新來過。

接著他說：「我想告訴妳，我今晚過得很開心。」

「艾歷克……我……」

艾歷克搖搖頭。「妳什麼話都不必——」

但凱蒂沒等他說完。「可是我想說，行嗎？」她在桌邊站著，眼中閃著莫名的情感。「我今晚也很開心。再這樣下去，我知道我們會朝什麼方向發展，但我又不希望你受傷。」接著她吐了口氣，為接下來要說的話做好心裡準備。「可是我無法給出承諾。我無法告訴你，我明天會在哪裡，更別說一年後了。剛逃家時，我以後我有辦法把一切都拋在腦後，重新開始，於是假裝過去的事情都從未發生過。但是可能嗎？你以為你了解我，可是我連我自己都不了解了，更何況是你？而且，就算你了解我，我還有很多地方是你不了解的。」

艾歷克忽然覺得內心好像有某個地方被掏空了。「妳是說妳不想再見到我？」

「不是。」凱蒂用力搖搖頭。「會告訴你這些，是因為我希望再見到你，但我又覺得害怕，因為我很清楚，你配得上更好的人，一個你可以信賴、你的孩子可以信賴的人。而且就像我剛剛說的，關於我這個人，還有很多是你不了解的。」

「那不重要。」艾歷克強調。

「你怎麼能這麼說？」

在接下來的沉默中，電冰箱傳來微弱的運轉聲。窗外，月亮已經升起，正高掛在樹梢上方。

「因為我很了解自己。」說這話時，艾歷克才恍然大悟，他已經愛上凱蒂了，不管是他認識的那個凱蒂，還是他沒有機會認識的那個，他都愛。他從桌邊站起，走向凱蒂。

「艾歷克，不行……」

「凱蒂——」艾歷克輕聲說。半晌，兩個人都沒有動作。最後，艾歷克伸手將凱蒂擁入懷中。凱蒂吐了口氣，彷彿在放下一個多年的沉重負擔，她抬頭看艾歷克，忽然理解到自己的恐懼全都是多餘的。不管跟艾歷克說什麼，他都愛她——事實上他已經愛上她了，而且會永遠愛她。

不只如此，她也愛艾歷克。

她投入艾歷克懷中，兩個人的身體緊緊相依，艾歷克伸手摸摸她的頭髮，讓她體驗到前所未有的溫柔，她驚奇地看艾歷克閉上眼睛，接著艾歷克偏過頭，兩人的臉越靠越近。

兩人的唇終於碰在一起，她嘗到艾歷克舌頭上的酒味。她把自己完全交給他，任由他親吻自己的臉頰和脖子，頭稍稍往後仰，沉浸在全然的愉悅當中。艾歷克溼潤的唇在她的皮膚上不斷游移，她用雙手環抱住艾歷克的脖子。

原來，愛人與被愛就是這種感覺。她感覺淚水開始湧出，用力閉眼想要忍住，但最後終究忍不住，淚水開始奪眶而出。她愛他，她要他，但她更希望他愛上的是真正的自己，有著各種缺點和祕密的自己。她希望他知道全部的事實真相。

兩人緊緊貼著，在廚房裡擁吻許久，艾歷克用手溫柔輕撫凱蒂的背和頭髮。他臉上的鬍碴，刺得凱蒂忍不住微微顫抖。當艾歷克用手指輕輕劃過凱蒂手臂上的皮膚時，她感覺一道暖流在體內流動。

「我很想跟你更進一步，但是不行。」她呢喃道，又希望艾歷克不會生氣。

「沒關係，」艾歷克輕聲回應，「這樣已經很美好了。」

「可是我讓你失望了。」

艾歷克將凱蒂臉上的一縷秀髮撥開。「不，妳不可能教我失望的。」

凱蒂嚥下口水，想趕走內心的恐懼。

「關於我，有件事你應該要知道。」她悄聲地說。

「妳說吧，什麼事我都可以應付的。」

她再一次靠向艾歷克。

「我今晚不能跟你上床，以後也不可能嫁給你。因為，我已經結婚了。」她嘆道。

「我曉得。」艾歷克柔聲回應。

「你不介意？」

「這雖然不是十全十美，但是妳相信我，我也並不完美，所以也許我們應該慢慢來。總之，我會等妳的，等到妳準備好，如果妳有可能準備好的話。」艾歷克伸手摸摸凱蒂的臉。「我愛妳。現在，也許妳還沒準備好要告訴我這句話，甚至永遠不可能告訴我，但我對妳的感受並不會有任何改變。」

「艾歷克……」

「妳什麼都不用說。」

「我可以解釋一下嗎？」凱蒂輕輕將艾歷克推開。

艾歷克沒有隱瞞他的好奇。

「我有事想告訴你，關於我自己。」

17

離開新英格蘭前三天，雪花在一月初的寒風裡凍結，她走向美容院時只能低著頭。她可以感覺冰雪打在臉上，金色的長髮則在寒風中不住飄動。那天，她穿的是鏤空的高跟鞋，不是靴子，因此一雙腳早已凍僵。身後，凱文則坐在車上看她。儘管沒有回頭，她還是聽得見汽車引擎空轉的聲音，並且可以想像凱文的嘴角正緊緊閉著，像一條冷硬的直線。

聖誕節前後，將這條商店街擠得水洩不通的人潮，如今已不見蹤影。美容院旁邊的3C通路和寵物店，如今都空蕩蕩的；天氣這麼糟，沒有人會想出門。她打開美容院大門時，大門被強風吹得往外狂甩，她得使出吃奶的力氣才能把門關上。刺骨的寒風灌進理髮院裡，進到屋內時，她夾克的肩膀上已經覆蓋了薄薄的白霜。她脫下手套和夾克，轉身朝凱文揮手道別，臉上掛著微笑。凱文喜歡她對著他笑。

她已經預約好了，幫她做頭髮的是一個名叫瑞秋的女造型師，時間在下午兩點。由於大部分的座位都已經有人坐，她不曉得該往哪兒走才好。這是她第一次來這裡，所以很不自在。放眼望去，這裡的造型師年紀大概都還不到三十歲，而且髮型酷炫，染得又紅又藍。過了一會兒，一名年約二十五、六歲，膚色古銅，脖子上有刺青的女子朝她走去。

「妳是預約兩點鐘的客人嗎？染加剪對不對？」

凱蒂點點頭。

「我叫瑞秋。請跟我來。」

瑞秋別過頭說：「外面很冷喔。我進門時差一點冷死。但停車場管理員居然要我們把車停在另一邊。我不喜歡這樣，但我能怎麼辦呢？妳說是不是？」

「天氣的確很冷。」凱蒂同意。

她跟在瑞秋身後來到角落處一個位置坐下。看到紫色的塑膠椅和黑色的瓷磚地板，她心想，想要凸顯自己的年輕單身女子才會來這裡吧，我這種已婚婦女不適合。當瑞秋將理髮圍兜套在她身上時，她侷促地動動身體，再動動腳趾頭，好讓腳暖和些。

「妳剛搬來這裡嗎？」瑞秋問。

「我住在杜徹斯特。」凱蒂說。

「離這邊有點遠耶。有人介紹妳來的嗎？」

這間美容院，是兩週前凱文帶她去買東西時經過的，但她沒這麼說，只是搖搖頭。

「那我能接到妳電話算我運氣好。」瑞秋微笑道，「妳想要染什麼顏色？」

凱蒂並不想看著鏡中的自己，但她別無選擇。這一次，她一定要搞定才行。她看到眼前的鏡子上貼了一張照片，照片中有兩個人，一個是瑞秋，另一個大概是她男朋友吧，他留著一頭摩霍克頭，身上穿的洞比瑞秋還多。凱蒂在圍兜底下搓搓雙手。

「顏色自然就好，可以的話，再挑染一些適合冬天的顏色。髮根也幫我處理一下，讓顏色協調。」

瑞秋朝鏡子點點頭。「顏色要一樣嗎？還是淡一點或深一點？我不是說挑染。」

「顏色差不多就好。」

「要上髮捲嗎？」

「好。」

「沒問題，」瑞秋說，「給我幾分鐘時間，東西準備好了我就回來。」

凱蒂點點頭。一旁，一個婦女正仰躺在水槽邊，讓造型師幫她洗頭。凱蒂可以聽見水龍頭打開的聲音以及從其他座位傳來的低低的交談聲。喇叭裡則傳來微弱的音樂聲。

一會兒，瑞秋拿著髮捲和染髮劑回來了，她站在凱蒂椅子附近，將染髮劑調勻。

「妳在杜徹斯特住多久了？」

「四年了。」

「妳在哪兒長大的？」

「賓州，」凱蒂說，「大西洋城，後來才搬來這裡的。」

「剛剛載妳過來的是妳老公？」

「對。」

「他開了一部好車，妳跟他揮手時我注意到了。那是什麼車？野馬嗎？」

凱蒂再一次點頭，但沒有說話。瑞秋安靜地工作了一會兒，幫凱蒂染色，上髮捲。

後來，她在幫凱蒂處理一撮特別難搞的頭髮時，隨口問起：「妳結婚多久了？」

「四年了。」

「所以搬來杜徹斯特？」

「對。」

「妳是做什麼的？」瑞秋繼續東拉西扯。

凱蒂直視前方，她不想看到自己，甚至希望自己變成了別人。凱文回來以前，她可能會在這裡待上一個半鐘頭，她祈禱凱文不會提早出現。

「我沒工作。」凱蒂回答。

「哇！我要是沒工作一定會瘋掉，雖然工作不見得輕鬆。那麼，妳結婚前是做什麼的？」

「當調酒服務生。」

「在賭場？」

凱蒂點點頭。

「那妳先生呢？我是說，妳來做頭髮時，他在幹嘛？」

也許上酒吧喝酒吧，凱蒂心想，但她只說：「我不曉得。」

「那妳為什麼不開車呢？妳住的地方還滿偏遠的。」

「我沒開車。需要去哪裡，我老公就開車送我。」

「我要是沒車還不曉得該怎麼辦呢。我是說，有車雖然不是什麼大事，但至少可以讓我去我想去的地方。這種事，我不想依賴別人。」

凱蒂聞到空氣中飄散著一股香味。工作臺下方的電暖器開始發出滴答滴答的聲響。「我沒有學過開車。」

瑞秋聳聳肩，再繫上另一個髮捲。「開車不難。只要練習練習，通過考試就能上路了。」

望著鏡中的瑞秋，凱蒂心想，她要是年紀再大一些，經驗也更豐富一點就好了，雖然她看起來還算專業，但畢竟太年輕，好像才剛入行。說也奇怪，和瑞秋相比，她的年紀頂多也只大個幾歲而已，但她就是覺得自己老了。

「你們有孩子嗎？」

「沒有。」

或許是察覺到自己說錯話了，接下來幾分鐘，瑞秋什麼話都沒說，只是安靜地做事，幫凱蒂繫髮捲，讓她看起來好像接上了奇形怪狀的天線一樣，最後，她引導凱蒂坐上另一張椅子，再打開加熱燈。

「我幾分鐘後再回來。」

說完，瑞秋走向另一名設計師聊起天來，但美容院裡畢竟人聲吵雜，凱蒂根本聽不清楚她們在聊什麼。她瞥眼看看時鐘：再過不到一個小時，凱文就回來了。時間過得真快！

幾分鐘後，瑞秋回來檢查頭髮，她開朗地說：「再一下下就好了。」接著又走開和同事聊天，一邊聊天，她一邊做出誇張的手勢，看起來活力充沛、青春洋溢、無憂無慮，很快樂的樣子。

幾分鐘過去了，十幾分鐘過去了，凱蒂盡量不去看時鐘。最後，頭髮總算好了，瑞秋卸下髮捲，領她走到水槽邊。她坐下來往後一躺，將脖子靠在毛巾上，聽瑞秋打開水龍頭，感覺冰涼的水打在臉上，瑞秋將洗髮精倒在她頭髮上，再反覆搓揉，洗淨，倒上潤絲精，然後再次洗淨。

「接下來要剪頭髮囉。」

回到座位上，凱蒂看看鏡子，覺得髮型還可以，但由於頭髮是溼的，這樣看不準。她的頭髮，一定要剪得恰到好處才行，要不然凱文會注意到的。瑞秋幫凱蒂梳直頭髮，並梳開糾結處。她再看一眼時鐘：還有四十分鐘。

瑞秋望著凱蒂在鏡中的倒影。「妳想要剪多短？」

凱蒂說：「不要太短，整齊就好。我老公喜歡我留長髮。」

「那髮型呢？如果妳想換造型，我這邊有書可以給妳參考。」

「不用，我原來的髮型就行了。」

「沒問題。」瑞秋說。

瑞秋拿起梳子，用手指撥撥頭髮，再拿起剪刀，依序將後面、兩側和頭頂的一些頭髮剪掉。過程中，她不曉得從哪裡找來了口香糖，一邊工作，一邊動著上下顎咀嚼著。

「這樣的長度可以嗎？」

「可以，應該夠了。」

瑞秋伸手拿起吹風機和圓梳，將梳子慢慢梳過凱蒂的頭髮，吹風機的噪音在她耳邊轟隆作響。

「妳頭髮多久整理一次？」瑞秋又開始閒扯起來。

「一個月一次，但有時候就只是剪剪頭髮。」

「妳髮質不錯。」

「謝謝。」

接著凱蒂請瑞秋幫她把頭髮稍微燙捲一點，於是瑞秋拿出電棒，但電棒加熱需要幾分鐘的時間。凱蒂又瞄了一眼時鐘：還有二十分鐘。

瑞秋繼續在凱蒂的頭髮上又捲又梳，最後總算露出滿意的神情，端詳著鏡中的凱蒂。

「妳覺得如何？」

凱蒂透過鏡子看了一下髮型和顏色，說：「很棒。」

「我讓妳看看後面。」接著瑞秋將凱蒂的椅子一轉，再遞上鏡子。凱蒂看了看鏡中的雙重倒影，再點點頭。

「好，就這樣囉。」瑞秋說。

「多少錢？」

聽完瑞秋報上價錢，凱蒂從皮包裡掏出鈔票，其中還包括小費。「可以開張收據給我嗎？」

「沒問題，麻煩跟我到櫃臺去。」

收據是要給凱文看的，因為他會檢查。凱蒂要櫃臺小姐把小費也算進去。拿了收據，她看看時鐘：還剩十二分鐘。

凱文還沒回來。她感覺心臟跳得好快。儘管瑞秋還在跟她講話，但她趕緊穿上大衣、戴上手套，再離開美容院，來到隔壁的3C通路，向店員要了一支拋棄式手機和時數二十小時的電話卡。說話的同時，她覺得自己快要暈倒，因為她心裡清楚，這樣一來就不能再回頭了。

店員從櫃臺底下拿出一支手機，並開始解釋操作方式。還好她皮包裡有多餘的錢，這些錢她平常都塞在衛生棉條的盒子裡，因為凱文不會檢查這裡。但她沒時間了。她趕緊伸手掏錢，將縐縐的鈔票放在櫃臺上攤平。時間一點一滴地在流逝，她忍不住朝外頭又覷了一眼。她開始覺得頭暈眼花，口乾舌燥。

沒想到，店員結帳居然花了大半天的時間。更荒唐的是，她雖然付現，店員居然還是跟她要名字、住址和郵遞區號。但她只希望趕快付錢走人。她在內心從一數到十，店員居然還在打字。她看看外面，紅綠燈已經轉成紅燈了，還有許多車子在等著呢。凱文會不會正要轉進這條街呢？他會不會看到她離開這家店呢？她再一次感到呼吸困難。

接著她注意到，手機的包裝盒太大了，手提袋或口袋根本塞不下。她試著打開包裝盒，卻怎麼也打不開，只好向店員要把剪刀，但店員找把剪刀就花了一分鐘的時間，這一分鐘對凱蒂來說可非常寶貴。她不禁著急起來，好想叫店員加快手腳，因為凱文隨時都可能會到。她轉身望向窗外。

最後，她總算剪開包裝盒，取出手機，將手機和預付卡塞進大衣口袋裡。店員問她需不需要袋子，但她沒回答就走出去了。沒想到，這手機居然像鉛塊一樣重，更何況外頭風雪大作，讓她覺得更難保持身體的平衡。

離開3C商店，凱蒂又回到美容院裡去了。她脫下大衣和手套，在櫃臺旁邊等著。三十秒後，她看到凱文開著車轉進這條街，朝美容院的方向駛來。

忽然，她注意到大衣上沾有雪花，趕緊伸手撥掉。另一方面，瑞秋也朝她走過去。她慌了起來，凱文要是注意到事有蹊蹺就完蛋了。但她告訴自己：要鎮定，集中精神，控制好情緒，並盡量表現得自然。

「妳忘記什麼了嗎？」瑞秋問。

凱蒂鬆了一口氣，解釋道：「我本來打算在外面等的，但外面實在太冷。後來我才想起沒有妳的名片。」

瑞秋臉一亮。「沒問題，我拿給妳，妳等一下。」說完她走回工作臺，從抽屜裡抽出一張名片。凱蒂知道凱文正在車上看著她，但她假裝沒注意到。

走回門口，瑞秋將名片遞給凱蒂。「我星期天、星期一通常不上班。」

凱蒂點點頭。「好，我再打給妳。」

凱蒂聽到身後有聲音響起，是凱文，他打開門，站在門口。凱蒂上美容院時，他通常不會跟進來，因此她的心臟撲通撲通地跳個不停。她穿上大衣，並試圖控制雙手的顫抖。她轉過身，面帶笑容地看著凱文。

18

凱文將車子開上自家車道上時，雪下得更大了。他從後座抓起三袋雜貨，走向家門。離開美容院後，他一言不發，上雜貨店時也只是靜靜陪在凱蒂身旁，沒多說什麼。凱蒂放眼瀏覽貨架，尋找著特價品，並試著不去回想自己藏在口袋裡的手機。由於手頭很緊，她不敢亂花錢，以免凱文生氣。凱文的薪水，有將近一半都用在房貸上，此外還有一部分是用來支付信用卡帳單。因此他們多半在家裡吃飯，但凱文不肯吃剩菜剩飯，只喜歡吃構得上餐廳水準的料理：一道主菜、兩道小菜，偶爾再加一份沙拉。因此要在預算有限的情況下滿足他的胃並不容易。凱蒂在構思菜單時只好特別小心，不時還得收集報上的折價券。今天上雜貨店要付帳時，她順手將美容院找給她的零錢和收據拿給凱文。凱文仔細算了算，以確定沒有短少。

回到家，為了保暖，凱蒂不住搓揉手臂。由於房子老舊，寒風會透過窗戶和房門的縫隙鑽進屋裡。冷冰冰的浴室地板，讓她雙腳凍到發疼，但凱文抱怨燃料油太貴，不准她亂動暖爐的溫控器。凱文出門上班時，她在家都穿著長袖衫和拖鞋，但凱文在家時，她就不能這樣穿了，因為凱文希望她穿得性感。

兩人走進廚房，將購物袋放到桌上。接著凱文走向冰箱，打開冷凍庫，拿出一瓶伏特加，將幾顆冰塊丟入杯中，然後倒了幾乎滿滿一杯酒。接著他留凱蒂一個人在廚房裡，逕自走入客廳，打開電視，轉到體育頻道。播報員談起愛國者隊、延長賽，和再一次贏得超級盃的勝算有多少。去年，凱文到現場看過愛國者隊的比賽，他從小就是該隊的球迷。

凱蒂脫下大衣，再伸手進口袋裡。她猜想，自己大概有幾分鐘的時間可以行動，希望時間夠用。她先偷看一下客廳，再走到水槽旁，打開水槽下的櫃子，掀開裝菜瓜布的盒子，將手機放到最底層，再把菜瓜布放上去。接著她輕輕闔上門，抓起大衣，心中暗自祈禱自己沒有臉紅，這些舉動也沒有被凱文發現。她深吸一口氣，鼓起勇氣，將大衣掛在胳臂上，穿過客廳走向玄關處的衣櫥。經過客廳時，她看到客廳好像開始扭曲，彷彿嘉年華會上歡樂屋哈哈鏡裡的影像，但她試著忽略這個感覺。她知道，凱文有辦法看穿她，有辦法讀出她的心思，知道她做了什麼，幸好凱文一直目不轉睛盯著電視。回到廚房，凱蒂的呼吸才總算放鬆下來。

她從袋子裡取出剛買的雜貨，儘管還在天旋地轉，但她知道自己必須表現得很正常。凱文喜歡家裡乾乾淨淨，尤其是廚房和廁所。她取出乳酪和雞蛋，分門別類放入冰箱，再從冰箱抽屜裡拿出乾枯的菜葉，拍一拍，再將剛買的蔬菜放進去。接著她拿出一些四季豆，再從裝食物的籃子裡取出大約十顆紅色馬鈴薯、一條小黃瓜、若干西生菜和一顆番茄，放在流理臺上，準備做沙拉。至於今天的主菜，她已經想好了，她要做烤牛肋排。

牛排肉她前一天已經拿出來醃了，醃泡汁的成分有紅酒、柳橙汁、葡萄柚汁和胡椒鹽。酸酸的果汁可以讓肉質變軟，並增添其風味。泡在醃泡汁裡的牛排，此刻正放在砂鍋裡，置於冰箱的最底層。

接著她動手整理其他雜貨，並根據新鮮度調整位置：舊的在前，新的在後，然後將包裝袋對摺，放到水槽底下。接著從抽屜裡取出菜刀，從烤麵包機底下拿出砧板，放在爐子旁。她將馬鈴薯對切，切成只夠兩人吃的分量，接著在烤盤底部塗油，打開烤箱開關，再用香芹、胡椒鹽和大蒜為馬鈴薯調味，這些材料必須比牛排先送入烤箱，牛排烤好後再加熱一次。

凱文喜歡沙拉的配料剁得很細，並灑上藍紋乳酪粉末、麵包丁和義式沙拉醬。凱蒂將番茄對切，將小黃瓜切下四分之一，其餘的則用保鮮膜包好，再放回冰箱內。打開冰箱門時，她注意到凱文走進廚房，站在她身後，倚在廚房和餐廳之間的門邊，舉起酒杯，將伏特加一飲而盡，再繼續望著凱蒂，彷彿在提醒她他是無所不在的。

但凱蒂告訴自己，他不知道她中間離開過美容院，也不曉得她買了一支手機，要是知道，他一定會說些什麼或做些什麼的。

「今晚吃牛排是嗎？」凱文問。

凱蒂關上冰箱門，但手邊的動作沒有停下，她必須裝出很忙碌的樣子，以掩飾心中的恐懼。「對，但還要一點時間，烤箱才剛打開，而且馬鈴薯要先烤好。」

凱文望著凱蒂。「妳頭髮好美。」

「謝謝誇獎。髮型師手藝不錯。」

凱蒂回到砧板邊，開始切番茄，但切得有點太長。

「別切太大塊。」凱文朝番茄點點頭。

「我知道。」凱蒂微笑著說。凱文再一次走向冰箱，杯子裡的冰塊叵啷作響。

「理髮時，妳和造型師在聊些什麼？」

「沒什麼，就閒話家常。造型師嘛，你知道的，話很多。」

凱文搖搖杯子，把冰塊搖得叵啷叵啷響。「你們在談我嗎？」

「沒有。」

凱文滿意地點點頭：很好，她知道他不喜歡她這麼做。他把酒瓶放在流理臺上，走到凱蒂身後，看她切番茄。凱蒂在心中提醒自己，要切得很細，比豌豆還細才行。她感覺到凱文鼻子裡的氣息吐在她脖子上，手摸著她的屁股，她想退縮，但還是克制住了。她知道自己該怎麼做：她放下手中的菜刀，轉過身，雙手繞到凱文脖子後方抱住，接著伸出舌頭，開始親他，她知道凱文希望她這麼做。然後她等待著。終於，啪一聲，凱文甩了她一個耳光。臉頰上的刺痛又熱又辣，像被蜜蜂螫。

「妳害我浪費了整個下午！」凱文破口大罵。他緊緊抓住凱蒂的手臂，捏得好緊，嘴巴扭曲，眼珠布滿血絲。他氣息裡滿是酒氣，口水還噴到凱蒂臉上。「今天是我唯一的放假日，妳他媽的偏要挑這一天到市中心去做頭髮！然後去買東西！」

凱蒂扭著身體想要掙脫。最後凱文總算放手，搖搖頭，下巴的肌肉不住跳動。「妳有沒有想過，也許我今天想要好好放鬆一下？妳就這樣毀掉我唯一的假日！」

凱蒂摸著臉頰說：「對不起。」今天去理髮的事，她幾天前已經問過凱文兩次了；更何況，是凱文要她換地方理髮的，因為他不希望她跟任何人交上朋友，也不希望任何人得知他們的事。但這話凱蒂沒有說出來。

「對不起。」凱文故意模仿凱蒂的聲音說。他瞪著凱蒂，再一次搖起頭來。「天啊，妳就這麼自私，不能偶爾考慮一下別人的立場？」

接著他伸手要抓凱蒂，凱蒂轉身想逃，卻無處可逃，因為凱文早料到了。他伸出手槍一般的拳頭，往她下背處快速又用力地連打了許多下。她瞪大眼睛，張大嘴巴，視野邊緣處頓時暗了下來，她覺得好像有人正拿著刀在戳她身體。她癱倒在地，腎臟彷彿燒了起來，那刺痛再傳到大腿和背脊上。她覺得天旋地轉，掙扎著要起身，卻暈眩得更厲害。

「妳他媽的老是這麼自私！」他高高站在凱蒂上方。

但凱蒂沒有說話，因為她無法說話，甚至快要不能呼吸。她咬著嘴脣，以免叫出聲來。她心想，明天會不會又出現血尿？那分痛楚，像剃刀一樣刮著她的神經，但她不能哭，因為那只會讓凱文更火上加油。

凱文繼續望著躺在地上的凱蒂，發出一聲厭惡的嘆息，再伸手抓起酒杯和酒瓶走出廚房。過了將近整整一分鐘，凱蒂才使出足夠的力氣撐著身體站起。再一次切菜時，她雙手顫抖著。她覺得廚房裡好冷，背好痛，而且那疼痛還隨著每一下心跳打在她身上。他上個星期也打過她，打在她肚子上，而且打得好用力，害她一整個晚上不斷嘔吐。當時她摔倒在地，結果凱文抓住她的手腕，一把將她從地上拖起。她手腕上的瘀血，明顯看得到手指的痕跡，那痕跡簡直跟地獄裡的手銬沒有兩樣。

儘管淚流滿面，但她得繼續做飯。為了減輕疼痛，她只好不斷調整身體的重心，並一邊切菜，把番茄、小黃瓜都切成細丁，把西生菜切細再剁碎，好讓凱文滿意。她抬起手背擦去淚水，再慢慢走向冰箱，從裡頭拿出藍紋乳酪，再從櫥櫃裡拿出麵包丁。

客廳裡，凱文調高了電視機的音量。

烤箱預熱好了，她放入烤盤，再設定好時間。當烤箱裡的熱氣打在她臉上，她知道自己的皮膚還在刺痛著，但她猜想，凱文應該沒有在她臉上留下任何痕跡。關於這一點，凱文似乎很清楚要用多少力道才不會留下痕跡，因此她不禁納悶，每個男人都懂得這一點嗎？還是有什麼精於此道的專家會祕密開設這類課程？又或者全天下只有凱文懂得、專精此道？

過了片刻，她背上的疼痛稍稍緩解，她終於可以正常呼吸了。屋外，天色變得灰濛濛的，寒風透過窗戶縫隙吹進來，飄雪則輕輕打在窗玻璃上。她朝客廳偷看了一眼，凱文正坐在沙發上，趁著他不注意，她走到流理臺旁靠著，取下一隻高跟鞋，再按摩按摩腳趾，好促進血液循環，讓腳暖和些。接著她取下另一隻鞋，重複同樣的步驟，然後再把鞋子穿上。

她開始淘洗四季豆，再切成小塊，然後倒點橄欖油在平底鍋裡。牛排進烤箱時，她就可以炒豆子了。她盡量不去想她放在水槽底下的手機。

從烤箱裡取出烤盤時，凱文走進廚房，杯子的酒已經喝掉一半。從他混濁得像玻璃的眼珠子看來，他應該已經喝下四、五杯了吧。但她不確定。她把烤盤放回烤箱內。

「再一下下就好了。」她說話時刻意保持中性的語調，假裝什麼事都沒有發生過。這麼多年來她已經學會，如果表現出生氣或受傷的樣子，只會更惹惱他。「牛排烤好就可以吃飯了。」

「很抱歉剛才對妳動粗。」說這話時，凱文的身體輕輕晃著。

凱蒂含笑說：「沒關係，我了解。你這幾個星期工作很辛苦。」

「這條牛仔褲是新的嗎？」凱文的聲音口齒不清。

「不是，」凱蒂說，「但好一陣子沒穿了。」

「很好看。」

「謝謝。」

凱文走向凱蒂。「妳今天好美。妳知道我愛妳吧？」

「我知道。」

「其實我不想打妳，只是妳有時候做事實在不用大腦。」

凱蒂點點頭，然後轉開視線，努力回想自己還有什麼事情要做，因為她必須保持忙碌，接著她想起餐具還沒布置好，於是走向水槽旁的櫥櫃。

就在她伸手拿碗盤的時候，凱文走到她身後，把她的身體扳過來貼著自己。她先是倒抽一口氣，然後開始發出滿足的呻吟，因為凱文喜歡她發出這種聲音。「說妳愛我。」凱文呢喃道，然後開始親她臉頰，而凱蒂也用雙手抱住他。感覺到凱文身體的重量，她知道他想幹嘛。

「我愛你。」凱蒂說。

待凱文將手游移到她胸部，她等待著，等待他用力捏她乳房。但他沒捏，而是予以溫柔的愛撫。她乳頭硬了起來，她痛恨自己有這種反應，但實在忍不住。從凱文呼出來的氣息中，她清楚聞到了溫熱的酒味。

「天啊，妳好美，跟我第一眼看到妳的時候一樣美。」他更用力地壓在凱蒂身上。「牛排晚一點再烤，飯晚一點吃沒關係。」

凱蒂說：「我以為你餓了。」但這話聽起來卻像在調情。

凱文輕聲細語地說：「我是餓了，但是是別的地方餓了。」他解開凱蒂上衣的釦子，脫掉，再伸手拉開她褲子的拉鍊。

凱蒂把頭往後一仰，任由凱文繼續親吻。「不要在這裡做。到臥室裡去好不好？」

「在桌子上或流理臺上做怎麼樣？」

凱蒂呢喃道：「別這樣，寶貝，拜託你。」順著凱文吻她脖子，她將頭往後仰。「在這裡做很不浪漫耶。」

「可是很刺激啊。」

「要是有人從窗外看到怎麼辦？」

「真不懂情趣耶妳。」

「拜託啦，」她再次哀求，「為了我好不好？到了床上，你希望我多淫蕩我都配合你。」

凱文再一次親吻她，兩隻手移到她胸口解開胸罩（他不喜歡扣環在後側的胸罩）。她登時感到胸前一陣寒氣，並看到凱文猥褻地看著她。凱文舔舔嘴脣，牽著她走向臥房。

一進到臥室，凱文像發了情一樣，立刻將她身上的牛仔褲脫到腳踝處，然後開始捏她胸部。她咬著嘴脣，以免痛叫出聲。接著兩人一起倒在床上。她喘著氣，發出呻吟，並叫他名字，因為他希望她這麼做，因為她不希望他生氣，因為她不希望被甩巴掌或被拳打腳踢，因為她不希望他得知她偷買手機。但她的腎臟仍然刺痛著。她收斂起原本的叫聲，改成輕輕的呻吟，並說一些他愛聽的話挑逗他，直到他的身體抖了幾下，完事了，她再從床上起身，穿衣，親他，然後走回廚房，把晚餐做好。

凱文走回客廳又喝了一杯伏特加，接著才到餐桌邊坐下。他一邊用餐，一邊跟凱蒂談工作上的事，吃完飯又回到客廳看電視，留凱蒂一個人清理廚房。廚房清理完畢後，她聽從凱文的要求到客廳陪他看電視，直到準備上床睡覺。

上了床，凱文不出幾分鐘就開始打鼾，壓根兒沒注意到凱蒂在默默流淚，沒注意到她有多痛恨他、多痛恨自己。沒注意到她暗中偷他錢已經有將近一年的時間，沒注意到她上個月到雜貨店時偷買了一罐染髮霜藏在櫃子裡，沒注意到她在廚房水槽底下偷藏了一支手機。因此他絕對料想不到，再過幾天，凱蒂的計畫要是一切順利的話，他就再也看不到她也沒辦法對她動粗了。

19

在星光點點的夜空下，艾歷克陪著凱蒂坐在門廊上，靜靜聽她訴說往事。幾個月來，她一直刻意不去回想某些事，而是把焦點都放在對過去的恐懼上。她不想記得凱文，不想去想他，只希望把他完全抹除，假裝他從來沒存在過。但是不可能，他永遠都在。

凱蒂邊說邊哭，但艾歷克懷疑她可能沒注意到自己在哭。因為她聲音裡沒有情緒，出了神似的，好像正在講述別人的事。當她說完，艾歷克忽然覺得反胃。

類似的故事，他雖然聽過好多遍了，但這次不同。因為講故事的人不僅僅是受害者，更是他的朋友，是他鍾情的女人。他伸手幫她把頭髮從臉上撥到耳後。

但艾歷克這一碰，凱蒂卻縮了一下，之後才逐漸放鬆，再嘆口氣。艾歷克聽得出來，凱蒂累了：她厭倦了這些往事，敘述這些事也讓她感到疲憊。

「妳離開他是對的。」艾歷克的聲音溫柔又善體人意。

凱蒂沉吟了半晌才說：「我知道。」

「這些事跟妳一點關係都沒有。」

凱蒂凝視著暗處。「怎麼會沒有。這丈夫是我自己選的，是我自己要嫁給他的，但我卻容許同樣的事情一而再再而三地發生，直到為時已晚。而且，事情走到了那種地步，我還是繼續為他燒菜做飯，打掃家裡，他要的時候我就跟他上床，盡全力配合他。這一切都是我自找的，他以為我喜歡。」

「妳那麼做只是為了活下去。」艾歷克用沉穩的聲音說道。

凱蒂又安靜了下來。蟋蟀聲和蟬鳴聲在樹林裡此起彼落地響起。「我從來沒想過這種事會發生在我身上。我父親雖然嗜酒如命，但至少沒有暴力傾向。都是我太……太軟弱了。我不曉得我為什麼會容許這樣的事情發生。」

艾歷克溫柔地說：「因為妳愛他啊。當他保證同樣的事情不會發生第二次，妳相信他了。誰曉得他的暴力傾向和控制欲變得越來越嚴重。但由於一切發展得太緩慢，妳以為他總有一天會改變，直到最後才領悟到他根本不可能改變。」

聽到這裡，凱蒂倒抽了一口氣，低下頭，肩膀開始上下起伏。看凱蒂如此痛苦，艾歷克感到喉嚨緊縮，氣老天爺為什麼要讓凱蒂經歷這些悲慘的遭遇，而且一直到現在都還籠罩在過去的陰影當中？他好想抱著她給她安慰，卻又知道自己最好不要輕舉妄動，因為此刻的凱蒂是脆弱的、緊張的、容易受傷的。

過了好幾分鐘，凱蒂終於停止哭泣，一雙眼又紅又腫，她發出仍然哽咽的聲音說：「很抱歉跟你說這些。我不該跟你發牢騷的。」

「別這麼說，我很高興妳願意告訴我。」

「反正，你已經猜到八、九成了。」

「我知道。」

「但你不需要知道所有的細節。」

「沒關係。」

「我恨他，」凱蒂說，「但也恨我自己。我說過，最好不要理我。我不是你想像的那個樣子，不是你以為你認識的那個樣子。」

眼看凱蒂又要流下淚來，艾歷克站起身，並拉拉凱蒂的手，要她也站起來。凱蒂站了起來，但沒有看艾歷克。

艾歷克用手指抬起她的下巴，她抗拒了一會兒才表示順從，眼睛看著艾歷克。艾歷克試著克制住對凱文的怒氣，輕聲道：「妳聽我說。不管妳告訴我什麼，都改變不了我對妳的看法。因為那不是妳，那從來不是妳。我認識的凱蒂，我愛上的那個女人，那才是妳。」

看著艾歷克，凱蒂覺得內心的某道心牆彷彿瓦解了，她很想相信他，也知道他說的多少是實話，只不過……

「可是……」

「別可是了。妳看到的自己，是個無法擺脫過去的人。我看到的妳，卻是個堅強、勇敢、成功擺脫了過去的女人。妳因為發生了那些事，就覺得自己應該感到可恥、感到內疚。但我看到的妳，卻是個心地善良、外貌美麗的女人，為了阻止同樣的事情再度發生，妳已經努力去做些什麼了；並不是每個女人都有這樣的勇氣，妳應該感到驕傲才對。這就是我眼中的妳，我所認識的凱蒂。」

凱蒂苦笑道：「你該配副眼鏡了。」

「別被我的白頭髮給騙了，我視力還好得很呢。」艾歷克走向凱蒂，用眼神試探了一下，才靠過去親吻她。這一吻雖然短暫，卻是溫柔且充滿愛意的。「很遺憾妳經歷了這些事。」

「但不代表事情已經結束了。」

「妳覺得他在找妳？」

「當然，我確定他在找我。他不會善罷干休的。」頓了一頓，凱蒂又說：「他有病……說他瘋了也不為過。」

艾歷克思索著。「我曉得我不該問，但妳有沒有考慮過報警？」

凱蒂的肩膀垮了下來。「有，我報警過一次。」

「警方什麼事都沒有做嗎？」

「警方到了家裡來找我談話，但勸我不要提告。」

艾歷克想了想，說：「這沒有道理啊。」

「我知道為什麼。」凱蒂聳聳肩。「凱文警告過我，報警對我沒有半點好處。」

「怎麼說？」

凱蒂嘆了口氣，心想，乾脆把事情都說出來好了。「因為他自己就是警察，波士頓警察局的刑警。還有，他不叫我凱蒂，他叫我艾琳。」凱蒂抬頭看艾歷克，眼底透著絕望的神情。

20

陣亡將士紀念日這天，在南波特北方，距離幾百英里遠的杜徹斯特，凱文・提爾尼穿著和老婆在歐胡島度蜜月時買的短褲和夏威夷衫，站在某棟民宅的後院裡。

「艾琳回曼徹斯特去了。」他說。

「什麼？又回去啦？」刑警隊隊長比爾・羅賓森，正站在烤肉架邊翻烤漢堡肉。

「我應該告訴過你，她朋友得了癌症吧？她覺得自己有義務去照顧她。」

「癌症真是要人命啊。」比爾說，「那艾琳狀況還好嗎？」

「還好，但看得出來她很疲倦。畢竟，兩地奔波非常辛苦。」

「這我可以理解。愛蜜麗的妹妹得紅斑性狼瘡時，她也這麼做過。還記得那是個嚴寒的冬天，她到伯靈頓去照顧她妹妹，兩個人就這樣在小小的公寓裡關了兩個月。最後，兩個人都受不了了。她妹妹有一天幫她把行李打包好，放在門外，告訴愛蜜麗說，她還是一個人生活比較好。當然，我不怪她。」

凱文灌下一口啤酒，再依照別人的期望露出微笑。比爾和愛蜜麗結婚已經快三十年了，他老愛開玩笑說，他和愛蜜麗結婚才六年而已，而且一直非常恩愛。這笑話，八年來警局裡每個人大概都聽到過差不多五十次了，而這些人此刻大概都聚集在此。每一年陣亡將士紀念日，比爾都會在家裡舉行烤肉聚餐，警局裡沒有出任務的人幾乎都來了，但他們會來不僅僅是出於義務，也因為比爾的弟弟靠送啤酒為生，他的啤酒有很多都送到了這裡。放眼望去，只見一對對夫妻、男女朋友和小孩們，三三兩兩聚在廚房裡或院子裡。四名刑警正在玩套圈圈，弄得地上塵土飛揚。

「對了，下次你老婆回來，帶她來我家吃個飯。愛蜜麗最近問起她。當然啦，正所謂小別勝新婚，如果你們小倆口想好好聚一聚，那就不打擾了。」比爾眨了眨眼睛。

但凱文懷疑比爾的誠意。遇到這種場合，他總喜歡卸下隊長的身分，設法跟部屬打成一片，但他其實個性強硬、老奸巨猾，要政治手腕的本領比辦案的能力還要強。「我再問她。」凱文說。

「她什麼時候走的？」

「今天早上。現在應該到了。」

烤肉架上，漢堡肉正在滋滋作響，滴出的肉汁將火焰激得四處亂竄。

比爾將一塊肉泥往下壓，擠出肉汁。凱文心想，這傢伙根本不會烤肉嘛，少了肉汁，肉就會變得像石頭一樣，乾硬無味，難以下咽。「對了，」比爾轉移話題說，「艾希里．韓德森那個案子，應該可以起訴了。這案子你辦得不錯。」

「是時候了，其實，前陣子證據就已經蒐集得差不多了。」

「我也這麼想。只不過我不是檢察官。」比爾在漢堡肉上一按，又一塊肉泥毀了。「我還想跟你談談泰瑞。」

泰瑞是凱文這三年的工作搭檔，十二月分時心臟病發，結果告假至今。從那時候起，凱文一直是單槍匹馬在辦案的。

「他狀況如何？」

「我今天早上才知道，他不會回來了，他決定接受醫生的建議，早點退休。反正他年資已經滿二十年，可以領退休金了。」

「這對我會有什麼影響？」

比爾聳聳肩。「我們會幫你找個新搭檔的。但現在，市政府預算遭到凍結，一時半刻還辦不到。新預算通過後應該就沒問題了。」

「可能性高不高？」

「很高，只是要等到七月以後。很抱歉，我知道這代表你的工作量會更重，但我也沒辦法。我會盡量減輕你的工作負擔的。」

「謝謝。」

幾個小孩滿臉髒兮兮的跑過庭院。兩名婦女手裡捧著裝洋芋片的碗，從屋裡走出來，大概正在講八卦吧。凱文最痛恨八卦了。比爾手裡握著抹刀，指指陽臺欄杆說：「幫我把那個盤子拿過來好嗎？這些肉應該快好了。」

凱文注意到，這個盤子和先前用來盛放漢堡肉泥的盤子是同一個，上邊還留有油漬和幾坨生肉。真噁心，凱文心想，如果是艾琳，她一定會換一個乾乾淨淨、上面沒有生肉和油漬的盤子的。但凱文還是依言走到欄杆邊，抓起盤子，再放到烤肉架旁。

接著他舉起啤酒罐。「我要再來罐啤酒。你要嗎？」

比爾搖搖頭，手邊又毀掉一塊漢堡肉。「不用了，我這罐還沒喝完。」

凱文朝屋內走去，內心卻覺得剛剛那個盤子上的油還沾在手指上，而且正在滲進皮膚裡。

「嘿！」聽到比爾在身後大叫，凱文回轉過頭。

「你忘了冰箱在那兒啦？」比爾指指陽臺的某個角落。

「我知道，我只是想先洗個手再吃東西。」

「那快點回來。肉烤好一端上桌，很快就會被搶光。」

來到後門，凱文先在踏腳墊上擦擦腳，再走進去。他看到廚房內有一群黃臉婆正在七嘴八舌，便從她們身旁走過，到水槽邊扭開水龍頭洗手，洗了兩次，肥皂也用了兩遍。透過窗戶，他看到比爾將盛滿熱狗與漢堡肉的盤子端上野餐桌，旁邊還擺了麵包、調味料和洋芋片。幾乎就在同時，許多蒼蠅聞香而來，嗡嗡嗡一擁而上，但受邀的客人似乎並不在意，開始大排長龍。他們伸手驅趕蒼蠅，拿取食物，好像這些蒼蠅並不存在似的。

天啊，一堆毀掉了的漢堡肉和密密麻麻的蒼蠅。

換做他和艾琳，才不會這麼做呢。他不會拿抹刀壓漢堡肉，艾琳則會把調味料、洋芋片和醬菜放在廚房裡，好讓客人在乾淨衛生的廚房裡用餐。至於這些食物，他才不想吃呢，漢堡肉硬得跟石頭一樣，上頭還有噁心得要死的蒼蠅，光想到這裡他就覺得反胃想吐。

等到盤中的食物被搜刮乾淨，凱文這才回到屋外，走向野餐桌，裝出失望的表情。

「我警告過你囉，食物很快就被搶光。」比爾哈哈一笑。「不過沒關係，冰箱裡還有一盤肉，你可以等第二輪。我在這邊烤肉，你去幫我拿罐啤酒好嗎？」

「沒問題。」

第二盤肉烤好時，跟先前一樣又乾又硬，也同樣引了來一堆蒼蠅，凱文雖然盛了一盤，還稱讚比爾廚藝很好，卻趁著比爾轉身時將食物全都倒進旁邊的金屬垃圾桶裡。之後，他告訴比爾，漢堡肉好吃極了。

這天聚餐，凱文待了好幾個鐘頭，還跟克非及拉米瑞茲聊聊天。他們倆跟凱文一樣，是局裡的刑警，只是他們不在乎成群結隊而來的蒼蠅，吞下了噁心的漢堡肉。凱文知道，隊長希望藉這個機會跟大夥兒打成一片，所以他不想太早離開，以免隊長不高興。但他不喜歡克非和拉米瑞茲，因為他知道，這兩人一定常常在他背後說他閒話，才會一看到他靠近就忽然住嘴。兩個愛八卦的傢伙。

但凱文是個優秀的刑警。這一點他清楚得很，比爾和克非和拉米瑞茲也心知肚明。服務於重案組的凱文，知道要如何跟證人或嫌犯談話，知道何時該問問題、何時該專心聆聽，也聽得出別人是不是在說謊。這些年來，他逮到了許多殺人犯，因為他信上帝，而且聖經上說：汝不可殺人。所以他自認為，把壞人繩之以法是在替天行道。

回到家，他在客廳裡繞了一圈，克制住想打電話給艾琳的衝動，心想，艾琳要是在家，壁爐架上應該會打掃得一塵不染，家裡的雜誌則一本本整齊地攤開在茶几上，沙發上也不可能有空酒瓶。艾琳要是在家，窗簾應該已經拉開，讓陽光可以透進來，灑在屋內的地板上。艾琳要是在家，應該會把碗盤都洗淨收好，在餐桌上擺著熱騰騰的晚餐，笑咪咪地問他今天過得如何。晚一點，他們還會做愛，因為他們彼此相愛。

他上樓來到臥室，站在衣櫃門前，隱約還聞得到艾琳使用的香水的氣味；這香水是他送給艾琳的聖誕節禮物。有一次，他看到艾琳翻閱雜誌，掀起某廣告的蓋子，嗅聞香水樣品，臉上露出滿足的笑容。於是他趁艾琳上床睡覺後將該頁從雜誌上撕下來，塞到皮夾裡，以作為日後買香水的參考。他還記得，艾琳在耳後和手腕塗上香水的樣子有多麼溫柔嫵媚，除夕夜時穿著黑色晚禮服的樣子又有多麼美豔動人，並且在進入餐廳後吸引住許多男人的目光（連有伴的男人也一樣）。用完餐回到家，他們開始親熱做愛，以迎接新年的來到。

那件晚禮服，此時還掛在同樣的地方，也喚醒了凱文腦海裡的回憶。一個星期前，他從衣架上取下晚禮服，抱著它在床沿哭了起來。

蟋蟀的叫聲從屋外穩定傳來，卻絲毫無法為凱文帶來撫慰。這一天，他原本應該可以好好放鬆的，但他卻覺得好累。今天的聚餐他根本不想參加，也不想回答別人關於艾琳的疑問，更不想說謊——但不是因為他討厭說謊，而是因為很難再掩飾下去。幾個月來，他一直重複同樣的說詞：艾琳每晚會打電話回家，幾天前還回家了一趟，但是又回新罕布夏州去了。她朋友正在進行化療，因此很需要艾琳的幫忙。凱文知道，他不可能永遠拿同樣的一套說詞去搪塞，再過不久，大家就會覺得這理由很空洞，並開始懷疑，為什麼這麼久都沒有在當地教堂、商家甚至住家附近看到過艾琳了？就算去幫朋友忙，那她還要再幫忙多久呢？凱文知道，鄰居們已經開始在他背後說閒話，甚至說出「艾琳一定離開了他」、「他們的婚姻應該不像我以為的那麼美滿」之類的話來。一想到此，他就覺得胃部抽痛，這才想到今天還未進食。

於是他走進廚房，打開冰箱，卻發現沒什麼東西可以吃。艾琳如果還在，家裡一定都備有食物，如火雞、火腿、第戎芥末醬、從麵包店買來的新鮮黑麥麵包等等，但現在能吃的東西只有一個：幾天前從中餐館買來的蔥爆牛肉，要吃的話還得加熱。接著，冰箱底層架子上的食物汙漬映入凱文眼簾，想哭的衝動又湧上心頭；記得有一次他因為看到冰箱裡髒了一塊，怒火中燒，一氣之下甩了艾琳耳光，踹她、推她，害她頭撞上桌子，並發出慘叫。天啊，自己為什麼要為了這點小事大發雷霆？他不禁納悶。

他走到床邊躺下。再醒來時，時間已過午夜了，窗外一片靜寂，對街的費德曼家屋裡亮了一盞燈。但凱文不喜歡這家人。賴瑞．費德曼從不揮手跟他打招呼，他老婆葛萊狄絲則是一看到他就轉身回屋裡去。這對六十多歲的老夫婦性情古怪，會在鄰居小孩到他們家草坪上撿飛盤或棒球時，衝出門外大聲斥責。身為猶太人的他們，假日時會在窗戶旁擺設七分枝蠟燭臺，還會用聖誕節燈飾裝潢自己的家。總之，凱文覺得很難理解他們的舉動，因此認定他們不是好鄰居。

再回到床上，凱文怎麼樣也睡不著。早晨，當陽光灑進屋裡，他忽然意識到，其他人的生活都還一如往常，他的生活卻變得大不相同了。他哥哥麥可和大嫂娜黛，此刻應該正準備送小孩去上學，之後再到波士頓學院去上班。他的爸媽，此時則應該一邊喝著咖啡，一邊翻看《波士頓環球報》。某時某地，也許有人犯了罪，而目擊證人則被帶到警局裡做筆錄。至於克非和拉米瑞茲，說不定正在他背後說長道短呢。

凱文起身沖澡，然後吃土司配伏特加當早餐。進警局後，他接到任務，要出去調查一件謀殺案。死者是個女人，而且可能是個妓女，二十多歲，遭人刺死後被棄置在一個大型垃圾桶裡。整個早上，他趁著同仁在蒐證時盤問目擊證人。問完話，他回到警局裡，趁著印象還深刻時動手寫報告。他，是個優秀的警探。

假期結束後，警局內忙得不可開交，同仁們有的在講電話，有的在伏案寫字，有的在和目擊證人講話，有的則在傾聽受害者訴說受害遭遇。警局裡吵雜忙碌，人來人往，電話響個不停。局裡的正中央有四張辦公桌，凱文的辦公桌是其中之一，他走向自己的桌子，看到比爾朝他揮手，但沒有離開位置。拉米瑞茲和克非的辦公桌，位置在凱文對面。

「你還好嗎？怎麼氣色這麼糟。」說話的是克非，他四十多歲，是個禿頭的大胖子。

「昨晚沒睡好。」凱文說。

「珍妮要是不在，我肯定也睡不好。艾琳什麼時候回來？」

凱文設法保持表情鎮定。

「下週末。我有幾天假，決定到鱈魚角走走。我們已經好久沒去那裡了。」

「真的嗎？我媽媽就住在鱈魚角。你們要去鱈魚角哪裡？」

「普羅文斯敦。」

「我媽媽也住那裡。我常去，你們會喜歡那裡的。你們到時候要住哪裡？」

凱文心想，這傢伙怎麼問題這麼多。最後他說：「我不確定，行程是艾琳安排的。」

說完，他走向咖啡壺，為自己倒了一杯咖啡，雖然他並不真的想喝。他提醒自己，一定要找時間查一下資料，找幾家民宿和餐廳的名字才行，這樣克非再問起時才曉得要如何回答。

凱文在警局的日子，可以說一成不變：辦案，和目擊證人談話，然後回家。由於工作壓力很大，他希望下班後能好好放鬆，但如今，家中的一切都變了，因此就算回到家，工作壓力還是如影隨形。曾經他以為自己總有一天會習慣犯罪現場的，但現在，死者蒼白無血色的臉，卻深深烙印在他腦海，有時候甚至出現在他夢中。

他不想回家，因為下班回到家，不會有漂亮的老婆在門口迎接他。自從一月分離家出走後，艾琳一直沒有回來，因此家裡又髒又亂，他還得自己洗衣服。但他不知道洗衣機要如何操作，第一次使用時，洗衣粉加得太多，以至於衣服洗好後還髒成一團。現在，家裡沒有現成的飯菜，餐桌上也沒有蠟燭，他只好在回家的路上順道買點吃的，回家後坐在客廳沙發上吃。有時候他會打開電視，轉到艾琳喜歡看的居家園藝頻道，然後又因為這麼做而感到無比空虛。

以前，由於艾琳怕槍，他下班回到家後都會把槍收進槍盒，再放到衣櫃裡收好。但現在，他不需要這麼做了。除了警局的配槍，他槍盒裡還有一把私人用的格洛克手槍。還記得，艾琳有一次逃家回來，他用格洛克手槍抵住她的頭，威脅她說：她要是膽敢再這麼做，他一定會殺了她；她要是膽敢劈腿，跟別的男人上床，這些男人也會被他幹掉。他很生氣，艾琳怎麼這麼蠢，居然想逃家，他質問她，是哪個男人幫她的，他要殺了他。但艾琳又哭又叫，求他饒命，還發誓說自己沒有別的男人，而凱文也信了，畢竟她是他老婆，而且曾經在上帝和家人面前宣誓，而且聖經上說：不可姦淫。即使在當時，他並不認為艾琳對他不忠，也不認為她有別的男人。這一點，他在他們結婚時就確認過了。每天，他會不定時打電話回家，不准她自己出門買東西，不准她自己上美容院或圖書館。而且，艾琳沒有車子，甚至沒有駕照，要是他因公出勤來到家裡附近，也一定會順道回家查勤，看艾琳是不是在家。由此可見，她離開並不是因為想要劈腿，而是因為她厭倦了，厭倦了經常被拳打腳踢、被推下地下室的樓梯。凱文知道，他不該做這些事，但他每一次這麼做都會很內疚，也會向艾琳道歉。可是，有什麼用呢？她還不是跑了。

她不該跑的。他這麼照顧她，愛她勝過自己的生命，還為她買了房子、冰箱、洗衣機、烘衣機和新家具，她怎麼可以這麼做，讓他心碎呢？艾琳在的時候，家裡一向很乾淨，但現在，水槽裡卻堆滿了骯髒的碗盤，連放碗盤的架子都快要滿出來了。

他知道自己應該要動手清理一下，卻沒有力氣。他走進廚房，從冰箱裡拿出伏特加。一個星期前，冰箱裡有十二瓶伏特加，但現在只剩下四瓶。他知道自己喝得太多，也知道自己應該要吃好一點，別再酗酒，但他現在只想拿著酒瓶，在沙發上狂飲。而且伏特加有個好處，就是不會在嘴裡留下酒味，因此到了早上，不會有人知道他還在宿醉。

他為自己倒了一杯，一飲而盡，然後再倒一杯，接著在空蕩蕩的屋子裡走來走去。艾琳不在，他好心痛，要是她突然出現在門口，他一定會為自己動手打他向她賠罪，想辦法解決他們的問題，然後進臥室裡做愛。他好想抱著她，告訴她他有多麼愛她，但他知道，艾琳不會回來；而且，他雖然愛她，但艾琳的行為有時候真的會惹火他。做老婆的怎能輕言放棄婚姻，一走了之？他好想揍她、踹她、甩她耳光、扯她頭髮，教訓她的愚蠢、她的自私，讓她知道逃跑是沒有用的。

凱文接著喝下第三杯、第四杯伏特加。

這一切實在令他困惑。整個家又髒又亂，客廳地板上有一個裝披薩的空盒，浴室門框則已經破洞裂開，無法完全關上。還記得，這道門是他自己踢壞的，因為艾琳躲進浴室，想要逃跑。原本，他在廚房裡抓住艾琳的頭髮，用力揍她，結果艾琳逃進浴室，鎖上門，凱文追上去，用力一踢，將浴室門給踢壞了。至於當時是在吵些什麼，他現在已經記不得了。

那個晚上的事，他多半記不得了。譬如他不記得自己打斷了艾琳兩根手指，接下來一個星期都不准她到醫院去，除非她臉上的瘀青可以用化妝品遮住，結果，艾琳只好單手煮飯做菜、打掃家裡。後來，凱文買花送她，向她道歉，說他愛她，並保證這樣的事情絕不會再發生。艾琳手上的石膏拆掉後，他帶她到波士頓一家昂貴的高級餐廳用餐，吃飯過程中還不時對她微笑。用完餐後，他們去看電影，回家的路上，他想到自己有多麼愛她，能娶她當老婆實在很有福氣。

21

當晚，艾歷克一直陪著凱蒂，聽她訴說往事。午夜過後，凱蒂倦了、累了，不想再說下去了，他才伸手攬住凱蒂，向她吻別。開車回家的路上，他心想，他這輩子再也沒見過比凱蒂更勇敢、更堅強也更機智的人了。

接下來幾個星期，他們常常在一起，最起碼會盡量找時間碰面。但艾歷克要照顧雜貨店的生意，凱蒂要在伊凡小館輪班，因此一天當中頂多只有幾個小時能在一起。儘管如此，艾歷克每天都興奮地期待著去凱蒂她家；這樣的心情，他已經好多年沒經歷過了。有時候，克莉絲汀和喬許會跟他一起過去。有時候，喬伊絲會趕他出門，對他眨眨眼睛，要他在出門前先好好休息一下。

但兩人很少在艾歷克家約會，就算有，時間也往往不長。艾歷克以為，這是因為顧慮到兩個小孩，或者他希望慢慢來，但他卻也意識到，這其實跟卡莉有關。他知道他愛凱蒂，而且每過一天，他對這一點就越加肯定，雖然他不確定自己是不是已經準備好放下卡莉了。他這分躊躇，凱蒂似乎了解，也好像並不介意，雖然這可能只是因為，到凱蒂家約會對兩人而言都比較自在。

儘管如此，但兩人並未進展到性關係。雖然艾歷克對此有諸多幻想，尤其在睡前，但他知道凱蒂還沒有做好心理準備。而且他們似乎都明白，一旦發生了親密行為，就代表他們的關係有了重大的轉折，將朝向穩定、長久的方向發展。但現在，能夠親吻凱蒂，被凱蒂環抱，嗅聞她頭髮上淡淡的茉莉花香，輕輕握她的手，對他來講就已足夠；兩人的每一次撫觸，都帶著美好的期待，彷彿他們是在等待最恰當的時間獻身給對方。前妻死後，艾歷克沒有跟任何人上過床，但他現在卻隱約覺得，這是因為他一直在等待凱蒂。

現在，能夠帶凱蒂到處走走逛逛，他就很開心了。他們有時候是到河邊、到湖畔散步，有時候是去觀賞古厝的建築之美。某個週末，他帶凱蒂到奧騰植物園去，在上千株盛開的玫瑰花叢間散步。離開植物園後，又來到卡斯威海灘，在海邊一家小餐館共進午餐，兩個人像情竇初開的少男少女一樣在桌上交握雙手。

自從那一晚在凱蒂家吃飯後，凱蒂再也沒提起自己的過去，艾歷克也一樣。他知道，凱蒂心中還有疑慮，譬如她已經告訴艾歷克多少？有多少還沒有說？她到底能不能信任他？她已婚的身分，對他們倆會不會構成障礙？凱文要是查出她的下落該怎麼辦？每當艾歷克察覺到凱蒂在煩惱這些事情時，他就會溫柔地提醒她說，無論發生什麼事，他都會保守她的祕密，絕不會告訴任何人。

有時候看著凱蒂，艾歷克心中會對凱文這個人生起排山倒海的憤怒。怎麼會有人如此變態，喜歡如此折磨別人、虐待別人？對他而言，這種傾向就像在水底呼吸或凌空飛翔的能力一樣，教人難以理解。他希望正義得到伸張，讓凱文也嘗一嘗凱蒂經歷過的痛苦與恐怖，和身體上永無止盡的疼痛。艾歷克記得，自己在軍中服役時殺死過一個人；那人是個士兵，因為吸食安非他命變得精神恍惚，拿槍恐嚇人質。他是個危險人物，而且已經失控，因此艾歷克一逮到機會就毫不遲地扣下扳機。雖然因為這個人的死，艾歷克對自己的工作因此有了新的體認，但他心裡明白，人生在世，為了保命或救命，有時候暴力是必要的。他知道，要是凱文真的出現，他一定會不顧一切保護凱蒂。在軍中那麼多年，他慢慢體會到，這世上有好人也有壞人，而保護凱蒂這樣無辜的女人不受凱文這種變態狂的欺凌，對他而言是一個黑白分明、再簡單不過的選擇題。

凱蒂的過去，多半時候並不會對他們造成干擾，兩人便在放鬆的狀態下變得日益親密。下午，和兩個孩子相處的時光對他來說尤其特別。凱蒂似乎天生就很有孩子緣，不管是幫克莉絲汀餵池塘裡的鴨子，或是和喬許玩接球，她都很有一套，似乎總能輕易和孩子們打成一片，展現出時而調皮時而穩重、時而活潑時而安靜的特質。在這方面，她跟卡莉很像，因此艾歷克幾乎可以確定，她應該就是卡莉提到過的那種女人。

卡莉過世前幾個星期，艾歷克一直在病床旁照顧她。儘管她大多數時候都在沉睡，但艾歷克不想錯過她清醒的時刻，不管這些時刻有多短暫。那時候的卡莉，左半邊身體幾乎已經癱瘓，說話也變得困難。但某天夜裡，黎明前一個小時，她難得清醒過來，出聲喚艾歷克。

她舔舔龜裂的嘴唇，吃力地說：「我有事想拜託你。」由於許久沒有講話，她的聲音已經變得沙啞。

「沒問題，什麼事我都答應妳。」

「我希望你過得……快樂。」聽到這句話，艾歷克彷彿看到了卡莉過去那自信從容的笑容，兩人初見面時，那樣的笑容就擄獲了艾歷克的心。

「我是很快樂啊。」

卡莉輕輕地搖搖頭。「我是說以後。」凹陷的臉頰上，卡莉的雙眼閃著像煤炭般熾熱的光。

「你我都知道我在說什麼。」

「我不知道。」

「嫁給你……和你朝夕相處，生兒育女……是我這輩子最幸福的事。你是我這輩子見過最棒的男人。」

艾歷克喉頭一緊。「我也是，我也這麼覺得。」

「我知道，所以這對我來說才這麼困難，因為我知道，我是個失敗的……」

「妳不失敗。」艾歷克打斷卡莉的話。

卡莉臉上浮現悲傷的表情。「我愛你，也愛我們的孩子，」卡莉輕聲地說，「要是你從此無法再快樂起來，我會很難過的。」

「卡莉——」

「我希望你可以再去認識別人。」卡莉吃力地深吸一口氣，脆弱的胸腔因為用力而上下起伏。「我希望她腦袋聰明、心地善良……我希望你愛上她，因為你不該孤獨地終老一生。」

艾歷克說不出話來，視線也因為盈眶的淚水而變得模糊。

「孩子們需要一個媽媽。」卡莉這句話像在懇求。「一個跟我一樣愛他們，對他們視如己出的母親。」

「妳說這些幹嘛？」艾歷克用哽咽的聲音說。

「因為我必須相信這是可能的。」卡莉用瘦骨嶙峋的手指死命抓住艾歷克的胳臂。「這是我最後的心願。」

此刻，看凱蒂在鴨池塘旁的草坪上追著喬許和克莉絲汀，艾歷克心想，卡莉最後的心願，說不定真的會實現，這讓他感到既甜蜜又苦澀。

另一方面，凱蒂覺得，自己正遊走在危險邊緣；她對艾歷克的喜歡，也許會害了她。那天晚上，向艾歷克訴說過往在當時看起來似乎是正確的決定，而這些祕密說出口後，她原本所感受到的沉重壓力也似乎減輕許多。但隔天早上，一想到自己前一晚說了那些話，她卻焦慮得幾乎快要癱瘓。畢竟，艾歷克當過刑事調查員，雖然他表示會守口如瓶，但他如果想進一步了解，要打通電話追查並非難事。他要是向別人提起，而那個人又跟其他人提起，難保凱文最後不會得知。而且艾歷克並不知道，凱文有一種神奇的能力，能夠將看似不相干的訊息拼湊在一起，譬如有一次，一個嫌疑犯正在逃亡，他卻幾乎總是知道要上哪兒找他。因此，光想到那天晚上向艾歷克坦露那些祕密，凱蒂就緊張到胃痛。

還好接下來幾個星期，她感覺心中的恐懼逐漸消滅。和艾歷克獨處時，他不會追問她的過去，反而表現得坦然自在，彷彿這些事對他們在南波特的生活不會有任何影響。兩人輕鬆自在地過日子，生活並沒有因為過去的陰影而受到干擾。沒辦法，她就是信任艾歷克。偶爾，當兩人接吻時，她會發現自己膝蓋顫抖，只好盡力克制自己想把艾歷克拖進臥室的衝動。

第一次約會後兩個星期，星期六那天，兩人站在凱蒂家的門廊上，艾歷克兩手環抱她，兩人的嘴貼在一起。喬許和克莉絲汀去參加喬許班上同學所舉辦的游泳派對了。艾歷克和凱蒂計畫晚上帶兩個孩子到海邊烤肉，但在那之前，他們有好幾個小時可以獨處。

好不容易，兩人的身體終於分開，凱蒂嘆口氣說：「你不能再這樣了。」

「怎樣？」

「明知故問。」

「沒辦法，我情不自禁。」

我懂，凱蒂心想。「你曉得我喜歡你什麼嗎？」

「我的身體？」

「對。但除了你的身體，」凱蒂笑了起來，「我還喜歡你另一點，就是你讓我覺得自己很特別。」

「妳是很特別沒錯。」

「我是認真的。不過，這也讓我不禁好奇，你前妻過世後，這些年來你都沒有遇到過喜歡的人嗎？」

「我沒有特別找。但就算我有人了，我應該也甩掉她好跟妳在一起。」

「嘿，說這種話很不厚道喔。」凱蒂伸手往艾歷克的胸膛一戳。

「我說真的。更何況，信不信由妳，我這個人很挑。」

「是，你很挑，只跟感情受過傷的女人交往。」

「妳哪有受傷？妳很堅強，穿越了嚴酷的試煉。這樣的女人，老實說還滿性感的。」

「你是不是故意灌我迷湯，好讓我意亂情迷，再動手剝掉你的衣服啊？」

「如何？有效嗎？」

「幾乎。」聽到艾歷克的笑聲，凱蒂明白他有多愛她。

「很高興妳來到了南波特。」

「呃。」有那麼一個片刻，凱蒂彷彿消失不見。

「怎麼了？」凱蒂的反應，讓艾歷克忽然變得警覺，他端詳著凱蒂的臉龐。

凱蒂搖搖頭。「差一點……」想到過去，她嘆了口氣，用雙手環抱自己。「我差一點就到不了這裡。」

22

在杜徹斯特，雪花將家家戶戶的庭院給覆蓋住，讓艾琳家窗外的世界閃著光輝。一月分的天空，前一天還是灰濛濛的，但今天已經轉成冰藍色，氣溫也降到冰點以下。

做完頭髮的隔天，也就是星期天早晨，她上完廁所，往馬桶內看了看，心想應該會有血尿吧。她的腎臟此刻仍感覺漲痛，身體從肩胛骨到腿後側也隱隱作痛。這分痛楚，讓她昨晚在床上躺了好幾個小時還睡不著，而凱文卻在她身邊呼呼大睡。所幸，狀況並不如她想像中嚴重。她將身後的臥室門關上，一跛一跛走到廚房，並提醒自己，再過幾天就解脫了，在那之前，她最好小心點，別露出絲毫破綻，以免凱文起疑。譬如，昨晚凱文的那頓毒打，她要是表現得毫不在意，凱文會起疑。但要是反應過度，他同樣會起疑。經過這麼多年生不如死的生活，她學乖了，知道該怎麼做才對。

儘管是星期天，但凱文中午要去上班，她知道他很快就會起床。屋裡冷颼颼的，她只好在睡袍外再套上一件長袖運動衫；她早上這樣穿，凱文通常不會有意見，因為他這時候往往宿醉還沒完全清醒。她一邊煮咖啡，一邊將牛奶和砂糖、奶油和果醬擺到桌上，然後開始擺設餐具，再放一杯冰水在叉子旁。接著，她在烤麵包機裡放入兩片土司，但沒有按下開關，因為時間還沒有到。她將三顆蛋放在流理臺上，以方便拿取。準備工作就緒後，她在平底鍋內放入六片培根，等凱文終於睡眼惺忪走入廚房，這些肉也開始滋滋作響，彈跳起來。凱文在餐桌旁坐下，拿起杯子喝水，她接著送上咖啡。

「我昨晚簡直睡死了。我們幾點上床的？」凱文說。

「不晚，十點左右吧。」她把咖啡放在空水杯旁。「你最近工作很辛苦，我知道你累了。」

凱文的眼睛布滿血絲。「昨晚很抱歉，我不是故意的。我最近壓力太大了。泰瑞心臟病發後，我一個人得做兩人份的工作。更何況，普雷斯頓的案子這星期就要開始審理了。」

「沒關係。」即使過了一夜，凱文嘴裡的酒氣仍可清楚聞到。「早餐再幾分鐘就好了。」

她拿著叉子翻動鍋裡的培根肉，手臂被濺起的熱油燙到，卻也因而暫時忘記背上的疼痛。等培根煎得酥脆，她夾起四片放在凱文的盤子上，兩片放在自己的盤子裡。接著將用過的油倒入湯碗，拿廚房紙巾擦乾平底鍋，再在鍋底噴油。為了趁培根變涼前做好早餐，她動作要快。她按下烤麵包機的開關，開始打蛋，凱文喜歡吃那種蛋黃半生熟、雙面煎的荷包蛋，幾年下來，這個動作她已經很熟練了。由於鍋子還熱著，蛋很快就煎好了。她把蛋最後一次翻面，再將兩顆荷包蛋放進凱文的盤子裡，一顆放進自己的盤子裡。烤麵包機裡，土司烤好跳了起來，她將兩片土司都放到凱文的盤子上。

她在凱文對面坐下，因為他喜歡他們一起吃早餐。凱文在土司上塗上奶油，再塗上葡萄果醬，接著拿起叉子把蛋搗碎，蛋黃像黃色的血一樣溢開，他再用土司麵包沾來吃。

「妳今天要做什麼？」凱文用叉子叉切下一塊荷包蛋放入口中，咀嚼著。

「擦窗戶，洗衣服。」

凱文挑了挑眉毛說：「還有床單，別忘了我們昨晚親熱過。」他披頭散髮，一小塊荷包蛋黏在嘴角。

但她沒有表現出內心的反感，只是轉移話題。

「普雷斯頓的案子，你覺得她會被定罪嗎？」

凱文往椅背一靠，活動了一下肩膀，再低頭吃早餐。

「要看檢察官。希金斯辦案能力還不錯，但誰知道，普雷斯頓的委任律師奸詐得很，一定會設法扭曲事實。」

「應該不會有問題的。你比他聰明。」

「到時候就知道了。討厭的是，案子在馬博洛開庭審理。希金斯說，星期二開完庭後，希望我晚上能到他那邊沙盤推演一下。」

艾琳點點頭，這個備受媒體關注的案子，細節她都一清二楚。星期一，法院就要開始審理，但開庭地點不在波士頓，而在馬博洛。嫌疑犯羅蘭．普雷斯頓，據說僱用了殺手要謀殺親夫道格拉斯。道格拉斯生前是個避險基金經理人，身價好幾十億。而他老婆羅蘭則是社會名流，參與許多慈善團體，跟藝術博物館、交響樂團或教育改革團體都有來往。因為兩人是知名人物，開庭前媒體爭相報導，有好幾個星期的時間，每天都可以在報紙頭版上看到一兩則相關報導，或在晚間電視新聞裡聽到相關消息。由於其中牽涉到鉅額財富、性醜聞、毒品、背叛、出軌、謀殺和一名私生子，因此備受矚目，而法院也因此決定把該案移到馬博洛審理。這個案子，警方指派了幾名警探負責偵辦，凱文是其中之一，預計星期三要出庭作證。艾琳跟其他人一樣，一直在密切注意案情發展，不時還會向凱文打聽消息。

「那天開完庭後，你知道你應該做些什麼嗎？」艾琳說：「你應該出去走走。也許我們晚上可以好好打扮打扮，上餐廳吃頓飯。你星期五休假對嗎？」

「我們除夕夜不是才出去吃過飯嗎？」凱文抱怨道，再繼續用土司沾盤子裡的蛋黃吃，手指上因此沾滿了果醬。

「好吧，你如果不想出門，我在家裡也可以做點特別的料理，你想吃什麼都行。我們可以喝點小酒，也許在壁爐邊生個火，我會穿得很性感，跟你一起過個羅曼蒂克的夜晚。」凱文抬起頭看艾琳繼續講話。「重點是，你要怎麼樣我都答應。」她發出嬌羞的聲音說，「你需要好好休息，我不喜歡你工作那麼辛苦。你的長官不應該期待你能破解每一個案子。」

凱文好奇地看著艾琳，手中的叉子還輕輕敲打著盤子。「怎麼回事？妳怎麼突然間撒起嬌來？」

艾琳從桌邊一推而起，心中告訴自己要堅持原本想好的說詞。

「算了算了，當我沒說。」她抓起盤子，叉子不小心甩落，鏗一聲掉在桌上，再掉到地上。「因為你要出差，所以我想表示一下我的關心，你不喜歡的話沒關係。這樣好了，你自己想想，你那天想做什麼，想到了再告訴我。」

她大踏步走到水槽邊，用力打開水龍頭。她感覺得出來凱文吃了一驚，不曉得該生氣還是困惑。她伸手到水龍頭下方，抬起手，蒙住臉，再快速倒抽幾口氣，肩膀微微上下起伏，彷彿正在啜泣。

「妳在哭嗎？」凱文將椅子往後一滑。「妳他媽哭個什麼勁？」

艾琳開始抽噎，並刻意發出嗚咽的聲音。「我實在不曉得該怎麼做。我不知道你要什麼。我知道這個案子有多重要、多嚴重，你的工作壓力又有多大……」

話沒說完，她又開始哭。凱文走過去，伸手碰她，她身體顫抖了一下。

「好了好了，」凱文沒好氣地說，「有什麼好哭的？」

她轉身朝向凱文，緊閉雙眼，把臉埋進凱文胸膛。「我只是想讓你開心而已。」她結巴了起來，接著將溼透的臉貼在凱文的襯衫上。

「我們再想想看怎麼辦好不好？我保證我們會有個愉快的週末，昨晚的事我再好好彌補妳。」

她摟住凱文，抽噎著鼻子，再窸窸窣窣吸了一口氣。「對不起，我不該這樣的，為了一點小事就一把鼻涕一把眼淚的，你今天要煩心的事情已經夠多了。」

「沒關係，我能處理。」凱文偏過頭，艾琳踮起腳開始親他，但眼睛仍然閉著。當兩人身體稍稍分開，她用手指抹去淚水，再投入凱文懷裡，和他緊貼著，並感覺到凱文起了生理反應。她很清楚，自己脆弱的模樣對他來說很有催情作用。

「離我出門上班還有一段時間。」凱文說。

「但廚房得先清理清理。」

「晚一點再清理沒關係。」

幾分鐘後，當凱文壓在她身上，她口中雖然發出凱文希望她發出的聲音，眼睛卻盯著窗外，腦袋裡想別的事。

杜徹斯特的寒冬十分漫長，厚厚的積雪蓋住院子，害她無法出門，因此她越來越討厭冬天。而且凱文不喜歡她在附近走動，只准她在後院裡，在自家籬笆內種種花草。當冬天過去，春天來臨，她會在花盆裡種種花，在車庫後方一塊陽光充足、沒有被楓樹遮蓋的小空地上種菜。秋天，她會穿上毛線衣，讀她從圖書館借來的書，聽棕色落葉飄蕩在院子裡的沙沙聲。

但冬天一來，她的生活就變得像坐牢一樣：寒冷灰白，悲慘陰鬱。多半的日子她都足不出戶，因為她不曉得凱文何時會無預警地出現。附近的鄰居，她認識的只有對街的費德曼一家。婚後頭一年，凱文很少打她，因此她偶爾會在沒有凱文作伴下出門散步。費德曼夫婦喜歡在花園裡蒔花種草，艾琳住這裡的頭一年，經常會停下腳步跟他們聊天。但凱文不喜歡艾琳跟他們打交道，刻意阻止，她只好漸漸停止這些友善的拜訪。如今，她只有在確定凱文正忙於工作，不會打電話回家時，才敢到費德曼家拜訪。而且，她會先確定沒有其他鄰居注意到，才快步走到對街去敲門。因此每次過去，她都得偷偷摸摸，像個間諜一樣。費德曼夫婦偶爾會拿女兒從小到大的照片給她看。他們有兩個女兒，一個已經過世，另一個則搬到了別處，因此艾琳感覺得出來，他們大概跟自己一樣寂寞。夏天，她會做藍莓派請他們吃，但為了不被凱文發現，回到家後還得將廚房地板拖過一遍。

凱文出門上班後，她先清洗窗戶，再到臥室裡換上乾淨的被單。接著她打掃廚房，拿吸塵器、抹布和拖把清理了一番。一邊打掃，她還一邊練習模仿男人講話的聲音。但她盡量不去想那支手機，那支她昨天夜裡充好了電、此刻藏在水槽底下的手機。她知道，她也許再也等不到更好的機會了，但她還是感到膽戰心驚，畢竟，她的計畫有很多地方都可能出錯。

星期一早上，她再次走進廚房，為凱文做早餐，內容跟往常一樣：四片培根、蛋黃半生熟的雙面煎荷包蛋、兩片土司。凱文看起來心情不太好，而且若有所思，沒有和她多說什麼，只是悶著頭看報。當他出門前在西裝外再套上一件大衣時，艾琳告訴他說，她待會兒要到浴室沖個澡。

「真好，」凱文嘀咕著，「每天的生活都可以自己安排，什麼時候想做什麼就做什麼。」

但艾琳假裝沒聽到這句話，只問：「今天晚餐你有沒有特別想吃什麼？」

凱文想了想之後說：「千層麵和大蒜麵包好了。還有沙拉。」

他出門後，艾琳站在窗戶邊，看他把車子開到街角。車子一轉彎，她就走到電話旁，為即將發生的事情感到頭暈目眩。

電話響了，電信公司將電話轉給客服人員。五分鐘過去了，六分鐘過去了。凱文出門上班只要二十分鐘，一到警局他一定會打電話回家，還好還有時間。最後，電話那頭終於響起客服代表的聲音，他問艾琳叫什麼名字，帳單地址是什麼，而且為了查證起見，還問凱文的母親本名叫什麼。這個號碼是用凱文的名義申請的，艾琳用自己練習了一整天的聲音報上資料。儘管她的聲音聽起來不像凱文，甚至一點兒都不男性化，但客服代表急著想辦完事，根本沒注意到。

「這個號碼可以設定來電轉接嗎？」艾琳問。

「可以，但是要另外收費，電話候接和語言信箱服務也涵蓋在內，費用只要……」

「太好了，今天就可以啟用嗎？」

「可以。」客服代表打起字來，過了好久才再度開口。他告訴艾琳，額外費用會顯示在下一期帳單上，帳單下週就會寄出，但費用跟上期一樣，雖然這項服務今天就開始啟用。艾琳說沒問題。客服代表又問了一些資料，然後說設定好了，該服務馬上可以使用。艾琳掛掉電話，再看看時鐘，前後花了十八分鐘。

三分鐘後，電話響起，是凱文從警局裡打來的。

和凱文講完電話，艾琳又撥了一通電話，預訂機場接駁巴士隔天的車票。接著，她拿出原先藏好的手機，加以開通，再撥打當地一家戲院的電話號碼，因為該戲院有電話錄音。然後她啟動室內電話的來電轉接功能，將來電轉接到前述戲院的號碼，再用手機撥打家裡的電話進行測試。當電話鈴聲響起，她的心狂跳不止，電話響了兩聲就斷了，接著響起的是戲院的電話錄音內容。艾琳心裡鬆了一口氣，顫抖著雙手，切掉手機，將手機放回菜瓜布的盒子裡，再將家裡的電話重新設定。

四十分鐘後，凱文又打了通電話回家。

接下來整個下午，她一直處在暈眩狀態，只好設法忙碌來轉移注意力。她幫凱文熨好兩件襯衫，從車庫裡拿出可攜式防塵套和行李箱；拿出乾淨的襪子，把凱文的另一雙黑色皮鞋擦亮，再把他出庭要穿的黑色西裝用除毛刷刷乾淨，並準備了三條領帶。她把浴室地板擦得亮晶晶，拿醋擦拭護壁板。將瓷器櫃裡的每一樣東西都抹去灰塵，再動手準備千層麵。煮麵的同時，她一邊準備肉醬，再加入分量充足的乳酪，然後拿出四片天然酵母麵包，塗上奶油、大蒜和牛至，再將沙拉的每一樣配料切細。到浴室沖完澡後，她穿上性感的衣服，五點一到，再把千層麵放入烤箱。

凱文回到家時，晚餐已經準備好了。他一邊吃麵，一邊談著當天的工作。吃完一盤，他覺得意猶未盡，要艾琳再幫他盛一盤。吃完飯，他一邊喝伏特加，一邊和艾琳在客廳裡觀賞重播的《歡樂單身派對》（*Seinfeld*）和《歡樂妙冤家》（*The King of Queens*），接著再收看波士頓塞爾提克隊（Celtics）和明尼蘇達灰狼隊（Timberwolves）的籃球比賽。艾琳坐在凱文身旁，頭靠在他肩上，一起看著電視。最後，凱文在電視機前面睡著了，艾琳走進臥室，躺在床上，眼睛盯著天花板，直到凱文醒來，跌跌撞撞走進房間，啪一聲倒在床上。他一手摟著艾琳，馬上就睡著了，然後發出警告般的打鼾聲。

星期二早上，艾琳照例幫凱文準備早餐。吃完早餐，凱文開始打包行李，將衣服和盥洗用品放進行李袋，準備出發前往馬博洛。把行李放上車後，他走回前門，向站在門口的艾琳吻別。

「我明天晚上就回來了。」凱文說。

「我會想你的。」艾琳將身體依偎過去，手臂環繞住凱文的脖子。

「我大概八點左右回來。」

「我明天會做飯，你回到家時只要加熱就可以吃了，墨西哥辣味牛肉如何？」

「我可能會在回家的路上找東西吃。」

「你確定？你不是不喜歡吃速食？」

「再說吧。」

「總之，我明天會做飯就是，以防萬一。」

艾琳再一次將身體靠上去，接受凱文的親吻。「我再打給妳。」凱文的手開始往下游移，對著艾琳愛撫起來。

「我知道。」艾琳說。

凱文離開後，她走進浴室，脫下衣服，將衣服放在馬桶上，再將地上的毯子捲起。原本她已經放了一個垃圾袋在洗手臺裡了。她光著身子，看著鏡中的自己，再用手指摸摸肋骨處和手腕上的瘀青。瘦骨嶙峋的她，身上的肋骨明顯可見，眼睛下方的黑眼圈則讓她的臉看起凹陷憔悴。忽然，她想起凱文回家時叫她的模樣，心中生起一股混雜著哀傷的熊熊怒火。是的，他會叫她名字，走進廚房，再到臥室裡找她。找不到的話，他還會到車庫、後門廊和地下室裡尋找。他高喊：艾琳，妳在哪裡？晚上吃些什麼？

艾琳拿起剪刀，開始朝自己的頭髮粗暴地下手。四英寸的金髮，就這樣落入垃圾袋內。她再抓起一撮頭髮，用手指緊緊夾住，告訴自己要目測好距離，再一刀剪下。她覺得胸口悶悶的，好像被什麼東西給堵住了。

「我恨你！」她發出顫抖的聲音，嘶嘶地說。「我恨你老是羞辱我！」她剪下更多頭髮，眼中也開始盈滿憤怒的淚水。「只因為我出門買東西就動手打我！」更多頭髮不見了。為避免頭髮剪得參差不齊，她試圖放慢手中的動作。「喝醉時用腳踹我，逼得我必須從你的皮夾裡偷錢！」

她雙手不穩地發著抖。長短不均的頭髮在腳邊越積越多。「害我只好躲你躲得遠遠的。那麼用力打我，把我打到嘔吐！」

她闔上手中的剪刀，抽泣著說：「我愛你！你保證不會再打我的，而我也相信你！因為我希望可以相信你！但結果呢？」她一邊哭，一邊剪，直到頭髮的長度長短一致，然後取出她藏在洗手臺後面的深褐色染髮霜。她走到蓮蓬頭底下，弄溼頭髮，將瓶子裡的染髮霜抹到頭髮上，開始搓揉。她站到鏡子前，開始止不住地哭起來。頭髮染好後，她再一次走進淋浴間，沖水，好沖掉染髮霜。用洗髮精和潤絲精洗完頭，她再次站到鏡子前，接著小心翼翼地，將睫毛膏塗到眉毛上，好加深眉毛的顏色；在皮膚上塗上粉底，好加深膚色。最後，她穿上牛仔褲和毛衣，再望著鏡中的自己。

她看到一個留深色短髮的陌生人在回望著自己。

然後她開始打掃浴室，而且打掃得非常仔細，以免淋浴間或地板上留下任何髮絲。她把剪下來的頭髮連同染髮霜的盒子一起丟進垃圾袋裡，再把洗手臺和置物櫃都清過一遍，再把垃圾袋打結綁好。最後，她滴了幾滴眼藥水，好掩蓋淚痕。

她告訴自己，手腳要快，以免時間不夠。她找出一個帆布行李袋，把需要的東西通通塞進去：三條牛仔褲、兩件長袖運動衫、幾件襯衫、幾雙絲襪、幾件胸罩、襪子、牙刷牙膏、梳子、用來畫眉毛的睫毛膏、她難得擁有的小首飾、乳酪跟餅乾、核果葡萄乾，還有刀叉。接著她走進後院，挖出藏在花盆底下的錢，再走進廚房，拿出預藏的手機。最後是證件——她從信任自己的人那邊偷來的、為了有辦法過新生活的證件。她知道偷東西不對，也痛恨自己這麼做，但沒辦法，她別無選擇，只好向上帝祈禱，祈求原諒。現在，要回頭已經來不及了。

逃脫的過程，她已經在腦海裡演練過不下一千次了，因此她動作很快。附近的鄰居大部分都出門上班去了，觀察了許多早晨，鄰居的作息她都一清二楚。她不想讓任何人發現她離開，也不想讓任何人認出她來。

接著她戴上帽子，穿上大衣，圍上圍巾，戴上手套，再將行李袋塞到運動衫底下，用手捏啊捏的，把行李袋捏成圓形，直到自己看起來彷彿懷有身孕為止。然後她套上風衣，將隆起的肚子蓋住。

她望著鏡中的自己，深色短髮，古銅色皮膚，有孕在身。很好。接著她戴上墨鏡，打開手機，將室內電話設定成來電轉接，然後走出側門，沿著籬笆，從自己家和隔壁家中間的走道往外走，再將垃圾袋放進隔壁家垃圾桶裡。她知道，這一家的兩個人都不在家，出門上班去了。她家後面的鄰居也一樣。她穿過隔壁家的院子，沿著屋旁的走道，來到結了冰的人行道上。

出門前又開始下雪了，明天，她的腳印就會消失得無影無蹤。

她有六條街要走，但她知道自己辦得到。她低著頭往前走，試著忽略那刺骨的寒風，驚慌、解脫與恐懼交雜的情緒在心中湧現。明天晚上，當凱文回到家，喚她的名字卻找不到人時，就會知道她跑了，馬上就會展始追捕行動了。

她來到十字路口的一家餐館前，看著眼前風雪大作。藍色的機場接駁巴士在遠方的街角轉彎，她感覺心臟在胸口撲通撲通地狂跳。但就在這個時候，手機響了。

她的臉霎時變白。路上的車子從她身邊呼嘯而過，車輪胎在雪地上發出巨響。遠處，接駁巴士正在變換車道，朝艾琳的那一側馬路開去。這通電話她非接不可，她別無選擇。但巴士就快來了，馬路上又這麼吵，要是現在接起電話，凱文一定會知道她在外面，知道她跑了。

待手機響起第三聲，藍色巴士在一條街外的紅燈前停了下來。

她轉身走進餐館裡，環境裡的噪音——杯盤撞擊的聲音、用餐客人聊天的聲音，雖然減弱許多，但還是隱約可以聽見。正前方，餐館的接待櫃臺處，一名男子正在詢問有無空位。艾琳感到胃部抽緊，她雙手交扣，握住手機，朝著窗戶的方向按下接聽鍵，心中暗自祈禱凱文不會聽見她身後的吵鬧聲，兩腿也開始發抖。

「怎麼這麼晚才接電話？」凱文質問。

「我剛剛在洗澡，怎麼了？」

「我出門差不多十分鐘了。妳好不好？」

「還好。」

凱文遲疑了一下。「妳聲音聽起來怪怪的。是不是電話有什麼問題？」

街上，交通號誌轉成了綠燈，從接駁巴士的方向燈看來，車子應該快過來了，她祈禱司機能等一等。忽然，餐廳裡的客人變得格外安靜。

「我不曉得。」艾琳說，「但你的聲音我聽得很清楚。也許是你那邊收訊不良吧。路上交通如何？」

「出了城以後，交通就順暢多了。但還是有不少地方結冰。」

「聽起來不太妙。小心點。」

「沒事的。」

「我知道。」接駁巴士在路邊停下了車，司機伸長脖子在搜尋訂位旅客的身影。「我不想掛你電話，但你可以過幾分鐘再打給我嗎？我頭上還有潤絲精，我想先把它沖掉。」

「好吧好吧，」凱文不耐煩地說，「我待會兒再打給妳。」

「我愛妳。」

「我也愛你。」

等凱文掛斷電話，艾琳才按下結束通話鍵，然後走出餐廳，往接駁巴士的方向快步走去。到了巴士總站，她買了一張前往費城的車票，但討厭的是，賣車票的男人不停找她講話。票買好後，她沒有在總站等車，而是走到對街吃早餐。她這一年存下來的那一點點錢，光接駁巴士和公車票就用掉了超過一半。但她好餓，只好到餐廳裡用餐，點了煎餅、香腸和牛奶。到座位上，她強迫自己拿起某人留下的報紙來讀。吃著吃著，凱文又打了通電話給她，並且再一次提到電話的聲音聽起來很怪，但艾琳只回說大概是暴風雪的緣故。

二十分鐘後，她終於上了巴士，在走道上找座位時，一個年長的婦女指著她隆起的肚子問：「預產期還多久？」

「再一個月。」

「頭一胎？」

「對。」但她嘴巴好乾，不想一直講話，於是她繼續走，挑了一個靠車尾巴的位置坐下來。前面和後面都有人坐。走道的另一邊，是一對看起來只有十來歲的年輕情侶，兩人勾著肩在聽音樂，還一邊點頭打拍子。

當公車駛離總站時，她瞪向窗外，以為自己正在做夢。當車子開上高速公路，窗外的波士頓開始往後退入遠方，灰白而且冰冷。隨著車子不斷前行，她再度感受到下背的疼痛，在離家好幾英里之處，雪花持續從天空飄下，地上的雪水則隨著一輛輛車子從旁駛過不斷濺起。

她心想，這時候要是有人可以聽她訴苦，那該有多好啊。她會告訴對方，她正在逃家，因為她丈夫經常對她動粗，但她不能報警，因為她丈夫就是警察。她還想告訴對方，她身上沒有多少錢，而且她大概不能再使用自己的本名了，不然她丈夫一定會找到她，帶她回家，再度修理她，而且這一次可能不會住手。艾琳還想告訴別人，她嚇死了，因為她不曉得今晚要住哪裡，錢花完後又要如何填飽肚子。

車窗外的小鎮迅速地往後退，她可以感覺到冰冷的空氣打在車窗上。公路上的車流先是變得稀疏，然後又擁擠了起來。她不曉得該怎麼辦，這次逃家，她只計畫到上公車為止，而現在她無法向任何人求助。孤單的她，除了隨身行李，此外什麼都沒有。

公車抵達費城前一個小時，手機再度響起。她用雙手圈住手機，接聽電話。通話結束前，凱文向她保證，他上床睡覺前一定會再撥通電話給她。

傍晚時分，艾琳終於抵達費城。天氣雖冷，但至少沒有下雪。她在公車上逗留了一會兒，等乘客全都下車才離開。她躲進廁所，拿出衣服底下的行李袋，再走進候車室，在板凳上找位置坐下。她肚子餓得咕嚕咕嚕叫，於是她取出乳酪，切下一小塊，再配著餅乾吃。她知道這些食物必須省著點吃，因此儘管肚子還餓得很，便強迫自己把剩下的食物收起來。最後，她買了一份費城地圖，走到候車室外。

這個公車總站座落的地段不算太差，放眼望去，她看到會議中心和綽卡戴洛戲院，因此感到安心，但這也代表附近的旅館她住不起。她看看地圖，唐人街離此不遠，既然沒有更好的計畫，她索性朝唐人街的方向走去。

三個小時後，她總算找到了棲身之處：一間破破爛爛、煙味瀰漫，空間小到僅能塞得下一張小床的房間。房裡沒有檯燈，只有一盞電燈泡掛在天花板上，共用的浴室位在走廊的盡頭，灰色的牆上布滿了水漬，窗戶外則有欄杆。左右兩邊的房間，傳來住客的聲音，說著她聽不懂的語言。但她負擔得起的頂多就這樣了。她身上的錢大概夠她在這裡住上三晚，要是她能夠靠她從家裡帶來的那一丁點兒食物撐下去，或許能多待一晚。

陌生的地方和不確定的未來，讓她驚懼不已。她顫抖著身體，坐在床沿，腦海裡快速動著念頭。她想尿尿，卻不敢離開房間。她試著告訴自己，把這當成冒險，一切就沒事了。說來瘋狂，但她開始懷疑自己，離家出走究竟是不是錯誤的決定；她試著不去回想家裡的廚房、臥室，和她所放棄的一切。她知道，她可以買張車票回波士頓，在凱文發現前回到家。可是她頭髮剪短了也染深了，這一點她要如何交代？

屋外，太陽已經落下，街燈的光線從骯髒的窗外透進來。聽到喇叭聲，她往外一看，街上的招牌寫的全都是中文，有些店家此刻仍未歇業。暗處裡，傳來人們的交談聲，靠近街道之處，堆著裝滿垃圾的塑膠袋。在這個陌生的城市，到處都是陌生人。她心想，她恐怕辦不到，因為她不夠堅強。除非找到工作，否則，再過三天她就沒地方住了。賣掉首飾或許可以換得一點錢再待上一晚，但那之後呢？

她好累，背上的疼痛也開始發作。在床上躺下後，她幾乎馬上就睡著了，直到被手機鈴聲吵醒，是凱文打來的。為避免露出馬腳，她使出一切的力氣維持聲音的穩定，但聽起來還是很累。她知道凱文會相信她的，相信她這時正躺在他們家床上。凱文掛斷電話後，她幾分鐘後又睡著了。

早上，她聽到走廊上有人走動，朝浴室走去。兩名華人女性站在水槽邊，瓷磚與瓷磚間的水泥漿上，長了綠色的黴菌，廁所地板上則散落著溼答答的衛生紙。她走進廁所隔間，發現門無法上鎖，只好一邊上廁所一邊用手把門抵住。

回到房間，她拿出乳酪和餅乾當早餐吃。她想洗澡，卻發現自己忘了帶洗髮精和肥皂，只好作罷，畢竟這樣做沒有意義。接著她換上乾淨的衣服，再刷牙、梳頭。但她不想在出門時將行李袋放在房間裡，只好重新打包，背著走下樓。櫃臺邊的工作人員，跟昨天拿鑰匙給她的是同一人，這讓她不禁好奇，此人到底有沒有離開過。她掏出錢，支付另一個晚上的房費，並且要對方幫她保留房間。

外頭，天空湛藍，街道乾燥。她發現背上的疼痛幾乎已經消失。這裡雖冷，但不像波士頓那麼冷，因此儘管心中還懷有恐懼，她臉上卻露出了微笑。她提醒自己，她辦到了，成功從家裡逃了出來，而身在幾百英里外的凱文，並不曉得她此刻身在何處，甚至不曉得她已經離開。雖然凱文還會再打電話給她，但在那之後，她就可以扔掉手機，從此不用再跟他講話。

她挺直身體，將冷冽的空氣吸進胸膛，覺得人生彷彿要重新開始，而且有無限可能。她決定要去找份工作，開始過新生活。

在這之前，她逃跑過兩次，她希望自己已經從過去的錯誤中學到教訓。嫁給凱文快滿一年時，有一天凱文收到帳單，知道她為了讓屋子裡暖和些，調高溫控器的溫度，凱文一氣之下動手打她，嚇得她瑟縮地躲在臥室的牆角。最後，凱文總算住手，抓起鑰匙，衝出門去買酒。結果她想都沒想，拿起外套，一跛一跛地走出家門。幾個小時後，天空開始下起冰雹，她無處可去，只好打電話請凱文來接她。這是她第一次逃家。

第二次，她只逃到了大西洋城。她從凱文皮夾裡偷拿了點錢，買車票坐上巴士，前往大西洋城，但不到一個小時就被找到。原來凱文早就猜到，她大概只在那裡還找得到朋友，於是飆車前往該地，找到了她，將她銬在後座，再開車回家。途中，他在某棟棄置的辦公大樓旁停車，開始打她，當晚甚至拿槍出來恐嚇她。

在那之後，為了防止她再度逃跑，凱文開始加強戒備，譬如把錢藏在櫃子裡鎖好，並瘋狂查勤。艾琳知道，為了找她，他一定會無所不用其極。他這人雖然瘋狂，但毅力堅強，個性勤勞，而且直覺常常很準。她知道，他一定會查出她去了哪裡，再到費城來找她。她除了多爭取到一些時間，此外什麼都沒有。她身上沒有多餘的錢可以在別的地方重新開始，只能小心提防他的出現。她知道，她在費城的日子有限。

在費城的第三天，她找到了一份工作，在酒吧當調酒服務生。她捏造了假名和假的社會安全號碼。後來，她在唐人街更偏僻的地方租了一間房，工作了兩個星期，存了一些錢，並繼續尋找別的工作。找到工作後，她辭掉原本的工作，連薪水支票都沒去領。有什麼用呢？沒有證件，支票根本無法兌現。在一家小餐館工作了三個星期後，她在唐人街以外的地方又找到了一間骯髒破敗、以週為單位計算租金的汽車旅館住下來。這裡比唐人街還要骯髒，住房費用卻更貴，但至少有獨立衛浴，隱私性較高，還有地方可以擺放行李，所以她覺得值得。當時，她已經存了幾百塊錢，比剛離開杜徹斯特時還要多，但並不足以讓她開始新的生活。過了一陣子，她再度離職，而且同樣沒有領薪水支票，甚至沒有向老闆正式辭職。幾天後，她在另一家餐館找到工作，並告訴店長她名叫艾芮卡。

在不斷換工作和不斷搬家的過程中，她一直保持警覺。但就在換工作的第四天，出門上班途中，在街角轉彎後，她注意到一輛不怎麼尋常的車子，於是停下腳步。

早晨的陽光，在車身的折射下顯得格外刺眼，但除了這一點，她其實並不確定自己是如何察覺到事有蹊蹺的。此外她注意到，駕駛座上似乎有人在動，車子的引擎則處於熄火狀態，而且最令她納悶的是，在這樣寒冷的早晨，怎麼會有人坐在車上卻不開暖氣？除非……除非他正在等人。

或找人。

是凱文。

一定是他。她嚇了一大跳，趕緊轉身，沿來時路往回走，並暗自祈禱凱文剛剛沒有在後視鏡裡看到她。當車子消失在視線之外，她開始拔腿就跑，往汽車旅館的方向狂奔，一顆心撲通撲通地狂跳。儘管很多年沒有這樣快跑了，但還好她最近常常走路，腿部鍛鍊得強壯許多，因此速度頗快。就這樣，她跑了一條街，兩條街、三條街，過程中還不時轉回頭。還好凱文沒有跟上來。

但又如何？凱文已經知道她在這兒，知道她在哪裡工作了。她要是沒去上班，他很快就會得知。再過幾個小時，他恐怕就會查出她的住處。

回到旅館房間，她匆忙收拾行李，幾分鐘後踏出旅館大門，朝公車站的方向走去。不行。這裡離公車站很遠，用走的不曉得要走很久？也許一個小時，也許更久，她哪來這麼多時間？更何況，凱文要是知道她逃了，一定會到那裡去堵她。於是她改變主意，轉身回到汽車旅館，請旅館人員幫她叫計程車。十分鐘後，車子終於到了——她這輩子最漫長的十分鐘。

到了巴士總站，她緊張地瀏覽巴士時刻表，最後選了一班開往紐約的巴士。但車子還有半小時才開。於是她躲進女生廁所，等巴士要出發時才出來。上了車，她在座位上放低身子。沒多久，當車子抵達紐約後，她再一次瀏覽巴士時刻表，最後買了一張車票前往奧馬哈。

晚上，她在俄亥俄州的某個地方下車，睡在巴士站裡。隔天早上，又問路來到了貨車休息站，遇到一位司機要送貨到北卡羅萊納州的威明頓。

幾天後，她賣掉首飾，信步走進南波特，發現了那棟出租的小屋。但支付了頭一個月的租金後，她就沒有錢買東西吃了。

23

六月中旬，在伊凡小館值完班，準備下班回家時，凱蒂意外地在門口看到一個熟悉的身影。

鎖腳踏車的路燈旁，裘朝著她揮揮手。「嗨。」

「妳怎麼會在這裡？」她上前擁抱裘。由於從沒有在鎮上遇到過她，因此看到她不其然出現，她不禁納悶起來。

「來找妳啊。妳最近到哪裡去了，陌生人？」

「這句話應該我問妳吧？」

「雖然我不常在家，但我知道妳這幾個星期經常跟艾歷克約會。」裘眨了眨眼睛，接著又說：「我一向不喜歡給朋友壓力，所以這陣子都躲得遠遠的。我猜你們倆需要時間獨處。」

凱蒂羞紅了臉。「妳怎麼知道我在這裡？」

「我不知道。妳家裡的燈沒有開，我猜妳大概在上班，所以來這裡碰碰運氣。」裘聳聳肩，朝身後使使眼色。「還有事要忙嗎？要不要跟我去喝一杯再回家？」她看出凱蒂的躊躇，於是說：「我知道很晚了。一杯就好，我保證，接著就放妳回家睡覺。」

「好，就一杯喔。」

幾分鐘後，兩人走進當地人最愛光顧的一家酒吧。牆上，深色的木壁板因為使用了好幾十年，有多處磨損的痕跡；吧臺後方則有一面長長的鏡子。但今晚生意清淡，客人三三兩兩。她們在後方角落處挑了一張桌子坐下。看來，今晚不會有服務生主動上前服務，凱蒂只好到吧臺點兩杯酒，再拿回座位上。

「謝啦，下次我請。」裘接過酒杯，往椅背一靠。「妳跟艾歷克發展得如何了？」

「妳找我就是為了談這個？」

「沒辦法，我的感情生活一片空白，只好透過妳間接滿足一下。你們發展得好像還滿順利的。上星期，還有上上星期，他好像去過妳家兩三次？」

其實更多，凱蒂心想，但她只說：「差不多吧。」

裘轉動酒杯的杯腳。「喔喔。」

「喔喔什麼？」

「要不是我熟悉內情，還以為你們已經正式交往了呢。」裘挑了挑眉毛。

「還在認識階段啦。」凱蒂好奇，裘這一連串質問的用意何在。

「哪一段感情不是這樣開始的？他喜歡妳，妳喜歡他，有了這個起點才能再發展下去。」

「妳找我就是為了這個？」凱蒂試圖隱藏聲音裡的怒氣。「打聽全部的細節？」

「不用全部。活色生香的就行。」

凱蒂轉了轉眼珠子。「那妳自己的感情生活呢?要不要說來聽聽?」

「好啊,如果妳想讓心情變差的話。」

「妳上次約會是什麼時候?」

「妳是說,滿意的約會還是普通的約會?」

「滿意的約會。」

裘想了想才說:「離現在起碼有好幾年了。」

「後來呢?」

裘用手指沾了點酒,再沿著酒杯上緣旋轉,讓酒杯開始嗡嗡響。最後她抬起頭,語帶傷感地說:「好男人難找。不是每個人都像妳這麼幸運。」

裘這句話,凱蒂不曉得該如何回應,只好搭住她的手,溫柔地說:「到底怎麼了?妳為什麼想找我聊這些?」

裘東張西望,朝空蕩蕩的酒吧看了看,彷彿想從周遭的環境裡吸取點靈感。「妳有沒有想過,人生在世,究竟是為了什麼?人生就這樣嗎?還是存在了什麼更大的意義?或者妳值得過更好的生活?」

「每個人都會有這種疑問吧,我想。」凱蒂心中的好奇益發強烈。

「小時候,我常常幻想自己是個公主,是那種……心地善良,行事正直,有能力讓別人過得更好的公主,而最後,她和白馬王子從此過著幸福快樂的日子。」

凱蒂點點頭。她也這樣幻想過,但她沒作聲,因為她仍舊不曉得裘說這些話用意何在。

「我會做我現在這份工作，大概就是因為這一點吧。一開始，我只是想幫助別人，因為只要看到有人失去深愛的父母、子女或朋友而悲慟不已，我就會感到無限同情。於是，我開始盡我所能想讓這些人過得更好。但時間一久，我逐漸體會到，我能做的有限，一個人能不能走出傷痛，最終還是得看他自己願不願意走出來，迎向新的生活。這是第一步，也是最重要的動力。有了這個，當事人的世界才能打開，迎向不可知的未來。」

凱蒂深深吸了一口氣，想了解裘究竟想表達什麼。「妳到底想說什麼？」

裘轉轉酒杯，一個小小的漩渦在杯中形成，她盯著這個漩渦看了老半天，然後才嚴肅地說：「我在談妳跟艾歷克。」

「我跟艾歷克？」凱蒂難掩心中的訝異。

「對。」裘點點頭。「他應該告訴過妳，他前妻過世的事吧？他應該也告訴過妳，穿越喪妻之痛，對他來說有多痛苦，對他們全家來說又有多困難吧？」

凱蒂盯著對桌的裘，忽然不自在了起來。「有……」

「那請妳小心點。」裘口氣嚴肅了起來。「小心對待他們每一個人，不要傷他們的心。」

在接下來尷尬的沉默中，凱蒂忽然想起兩人關於艾歷克的初次對話。

還記得，她問裘說：你們倆交往過？

結果裘回說：有過，但不是妳想的那樣。有件事我要聲明喔，我和他已經成了過去式，我們現在各有各的生活。

她當時以為，這代表裘和艾歷克交往過，但現在看起來……

難不成，艾歷克提到過的那位諮商師，在卡莉死後幫他和兩個孩子做心裡輔導的諮商師，就是裘？應該沒錯。凱蒂挺直身子，說：「妳輔導過艾歷克和他的孩子，對嗎？我是說，在卡莉過世以後。」

「我還是不要說比較好。」裘的語氣聽起來冷靜而鎮定，就像個標準的諮商師。「但我可以告訴妳，他們每個人對我來說都意義重大。如果妳沒有認真思考過未來和他們一起生活，不如趁早結束，在一切都太遲以前。」

凱蒂感覺到自己臉紅了，裘這樣跟她說話，會不會太不得體，甚至太超過了點？她板起聲音說：「這不關妳的事吧。」

「對，這不關我的事，我這麼做實在是嚴重侵犯了個人界限。我只是覺得，他們之前受過太多苦，我不希望看到他們對一個無意在南波特落地生根的人產生感情。也許是我多慮了，但我擔心，妳的過去並沒有真的過去，有一天妳可能會決定一走了之，而不在乎妳的離去會讓別人多麼傷心。」

凱蒂無言以對。這段話實在出乎她意料之外，也讓她很不舒服，情緒開始激動起來。但裘就算察覺到了凱蒂的不舒服，卻也表現得毫不在乎，她繼續說下去。

「不願付出承諾，愛就沒有意義。」裘說，「妳應該思考的不只是妳要什麼，還有艾歷克想要什麼。妳應該思考的不只是現在，還有未來。」裘繼續望著凱蒂，眼神中沒有絲毫退縮。「妳打算當艾歷克的老婆，當他兩個孩子的母親嗎？這，才是艾歷克想要的，就算他現在不這麼想，未來也一定會這麼想。要是妳不願許下承諾，要是妳只想玩弄他的感情、玩弄他兩個孩子的感情，那麼妳就不適合他。」

凱蒂還來不及回答，裘就從桌邊起身，繼續說道：「也許我今天不應該講這些，也許我們從此當不成朋友，但這些話要是不說，我於心難安。我說過，艾歷克是個好男人，罕見的好男人。他愛上了就會愛得很深，而且會一直付出。」半晌，裘臉上的表情忽然變得柔和起來。「其實，我覺得妳也是這種人，我只是想提醒妳，要是妳真的在乎他，就應該對他許下承諾。無論你們未來會遭遇到什麼，也無論妳心裡有多恐懼。」

說完，她轉身離開酒吧，留凱蒂一人愣愣地坐在靜默裡。凱蒂起身要離開時，才發現裘杯子裡的酒根本一口都沒有喝。

24

週末，凱文並沒有如他對克非和拉米瑞茲所說的，到普羅文斯敦去，而是待在家裡，拉上窗簾，心裡懊惱著，他在費城差一點就找到艾琳了。

其實，要不是艾琳做出錯誤的決定，去了巴士站，他或許還追查不了那麼遠。搭乘巴士是艾琳唯一可能採取的交通方式，因為車票便宜，不用出示證件；雖然他不確定艾琳到底從他身上偷了多少錢，但應該不多。從兩人結婚第一天起，他就嚴格管控經濟；要艾琳出門買東西時一定要保管好收據，再連同剩下的零錢退回去給他。甚至，艾琳第二次逃家回來後，每天上床睡覺以前，他還會把皮夾連同槍枝放進槍盒裡鎖好。但是他偶爾會不小心在沙發上睡著，讓艾琳有機可趁，從他皮夾裡偷錢。偷的時候，她或許在心裡竊笑，隔天早上再裝出若無其事的模樣幫他做早點。儘管艾琳會對他微笑、親他，其實心裡卻在哈哈大笑，嘲笑他真是好騙。可惡，艾琳居然偷他的錢，這是不對的，因為聖經上說：不可偷盜。

黑暗中，凱文咬著嘴唇，回想起自己一開始還期望艾琳會主動回家。外面正在下雪，艾琳不可能跑太遠。記得艾琳第一次逃家，也是在一個天氣嚴寒的夜晚，但出門幾小時後，由於沒有地方去，她只好打電話請凱文去接她。回到家，艾琳連聲對他賠不是，說自己不該逃家，坐在沙發上的身體還不住發抖，凱文為她泡了杯熱可可，還送上毯子，讓她裹住身體取暖，兩人相視而笑。但等到艾琳不再發抖，他走上前去，開始甩她耳光，直到她哭出來為止。隔天早上，他起床去上班前，艾琳已經將灑在地板上的可可擦乾淨，只是地毯上還有一塊汙漬擦不掉，有時候，他一看到那痕跡就忍不住火冒三丈。

一月分那個晚上，當他回到家沒見到艾琳，以為她晚一點會回家，於是一邊喝酒一邊等。但喝了兩杯伏特加，電話始終沒響，大門也一直緊閉著。他知道，艾琳應該才離開沒多久，畢竟不到一個小時前，他們才講過電話，艾琳還說她正在做晚飯。但現在，爐子上沒有晚餐，艾琳也不見人影，不但屋子裡找不到她，地下室和車庫裡也找不到。凱文來到前廊，想從雪地裡搜尋腳印的痕跡，但是沒有，艾琳顯然不是從前門離開的。來到後院，積雪上同樣乾乾淨淨，沒有半點痕跡，可見也不是從後院離開的。這就怪了，難不成艾琳是凌空飛走的，或咻一聲就消失了？這樣看來，她應該還在家裡……可是她明明不在啊。

半小時過去了，凱文又喝了兩杯伏特加。他怒火中燒，掄起拳頭，把臥室門搥出一個大洞。他氣急敗壞地走到屋外，到鄰居家用力敲門，問他們有沒有看到艾琳離開，但沒有人可以提供任何有用的情報。他跳上車，在街上繞來繞去，想找到一點蛛絲馬跡，畢竟，她離家出走怎麼可能沒留下任何線索？而且就算她離開了，應該頂多只爭取到兩個小時，更何況她沒有交通工具，只能走路，但這樣的天氣，她應該走不遠，除非有人接應。那麼接應她的應該是個男的，也許是她的情夫？

他恨恨地往方向盤上用力一搥，一張臉因為盛怒而變得猙獰。又開了六條街，他在商業區下車，走進附近的店家，拿出一張皮夾大小的艾琳的照片，問有沒有人看到過她。但大家都說沒有。凱文提醒他們，她身邊可能還跟著一個男人，這些人還是搖頭，有人甚至堅決表示：這麼漂亮的金髮美女，我怎麼可能沒注意到？何況是這樣冷清的夜晚。

在住家方圓五英里內的每條路上來來回回開了兩三趟，凱文才驅車回家。半夜三點，屋裡空蕩蕩的，又喝了一杯伏特加後，他開始放聲痛哭，最後哭到睡著。

早上醒來後，凱文心中的怒火又開始燃燒，他氣得抓起榔頭，把艾琳種在後院裡的盆栽一一打碎，然後喘著粗氣，走到電話旁，打電話向局裡請病假。接著他坐上沙發，開始思索著艾琳如何逃跑。一定是有人接應，把她載到了別的地方。應該是她認識的人吧，例如她在大西洋城或阿爾圖納的朋友？有可能，只不過他每個月都會檢查電話帳單，艾琳從來沒打過長途電話，所以接應她的應該是當地人才對。那會是誰呢？她從不出門，也從不跟外人打交道，這一點他很確定。

他走進廚房，給自己又倒了一杯酒，忽然電話響起。他好希望是艾琳打的，趕忙衝過去接。但奇怪的是，電話只響了一聲，他接起話筒時，卻聽到撥號音。他看著話筒發呆，想搞清楚是怎麼回事，之後才掛上電話。

艾琳到底是怎麼逃跑的？他疑惑著：自己一定是忽略了什麼線索。就算有當地人為她接應，但是從家裡走到外面的馬路上，怎麼可能沒留下腳印？他望向窗外，開始動腦，他一定要把事情查個水落石出。顯然事有蹊蹺，雖然他不清楚蹊蹺何在。他收回目光，視線落到了電話上。他靈機一動，掏出手機，撥打家裡的電話，結果家裡電話只響了一聲，手機裡卻還響個不停，於是他接起室內電話，聽到了撥號音；這下子他總算恍然大悟，原來艾琳把這支電話的來電轉接到手機去了。可見，他昨晚打電話給艾琳時，她並不在家，也難怪他這兩天打電話給艾琳時老覺得收訊不良。當然，這也說明了為什麼雪地上沒有腳印，因為她星期二早上就已經走了。

所幸，艾琳在巴士總站出了一個差錯，雖然這差錯她不見得避得開，那就是：她應該找女性售票員買票的；艾琳人長得漂亮，只要是美女，不管頭髮長短、是金色還是深色，也不管有沒有假裝懷孕，男人多半會記得。

凱文前往巴士站，出示警徽，再秀出一張尺寸更大的艾琳的照片。頭兩次，站裡的售票員都表示沒看過。但到了第三次，其中一名售票員卻猶豫說，照片上的女人他好像看過，只不過那人留著棕色的短髮，還懷有身孕。至於她坐車到哪裡，他不記得了。回到家，凱文從電腦裡找出艾琳的照片，再利用繪圖軟體把艾琳的頭髮從金色改成棕色、長髮改成短髮。星期五，他再一次跟局裡請病假，再到巴士站去進行追查。這一次，售票員肯定地說，是她沒錯。

凱文感到精神一振。哼！她以為她比他聰明啊？其實，她又笨又粗心，才犯了這個錯。隔週，凱文向警局請了幾天假，繼續到巴士站附近尋人，將修改後的新照片秀給司機看。由於這些司機一整天來來去去，因此他總是一大早就來到巴士站，很晚才離開。他帶了兩瓶酒在車上，再把酒倒進塑膠杯裡，用吸管喝。

星期六，也就是艾琳逃家後第十一天，他終於碰到認得出艾琳的司機來。司機表示他記得這個女人，因為她長得漂亮，有孕在身，身上卻沒帶任何行李。至於巴士開往哪裡？他告訴凱文：費城。

原來是費城。在那之後，艾琳或許又繼續前往其他不知名的地方也說不定，但這是他唯一的線索。更何況，他知道艾琳身上沒有多少錢。

打包好行李，他跳上車，一路來到費城，把車停在巴士總站，並試圖揣摩艾琳的想法。他不愧是厲害的警探，知道只要揣摩出艾琳的思維，應該就能夠找到她。警察當久了，他清楚人的行為往往有模式可循。

快四點鐘時，有巴士進站，他站在總站裡東張西望。幾天前，艾琳也曾經站在這裡；她沒有錢、沒有朋友，也沒有地方可以投靠，在這樣一個人生地不熟的地方會怎麼做呢？她身上只有幾張紙鈔、一些硬幣，不可能走遠，更何況這些錢還花了不少在車票上。

況且，當時天氣很冷，而且很快就要天黑，她應該不想走太遠，所以非得找地方住不可。但住宿需要花錢，可是這附近的旅館，費用太貴，她住不起。那她會上哪兒去呢？她應該不希望迷路或走錯方向吧，也就是說，她可能會透過電話簿查找。於是凱文走回巴士總站，找了本電話簿開始翻閱。但翻了好幾頁後，他忽然想到，找到了旅館又怎樣？她必須走路過去。所以她會需要地圖。

凱文走進巴士總站內的便利商店，買了份地圖，還出示艾琳的照片給店員看，但是他搖搖頭，說他星期二沒有上班。儘管如此，他覺得自己的推測應該沒錯，艾琳應該會這麼做。他打開地圖，找出總站的位置，接著他注意到，唐人街就在附近，艾琳應該會朝那個方向去。

他轉身回到車上，把車子開到唐人街，他再一次覺得自己的直覺是正確的。他喝下幾口伏特加，開門下車，到附近的街道上走走。他先從距離巴士站最近的店家開始，挨家挨戶地出示艾琳的照片。大家都表示不認得照片中的人，但凱文直覺認為，有些人可能在說謊。凱文還走訪了幾家費用低廉、環境和被單都髒兮兮的，工作人員英語也不太靈光，而且只收現金的旅館，他自己是絕對不會帶艾琳上這種地方的。他向旅館人員暗示，要是不趕快找到她，她恐怕有生命危險。經過一番明察暗訪，他終於找到艾琳到費城後住的第一家旅館，但旅館老闆表示，他不曉得艾琳退房後去了哪裡。凱文拿槍抵住他的頭，他嚇得痛哭流涕，仍不能提供其他更有用的訊息。

可是他星期一得回去上班，他很生氣，難道艾琳就這樣逃出了他的手掌心？當週週末和隔週週末，他都再度回到費城，並開始擴大搜索範圍，但問題是，艾琳可能藏身的地點太多了，而他卻單槍匹馬，更何況，不是每個人都信任外地來的警察。

還好他勤勞又有耐心，一次又一次地回到費城，也因此用掉許多假。又一個星期過去了。除了擴大搜索範圍，他知道，艾琳需要用錢，因此他開始到許多酒吧和餐館進行查訪。其實如果有需要，他甚至願意去查訪費城的每個市民。最後，在情人節的隔週，他終於遇到了一個知道艾琳下落的人。此人名叫崔西，是個女服務生，她告訴凱文，艾琳在一家餐館上班，只不過她說自己名叫艾芮卡。根據班表，她隔天要上班。凱文的警探身分，讓崔西願意相信他，甚至跟他打情罵俏，在凱文要離開時給他電話號碼。

凱文另外租了一部車，隔天早上趁太陽還沒出來，就開車來到該餐館所在的街上。餐館員工都是從旁邊一條小巷子的門口進出的。他坐在前座，一邊拿塑膠杯喝酒，一邊觀察著外面的動靜。最後，他看到餐館老闆、崔西和一個女人走進巷子。但艾琳始終沒有出現，當天沒有，隔天也沒有，問題是，館子裡沒有人知道她住哪裡。她甚至沒回去領薪水支票。

幾個小時後，他找到了艾琳的住處，是一家破破爛爛的旅館，距離餐館不遠，走路就可以到達。旅館的老闆只收現金，對艾琳的去向一無所知，只知道她前一天離開後不久，又匆匆忙忙回來再離開。凱文進去房間搜索了一番，卻什麼都沒找到，之後他火速趕往巴士總站，發現當天的售票員全是女的，沒一個認得艾琳。而且兩個小時下來，從這裡發出的巴士有朝北走的、朝南走的，也有朝東走和朝西走的。

又讓她給溜了，凱文在車上氣得破口大罵，還掄起拳頭猛捶方向盤，捶得兩手腫脹瘀青。

接下來幾個月，他內心的痛苦不斷滋長，彷彿可以吞噬一切的毒液一樣，而且像癌細胞不斷擴散。那之後的幾個星期，他雖然回到費城向巴士司機打探消息，但仍沒有太大收穫。最後，他總算查出艾琳去了紐約，但追查到這裡，一切線索就都斷了。艾琳離開費城已經太久，這期間從此地出發的巴士班次太多，司機和乘客也太多，可能性也太多，所以她現在可能在任何地方。一想到這裡，凱文就痛苦不已，並不時發出暴怒，亂摔東西，再不就放聲大哭，直到累得睡著。他絕望極了，甚至覺得自己快要瘋掉。

太不公平了！他對艾琳可是一見鍾情，在大西洋城第一次看到她時就愛上了她。而且，他們一直都過得很幸福不是嗎？她為什麼要這樣對他？還記得剛結婚時，艾琳經常一邊化妝，一邊唱歌自娛。偶爾，凱文會帶她上圖書館，讓她借八到十本書回家看。有時候，艾琳會把書中讀到的段落唸給他聽；當他聽著艾琳朗讀，看她優雅地靠在流理臺上，他內心不禁覺得，他老婆實在是全天下第一美女。

至於凱文，他一直是個好丈夫不是嗎？這棟房子，還有房子裡的窗簾和家具，雖然快超出他的能力範圍，但他都忍痛買了，只因為他想討艾琳歡心。婚後，他經常在下班回家的路上向攤販買花送她，讓艾琳把花插進花瓶，連同蠟燭一起放在桌上，兩人再一起享用羅曼蒂克的晚餐。用完餐，他們有時候會直接在廚房裡親熱，要艾琳躺在流理臺上與他做愛。

而且，他從來沒有逼艾琳去上班，但她卻人在福中不知福，不曉得他為她犧牲了多少。就像被寵壞的小孩，自私自利，不曉得自己過得有多輕鬆愜意，這一點常常令凱文光火。艾琳需要做的事，不過就是打掃家裡、煮飯做菜而已，她有許多空閒時間可以讀她從圖書館裡借來的那些愚蠢的書，再不就是看電視、睡午覺，從來不需要為了水電費帳單、房屋貸款或同事在背後說長道短而心煩。而且，她不需要到命案現場去目擊死者的臉。他愛艾琳，所以從來不跟她談這些，但那又有什麼用？他的用心良苦她並不了解。他沒有告訴過艾琳，那些被歹徒用烙鐵燙傷、被壞人從屋頂丟下樓的小孩有多可憐，那些在暗巷裡被人刺死，然後被棄屍在大型垃圾箱裡的女性受害者死狀有多悽慘。他沒有告訴過艾琳，他有時候上車前，會先刮掉鞋子上的血跡；他沒有告訴過艾琳，每當他注視死者的眼睛，就像是在與邪惡打照面，但聖經上說：不可殺人，因為人是按上帝的形象所造。

他和艾琳彼此相愛，但現在卻找不到她，艾琳一定要主動回家才行。他保證，只要艾琳回家，他一定會讓她再次獲得幸福，不會再對她拳打腳踢，因為他是個好丈夫，他一直都是。他和艾琳彼此相愛；他還記得，向艾琳求婚那天，他想起了他們在賭場外初識那個晚上，當時，艾琳遭幾名歹徒跟蹤，但凱文見義勇為，挺身而出，擊退了這些歹徒。隔天早上，他們一起在海邊的人行道上散步，凱文還請她去喝咖啡。他向艾琳求婚時，艾琳告訴他說，她當然願意嫁給他，因為她愛凱文，在他身邊她覺得很有安全感。

安全感。這是她自己說的。安全感。

25

六月的第三個星期，時序進入盛夏。從午後到傍晚，氣溫不斷升高，同時也帶來濃重的溼氣，水氣逐漸凝結，地平線上的景象也開始變得模糊。厚厚的雲層，彷彿變魔術般開始成形，不久後開始打雷閃電，並下起滂沱大雨。但雨勢通常不會持續太久，最後只剩下樹葉滴著水，地上瀰漫著一層薄薄的霧氣。

凱蒂繼續在餐館裡上晚班，一連工作好幾個小時。下班後騎腳踏車回到家，她通常已經累得半死，隔天起床後腿部痠痛不已。賺來的小費，她會把一半放進咖啡罐裡，如今「撲滿」已經快要塞滿了。她沒想到自己能夠存這麼多錢，這筆錢甚至足夠她再一次遠走高飛了。逃離魔掌以來，她第一次感到納悶，她還需要再存更多錢嗎？

早餐快吃完時，她目光投向窗外，看著裘家。自從上次聊天，她和裘沒有再說過半句話。昨晚下班回家，她看到裘家裡的廚房和客廳都亮著燈；早上，她聽到裘發動車子，輾過砂礫和塵土時發出窸窸窣窣的聲音。若碰到裘，她不曉得該跟她說什麼，也不曉得自己想不想跟她說話，甚至不清楚自己有沒有在生她的氣。裘那天告訴她那些話，純粹是因為關心艾歷克，關心他的兩個孩子，怕他們受傷，所以表達一下心中的疑慮而已。她看不出裘有任何惡意。

晚一點，艾歷克會過來找她，這在最近幾乎已成了例行公事。和艾歷克在一起時，她常常想起自己當初為什麼愛上他。因為艾歷克接受她的樣子，接受她偶爾的沉默不語和捉摸不定的情緒，而且對她非常溫柔，讓她既驚訝又感動。但是，聽裘說過那番話之後，她不禁開始納悶，自己的處境對艾歷克是不是太不公平？凱文要是出現，事情會如何發展？她要是一走了之，一去不回，艾歷克和兩個孩子會怎麼樣？難道她真的甘心拋下他們，從此斷絕聯繫？

裘提出的那些問題，老實說，她不想聽，因為她還沒準備好要面對。事後，當她回想起兩人的談話，她好想告訴裘：妳不曉得我經歷過什麼，也不曉得我丈夫是什麼樣的人。但這些話即使在她聽來，好像都太過牽強。

吃完早餐，把碗盤放進水槽裡，她在屋裡踱起步來，並想到自己的生活在過去幾個月來發生了多少變化。儘管幾乎一無所有，但她卻覺得自己從來沒這麼富有過。多年來，她第一次感受到被愛。儘管沒當過母親，但她現在卻經常在最不經意的時候發現自己在思念或擔心克莉絲汀和喬許。她知道未來無法預測，但拋棄這樣的生活是她無法想像的，這一點她很確定。

忽然，她想起裘說過的一句話：我只是把別人心中有數卻不敢承認的事實說出來罷了。

想著想著，她知道自己該怎麼做了。

聽完凱蒂的請求，艾歷克說：「沒問題。」儘管吃了一驚，但他的心情也似乎因而受到鼓舞。「妳打算什麼時候開始？」

「今天如何？如果你有時間的話。」

艾歷克左右張望了一下。店裡現在只有一個客人，正坐在烤肉區吃東西，和靠在流理臺旁的羅傑聊天。

「羅傑？你可以幫我顧店嗎？一個小時就好。」

羅傑說沒問題，但仍杵在原地。艾歷克知道，沒必要的話，他不會到前面的櫃臺去。不過沒關係，今天是上班日，而且又是早上，當第一波的人潮散去，店裡不會有太多客人上門。他不在意。

從收銀機後方走出來後，艾歷克問凱蒂：「準備好了沒？」

「還沒。」凱蒂緊張地抱住身體。「但不管有沒有準備好，這都是我應該做的。」

兩人走出雜貨店，朝吉普車走去。上了車，艾歷克仍一直看著凱蒂。

「為什麼突然急著要學開車？那部腳踏車不夠好嗎？」

「不是，有腳踏車代步，對我來說已經足夠。我只是想取得駕照而已。」

艾歷克伸手要轉動車鑰匙，卻忽然停住。他再次回頭看看凱蒂，眼神中的警覺與謹慎，讓凱蒂彷彿看到了他曾經擔任過的刑事調查員。「但學會開車只是第一步。要申請駕照，妳還得出示證件，比方說出生證明、社會安全卡之類的。」

「我知道。」

想了想遣詞用字，艾歷克謹慎指出：「但這些資料是可以追查的。有了駕照，妳的下落就可能被發現。」

「我已經有一個很安全的社會安全號碼了。這號碼凱文要是知道，一定早就追查出我的下落了。更何況，要是我打算待在南波特，我非得這麼做不可。」

「凱蒂……」艾歷克搖搖頭。

凱蒂斜過身子在艾歷克臉上親了一下。「別擔心。我本名不叫凱蒂，還記得嗎？」

艾歷克用手指輕輕劃過凱蒂的臉龐。「在我眼中，妳永遠是凱蒂。」

凱蒂笑了起來。「告訴你一個祕密。我頭髮原本不是棕色的，是金色的。」

艾歷克往後一靠，消化了一下這個新的訊息。「這件事，妳真的想告訴我？」

「反正你遲早會發現的。誰知道？有一天也許我會恢復成金髮也說不定。」

「到底怎麼回事？為什麼妳突然想學開車，又主動告訴我這些事？」

「你說我可以相信你啊。」凱蒂聳聳肩。「所以我相信你囉。」

「就這樣？」

「對，我覺得我什麼事都可以告訴你。」

艾歷克看著他和凱蒂交握在座位中間的兩隻手，再看看凱蒂。「那我就直話直說囉。妳確定妳的證件沒有問題？申請駕照，一定要出示正本，副本可不行喔。」

「我知道。」

艾歷克知道自己沒有必要再多問了。他伸手摸摸鑰匙，但沒有打開引擎。

「怎麼了？」

「既然想學開車，那乾脆現在開始好了。」他開門下車。「來，妳坐到駕駛座。」

待兩人換好座位，凱蒂在駕駛座上坐定後，艾歷克從最基本的東西開始教起，包括油門在哪裡，煞車在哪裡，如何換檔，方向燈怎麼用，其他車燈和雨刷怎麼操作，儀表板上的各種訊號代表什麼意思等等。

「準備好了嗎？」

「大概吧。」凱蒂試著集中精神。

「這不是手排車，所以用一隻腳就夠了。妳的腳要不是踩在油門上，要不就是踩在煞車上，懂嗎？」

「懂。」凱蒂將左腳挪到門邊。

「現在，踩下煞車，開動車子。準備好後，煞車不要放掉，一邊將手排檔往後拉，但不要踩油門，接著慢慢放掉煞車，再轉動方向盤，倒車，腳輕輕放在煞車上不要放掉。」

凱蒂照著艾歷克的話做，小心翼翼地倒車，再遵照他的指示把車開出停車場。但這時候，她首度停了下來。「你確定要我把車子開到大馬路上？」

「要是路上車子很多，要是妳今年才十六歲，我不會要妳這樣做。可是我覺得妳辦得到，更何況有我在妳旁邊。準備好了嗎？接下來妳要右轉，然後直走，到下一個轉彎處再一次右轉。我要妳感受一下開車的感覺。」

接下來一個小時，兩人就在鄉間道路上練車。跟大部分新手一樣，凱蒂操作方向盤時會轉向過度，以至於有時候把車子開到路肩，停車動作也需要花點時間熟練，但除此之外，她的表現比他們倆原先的預期都還要好。練習快結束時，艾歷克要凱蒂把車停在鎮上的某條街上。

「接下來要去哪裡？」

艾歷克指指附近一家小咖啡店。「我猜妳可能想慶祝一下吧。表現得不錯。」

「有嗎？我怎麼覺得剛剛不完全曉得自己在幹嘛？」

「這需要練習。熟能生巧嘛。」

「我明天還可以練習嗎？」

「當然可以。但時間能不能訂在早上？喬許放暑假了，白天會和克莉絲汀去參加半日夏令營，中午左右回到家。」

「行，就早上。你真的覺得我剛剛開得不錯？」

「再練習個幾天，妳或許就能通過路考。雖然還有筆試這關，但只要花點時間念書準備就行。」

凱蒂別過身子，抱了艾歷克一下。「謝謝你教我開車。」

艾歷克也回抱凱蒂。「我的榮幸。妳確實應該學會開車，就算沒車也一樣。對了，妳以前為什麼沒……」

「為什麼沒學開車？」凱蒂聳聳肩。「小時候，我家裡只有一臺車，但多半是我爸爸在開。我就算考取駕照，那部車也輪不到我開，所以從來不覺得會開車有多重要。搬出去後，我沒有能力買車，所以同樣沒想到要去學。婚後，凱文則不希望我有車。所以，我二十七歲了卻只會騎腳踏車。」

「妳二十七歲？」

「明知故問。」

「我真的不曉得。」

「所以呢？」

「妳看起來絕對不超過三十。」

凱蒂往艾歷克胳臂上輕輕一捏。「該罰，罰你請我吃可頌麵包。」

「沒問題。對了，既然妳心情好得很，願意對我完全坦承，要不要告訴我妳怎麼逃離魔掌的？」

凱蒂只猶豫了一下下就點頭答應。

當兩人在咖啡店外頭的一張小桌子旁坐定後，凱蒂開始敘述自己的逃亡經歷，包括如何設定來電轉接，坐車前往費城，不停換工作，不停從這家破旅館搬到那家爛旅社，以及最後如何逃到了南波特。然而跟頭一回不一樣的是，這次的談話過程，凱蒂語氣淡定，彷彿是在講述別人的事。等凱蒂說完，艾歷克不可置信地搖搖頭。

「怎麼了？」

「我只是在想，當妳和凱文講完最後一通電話，當他還以為妳在家，妳心裡是什麼感受？我猜妳一定覺得如釋重負吧。」

「沒錯，但是也嚇得半死。畢竟，我那時候還沒找到工作，也不曉得接下來該怎麼辦。」

「可是妳辦到了。」

「沒錯，我辦到了。」凱蒂的視線，落在某個遙遠的點上。「現在的生活，我以前根本無法想像。」

「沒有人能夠完全照自己的意願過日子吧。我們只能盡全力過好它，就算日子很艱難也一樣。」

凱蒂知道，艾歷克這句話針對的不只是凱蒂，也包括他自己。兩人良久沒有說話。

最後，艾歷克輕輕地對凱蒂說：「我愛妳。」

凱蒂靠過去伸手摸摸艾歷克的臉。「我知道。我也愛你。」

26

六月底的杜徹斯特，原本百花齊放、色彩鮮豔的花園，開始變得蕭條，花朵逐漸枯萎變色，空氣變得潮溼，波士頓市中心的小巷弄裡，也開始散發出食物腐爛、屎尿和東西腐敗的氣味。凱文告訴克非和拉米瑞茲，他週末會和艾琳待在家裡，看看電影，整理花草。先前，拉米瑞茲向他問起他和艾琳去普羅文斯敦玩的事，但他撒謊，說和艾琳去住了哪一家民宿，又光顧了哪些餐廳。拉米瑞茲說，那些地方他都去過，還問他有沒有在其中一家餐廳點蟹肉餅吃。凱文說沒有，但下次去一定會記得。

艾琳雖然走了，但他沒有放棄，仍四處打聽她的下落。他沒辦法不找她。每當他在波士頓的街道上開車亂逛，看到某個女人的肩膀閃著金色的光彩，一顆心就彷彿跳到了喉嚨。這時候他會細看對方的鼻子纖不纖細、眼珠子是不是綠色的，走路姿態優不優雅。有時候他甚至會站在麵包店外，假裝自己正在等她。

雖然在費城追丟了人，但凱文還是認為自己找得到艾琳。畢竟，凡走過必留下痕跡。人是這樣，文件也是這樣。先前在費城，艾琳用的是假名和假的社會安全號碼，可是她總不能一直這樣下去吧，除非她願意一直住廉價旅館，且每隔幾個星期就換一次工作。的確，為了掩飾身分，艾琳沒有使用自己的社會安全號碼。這一點，凱文是透過另一分局的某某警官查出來的；在凱文認識的警察裡，就只有他知道艾琳離家出走，但他應該會守口如瓶，因為他有把柄在凱文手上：凱文知道他和未成年的保母搞婚外情。每一次找他，凱文就覺得厭惡萬分，因為這齷齪的傢伙是個變態，應該要坐牢才對，更何況聖經上說：不可行淫亂之事。但現在，凱文只能先忍著點，因為他得靠他幫忙找出艾琳的下落，好帶她回家。夫妻，本來就應該相守一輩子，因為他們在上帝和親友面前發過誓。

原本他以為三月分應該就能找到艾琳，四月時艾琳就會現身，再不然，到了五月也應該能查出她的下落，但現在都六月了，整個家除了他自己，依舊空空如也。他常常覺得心亂如麻，有時候只能行屍走肉般地處理生活中的例行公事。他很難集中精神，喝伏特加也沒有多大幫助；此外，他還得向克非和拉米瑞茲撒謊，並在他們又開始說閒話時識趣地閃人。

但是有一點他可以確定：艾琳應該已經停止逃亡了。她不會想不斷搬家和不斷換工作的。那不像她。因為她愛享受，喜歡被美好的事物圍繞。也就是說，她一定要冒用別人的身分才行。除非甘願逃亡一輩子，否則她一定會需要一張貨真價實的出生證明和一個貨真價實的社會安全號碼。這些年，雇主多半會要求求職者出示身分證明，但艾琳要上哪兒去尋找別人的身分，或透過什麼管道尋找呢？凱文知道，最常見的辦法就是找一個年紀相近、剛過世的人的身分頂替。艾琳以前常常上圖書館，這辦法她可能想得到。不難想像，她也許會趁著上圖書館時察看縮微膠片上的訃文，尋找可盜用的名字，或一邊假裝正在瀏覽書架，心裡卻暗自盤算著逃亡計畫。想當初，凱文工作已經夠忙了，卻還得抽時間載她上圖書館。他對她這麼好，她卻這樣回報他、背叛他。而且，艾琳做這些事的時候還可能暗自竊笑。一想到此，凱文不禁火冒三丈，拿出榔頭，把家中的一組瓷器全都敲碎——這組瓷器，是他們倆結婚時收到的賀禮。發洩完怒氣後，他總算可以專心思考，想想自己接下來該怎麼做。從三月初到四月底，他花了好多時間在圖書館，試圖揣摩艾琳的想法，找出她可能盜用的新身分。可是，就算艾琳找到了可冒用的名字又如何，她要如何取得證件？她現在到底人在哪裡？為什麼沒有回家？

凱文被種種的疑問折磨得好苦，有時候甚至覺得萬分迷惘而痛哭不止。他好想艾琳，好希望她回家，他討厭自己一個人孤伶伶的。但他有時候又很生氣，認為艾琳太自私，他好想親手殺了她。

時序進入七月，空氣裡開始散發「龍息」霰彈槍的氣息：燠熱、潮溼，遠方的地平線像海市蜃樓一樣波光瀲灩。隨著假期結束，新的一週來臨，家裡的冷氣壞了，但他沒找人來修。每天早上出門上班，他總覺得頭痛。經過多次嘗試，他發現伏特加的止痛效果比一般止痛藥還來得好，但太陽穴附近的刺痛仍未完全消除。現在，他不再上圖書館了，但克非和拉米瑞茲又問起了他老婆，他只說艾琳很好，然後就轉移話題。後來，局裡安排了一個剛升遷的警官當他搭檔，名叫塔德·瓦諾堤。辦案時，塔德多半讓凱文負責向證人和受害者問話，但凱文沒有意見。

凱文告訴塔德，刑案的受害者和兇手往往認識，雖然不見得很熟。兩人搭檔第一個星期快結束時，局裡接到一通報案電話，派他們倆前去調查。命案地點距離警局不到三條街遠，死者是個十歲的小男孩，中槍身亡。開槍的是一個前不久才移民美國的希臘人，原本他在家裡收看足球比賽轉播，後來因為希臘隊獲勝，他一時興奮，拿起手槍開了一槍，結果子彈貫穿地板，射中了當時在他家樓下吃披薩的小男孩。子彈貫穿男孩的頭頂，男孩臉朝下倒在披薩上。凱文和塔德看見屍體時，他額頭上還沾了起司和番茄醬。死者的母親聲嘶力竭哭喊了兩個鐘頭，當凱文用手銬將兇手押下樓時，這母親追打上去，一個不小心滾下樓梯，他們只好趕緊叫救護車。

下了班，塔德帶凱文來到一家酒吧，結果不到十五分鐘就幹光三杯啤酒，似乎想藉此忘掉剛剛在命案現場看到的慘狀。他告訴凱文，他警官考試有一次不及格的紀錄，但最後總算及格通過。至於凱文，他點了伏特加喝，只不過礙於塔德在旁，他吩咐酒保在酒裡再加一點覆盆子果汁。

這家酒吧由於價格低廉、光線昏暗，還有不少女人來這裡釣條子，所以有許多警察光顧。儘管在公共場所抽菸是違法的，但由於抽菸的多半是警察，酒保只好允許他們抽。單身的塔德經常到這裡鬼混。而凱文雖然沒來過，不確定自己會不會喜歡，但由於不想回家，所以他還是來了。

塔德上完廁所回來，湊在凱文的耳邊說：「吧臺最後面那兩個妞，好像對我們有意思。」

凱文轉頭一看。那兩個妞跟他一樣，年紀大約三十左右，一個留著深褐色頭髮，一個是紅頭髮。前面那一個，注意到凱文的注視，轉頭跟朋友說了幾句話。

「可惜你結了婚，這兩個妞看起來還滿正點的。」

才怪，凱文心想，她們看起來像殘花敗柳，不像艾琳皮膚乾淨又有光澤，身上總是散發著一股揉合檸檬、薄荷與香水的氣味——那香水，是他買給艾琳的聖誕禮物。

「想找她們聊天就去啊。」凱文說。

「我就是這麼想。」塔德又點了一杯啤酒，然後走到吧臺盡頭，對那兩個妞笑了笑，大概還說了什麼蠢話，把她們給逗笑了。至於凱文，他點了一杯沒有加覆盆子果汁的雙份伏特加，再望向吧臺後的鏡子，看那兩人在鏡中的倒影。透過鏡子，那位棕髮妞與凱文四目交接，但凱文並沒有移開目光。十分鐘後，她扭腰擺臀地朝凱文走去，在塔德原本坐的高腳椅上坐下。

「怎麼，今晚沒心情交際？」

「我不擅長閒話家常。」

那個妞想了想，然後說：「我叫安珀。」

「凱文。」但凱文不曉得接下來要說什麼，只好舉杯喝酒，卻覺得酒嘗起來像水一樣清淡無味。

安珀靠向凱文，身上散發出一股麝香味，不像艾琳身上散發的是檸檬與薄荷的氣味。「聽塔德說，你們倆在重案組工作？」

「對。」

「辛苦嗎？」

「有時候。」凱文發現酒喝完了，舉起酒杯，酒保又拿了一杯過來。「妳呢？妳是做什麼的？」

「在我哥哥的麵包店當店長。他專門烘焙麵包糕餅供餐廳使用。」

「聽起來很有意思。」

「才怪。」她不以為然地笑了笑。「但起碼可以養活自己。」安珀一口白色的牙齒，在黑暗中閃閃發亮。「我好像不曾在這裡見過你。」

「我第一次來。是塔德帶我來的。」

安珀朝塔德的方向點點頭。「塔德我見過。全天下的女人，只要還活著，他大概都有興趣。喔不不不，是不是活著，對他來講可能不重要。其實我不怎麼喜歡這裡，但我朋友喜歡，硬要我陪她來。」

凱文點點頭，在高腳椅上挪挪位置。接著他想，克非和拉米瑞茲不曉得有沒有來過這裡？

「妳覺得我很無趣嗎？我可以走，如果妳希望我走的話。」

「不，我不覺得你無趣。」

看安珀撥了撥頭髮，凱文這才覺得，這個妞比他剛看到時還要漂亮。「要請我喝一杯嗎？」安珀說。

「想喝什麼？」

「柯夢波丹。」凱文伸手向酒保示意，酒不久後就送來了。

「這種事我不是很在行。」

「什麼事？」

「就……這種事。」

「我們只是在聊天而已。更何況，你表現得還不賴。」

「我結婚了。」

她笑一笑。「我知道。我看到你手上的戒指了。」

「妳介意嗎？」

「我不是說過，我們只是在聊天而已嗎？」

安珀伸出手指頭沿著酒杯滑動，很快就沾溼了指尖。

「你老婆知道你來這裡嗎？」

「不知道，她到外地去照顧生病的朋友。」

「所以你趁機來酒吧認識別的女人？」

「我不是那種人，」凱文板起聲音說，「我很愛我老婆。」

「應該的，不然你幹嘛娶她？」

凱文本想再點一杯雙份伏特加，但由於剛剛已經喝過，現在安珀又在旁邊，他不想這麼做。但安珀彷彿會讀心術一樣，她舉手向酒保示意，不久後又一杯伏特加端上桌。凱文仰臉灌了一大口，但還是覺得這酒清淡如水。

「我剛剛那麼做你會不會介意？」

「不會。」

安珀望著凱文，表情開始變得風騷起來。「如果我是你，我不會告訴老婆我來這裡。」

「為什麼？」

「像你這樣的大帥哥，在這種地方很難遇到。天知道誰會跟你搭訕？」

「那妳是在跟我搭訕嗎？」

沉吟了半晌，安珀答道：「如果我說是，你會不會不高興？」

凱文慢慢轉動吧臺上的酒杯。「不會，我不會不高興。」

經過兩個小時的喝酒和調情，凱文最後來到了安珀家。安珀很識相，知道凱文不想張揚，所以把住址交給凱文就先和朋友走了。在酒吧內又待了半個小時，凱文告訴塔德，他該回去了，他要打電話給艾琳。

開車時，凱文發現視線變得模糊，而且思緒混亂，車子甚至開始蛇行起來。但是他不擔心，因為他是個好警察，就算車子被攔下來，他也不會被逮捕的。警察不會逮捕警察，更何況，才幾杯酒算什麼？

他循著地址找到了安珀住的公寓，距離酒吧只有幾條街遠。他舉手敲門，安珀打開門時，身上只圍了一條浴巾，除此之外什麼都沒穿。他湊上去親她，再抱她進臥室，安珀也一邊解開他襯衫上的鈕釦。將安珀在床上放好後，他脫光衣服，再伸手把燈關掉，因為他不想提醒自己正在偷吃；因為，通姦是一種罪。他雖然來到了這裡，但並不想跟這女人發生性關係，只是他今天喝了不少酒，整個世界看起來混混沌沌，而這女人身上除了條浴巾，幾乎一絲不掛。他現在只覺得一顆腦袋糊里糊塗的。

他發現安珀跟艾琳很不一樣。身體不一樣，形狀不一樣，味道也不一樣。安珀的身上有一種幾近於獸的辛辣氣味，只是兩隻手很愛亂動。跟她在一起，一切都如此新鮮，他雖然不喜歡，卻也停不下來。過程中，她喊他名字，還說一些淫穢的話，凱文想叫她閉嘴，好讓他能夠想著艾琳，但一切的一切，委實都教人困惑，他發現自己很難專心。

後來，他捏了捏安珀的手臂，安珀痛叫出聲：「別這麼用力。」他先是放鬆力道，但不久後又開始捏她，因為他想要這麼做。但是這次，安珀沒說什麼。接著他又想起了艾琳：不曉得她現在人在哪裡，過得好不好，他好想她。

他不該打艾琳的。艾琳那麼溫柔體貼，他不該對她拳打腳踢。艾琳會離家出走都是他的錯，是他把艾琳逼走的。雖然，他這麼愛她，還去過費城找她，卻始終找不到她的下落，而現在，他居然跟一個叫安珀的女人搞在一起。這女人親熱時手很不安分，還發出奇奇怪怪的聲音。不對，這一切都不對勁。

辦完事，他不想留下，於是翻身下床，開始著裝。安珀打開檯燈，從床上坐起。一看清這女人的面孔，他驀地想起，這女人不是艾琳，他忽然覺得胃部翻攪，噁心想吐。聖經上說：與婦人行淫的，便是無知；行這事的，必喪掉生命。

他一定要趕快離開才行。他不曉得自己為什麼來這裡，望著這女人的臉，他覺得胃部糾結成一團。

「你還好嗎？」這女人問。

「我不該在這裡的，我不該來的。」

「時間不早了。」

「我得走了。」

「就這樣？」

「我已婚。」

「我知道。」安珀不耐煩地笑了笑。「沒關係。」

「有，有關係。」凱文匆匆穿好衣服，打開門，火速衝下樓梯，跳上車，再火速開車回家。但他沒有蛇行，因為他心中強烈的罪惡感，讓他的感官忽然變得十分靈敏。回到家，他看到費德曼家的燈還亮著，心想，他們一定正透過窗戶在偷看自己吧。這家人是壞鄰居，從不揮手跟他打招呼，還告訴孩子們不要靠近他家。他們一定知道自己幹了什麼，因為他們是壞人，而他今天又幹了壞事，俗話說：物以類聚。

進了家門，他好想喝一杯，但一想到伏特加卻又噁心想吐。他心亂如麻。他剛剛背叛了老婆，但聖經上說：通姦者的羞恥將永遠無法抹除。他打破了上帝的戒律，毀棄了他對艾琳的誓言，但他知道，紙包不住火，事情一定會敗露。今晚的事，安珀知道，塔德知道，費德曼一家也知道，他們一定會說出去的；這樣一來，艾琳最後也會知道。他在客廳裡踱來踱去，呼吸也變得急促，因為他知道，這件事他沒辦法給艾琳一個合理的交代，艾琳不會原諒他的。她一定會很生氣，罰他在沙發上睡覺，早上再用失望的眼神看著他，而且，艾琳不會再相信他了，因為他是罪人。他覺得噁心反胃，全身開始發抖。聖經上說：要遠離淫亂、汙穢、邪情、惡慾和貪婪。但他居然和別的女人上床。這一切實在太教人困惑了。他好希望把腦袋裡的念頭給停下來，但他辦不到。他好想拿酒猛灌，但不行，因為他有預感，艾琳可能會突然出現在家門前。

他看看四周，家裡又髒又亂，這樣一來，艾琳一定會知道他幹了什麼壞事，儘管他思緒混亂，但他知道這兩者是有關的。他焦急地在客廳裡踱步。出軌是骯髒的，所以骯髒與出軌是有關的；既然家裡髒兮兮的，而骯髒又與出軌有關，那麼艾琳一定會知道他劈腿。忽然，他停下腳步，不再踱步，大踏步走進廚房，從水槽底下找出垃圾袋，回到客廳，兩腳跪地，爬過來又爬過去，把裝外帶食物的容器、雜誌、塑膠餐具、伏特加空酒瓶和裝披薩的空盒子都塞進垃圾袋裡。

儘管時間已過午夜，還好他隔天早上不用上班，於是他決定熬夜來個大掃除。他打掃房子，洗碗，再拿出他買給艾琳用的吸塵器。既然骯髒與出軌是有關的；那麼房子打掃乾淨了，艾琳就不會知道他劈腿。他把一批批髒衣服丟進洗衣機，洗好後再烘乾。太陽出來後，他取下沙發套，把上面的食物碎屑用吸塵器吸乾淨。打掃時，他不時偷看窗外，因為他知道艾琳隨時可能回家。打掃完客廳，他接著洗廁所，擦掉冰箱裡的食物汙漬，把地上的亞麻油地氈抹乾淨。

黎明過去，早晨來臨，等時間接近中午，他又做了許多家事：清洗被單，拉開窗簾，把放著他們結婚照的相框上的灰塵抹去，到院子裡除草，將垃圾桶裡的剪報清光。這些事都做完以後，他出門購物，從麵包店買了火雞肉、火腿、第戎芥末醬和剛出爐的黑麥麵包回家。此外他還買了鮮花，插進花瓶擺在桌上，再布置蠟燭。當這些工作全都結束時，他已經氣喘吁吁。於是他走進廚房，用冰鎮過的高腳杯為自己倒了一杯伏特加，在餐桌旁坐下，等艾琳回來。

他好開心，因為他把家裡打掃乾淨了，這意味著艾琳將永遠不會得知他幹了什麼壞事，而他們的婚姻也將一如往昔。他們將能夠信任彼此，過著幸福快樂的日子，而他也會永遠愛著艾琳，不會再做出對不起她的事情來。像劈腿那麼噁心骯髒的事，他才不幹呢。

27

七月的第二個星期，凱蒂考取了駕照。考試前幾天，她經常在艾歷克的陪伴下一起去練車，儘管考試前頗為緊張，但她最後仍高分通過。幾天後，她收到一封信，打開一看，她簡直要樂暈了。她的相片，和一個她從來沒想到會擁有的名字，顯示在駕照上；根據北卡州的法律，現在的她，跟該州的任何一個居民一樣真實存在。

當晚，艾歷克帶她到威明頓吃飯慶祝。飯後，兩人牽手在鎮上逛街散步。時不時，艾歷克還用充滿興味的眼神覷著凱蒂。

最後，凱蒂忍不住了。「怎麼了？幹嘛這樣看我？」

「我只是在想，妳看起來不像艾琳。妳像凱蒂。」

「這不是理所當然嗎？我叫凱蒂，我有駕駛執照可以證明。」

「我知道妳有。妳現在需要的，是一部車。」

「不需要。」凱蒂聳聳肩。「這是個小鎮，而且我有腳踏車代步。更何況，我還有專屬司機，下雨時，不管我想去哪裡，這個男人都願意開車送我。」

「是喔？」

「是啊。而且我相信，只要我開口，他甚至願意把車子借給我。他對我簡直百依百順。」

艾歷克挑了挑眉毛。「聽起來好像沒什麼男子氣概耶。」

「沒問題，他很男人。」凱蒂調侃著。「只是，他一開始太心急，送給我一大堆禮物，但我最後習慣了。」

「妳有一顆高貴的心。」

「我顯然是萬中選一。」

艾歷克笑了起來。「嘿，妳總算破繭而出，顯露出真正的本性了。」

凱蒂沒有說話，走了幾步才停下腳步，抬頭看艾歷克：「你認識真正的我，比任何人都還要認識。」

「我知道。」艾歷克伸手摟住凱蒂。「所以，我覺得我們注定要找到彼此。」

雜貨店的生意跟以往一樣繁忙，但艾歷克還是決定放個幾天假，跟凱蒂及兩個孩子一起消磨只在兒時享受過的夏日慵懶時光。下午，他也許和喬許一起釣魚，和克莉絲汀一起蓋娃娃屋，再不就是帶凱蒂到桃樹灣（Myrtle Beach）去聆賞爵士音樂節。晚上，當螢火蟲蜂擁而出，他們拿網子捉了好幾十隻，再放進玻璃罐裡，看著奇幻迷離的光芒發出讚嘆。最後，艾歷克再打開蓋子將牠們放生。

此外，他們還一起騎腳踏車、看電影。晚上，凱蒂若不用上班，艾歷克會生火烤肉給大家吃，吃完再跳進溪裡戲水，直到天色漸暗。孩子洗完澡上床後，兩個大人再走到屋後，在小碼頭上坐下，兩隻腳掛在水面上晃啊晃的，一邊看月亮緩緩升起、或一邊品酒，一邊聊著無關緊要的小事。幾天下來，艾歷克越來越喜歡兩人相處的安靜時刻。

兩個孩子當中，克莉絲汀特別喜歡跟凱蒂在一起。四個人在街上走路時，她會要凱蒂牽她的手；在遊樂場上跌倒時，她會跑去凱蒂身邊尋求撫慰。看到這些情景，艾歷克的心頭雖然暖洋洋的，卻又不禁傷感，因為這總是讓他想到，不管自己再怎麼努力，他始終沒有能力給女兒她想要的一切。儘管如此，當女兒跑過去問他能不能請凱蒂帶她去逛街買東西時，他卻無法拒絕。每一年，他雖然會帶孩子去逛街一、兩次，但這件事對他而言比較像是義務而非玩樂。相形之下，凱蒂對此的反應就雀躍多了。從艾歷克手中接過錢和車鑰匙後，她便歡歡喜喜帶著克莉絲汀開車走了。

兩人走後，艾歷克決定和喬許到溪邊釣魚。當釣魚線投入水中，水面以魚餌為圓心往四周蕩漾開來；過了約莫一個小時，天色先是轉變成藍紫色，再轉成深紫色。但奇怪的是，喬許一直都很安靜。換做在別的時候，艾歷克會覺得這是個安詳寧靜的場景，但是此刻，他卻忐忑了起來：這孩子是怎麼了？就在他開口要問的時候，喬許半轉過身，說：「爸？」

「什麼事？」

「你偶爾會想起媽媽嗎？」

「常常。」

喬許點點頭。「我也是。」

「應該的。她很愛你。你想起她時會想到什麼？」

「想到她做餅乾給我們吃，還讓我幫忙灑糖霜。」

「這我記得。當時你臉上沾滿了粉紅色的糖霜，照片還被你媽媽拍了下來。那張照片現在還貼在冰箱門上呢。」

「是啊，所以我記得。」喬許將魚竿架在膝蓋上。「你想念她嗎？」

「當然想念。我很愛她。」艾歷克望著喬許的眼睛。「怎麼了？」

「昨天的派對……」喬許摸摸鼻子，猶豫著。

「怎麼了？」

「多數人的媽媽都全程參與，留下來聊天什麼的。」

「要是你開口，我也會留下來的。」

看喬許視線低垂，艾歷克忽然了解這是怎麼一回事。「我應該留下來的對不對？畢竟那是親子聚會。」艾歷克的語氣聽起來比較像是陳述而非問句。「但我是那裡唯一的父親，所以你沒開口，對嗎？」

喬許點點頭，露出愧疚的神情。「我不想惹你生氣。」

「我沒有生氣。」

「真的嗎？」

「真的。我怎麼可能因為這種事生你的氣？」
「媽媽如果還在，你覺得她會去嗎？」
「當然，這種機會她絕不會錯過。」
一隻烏魚在溪的另一頭跳出水面，激起了小小的漣漪，朝父子倆的方向滾去。
「你跟凱蒂小姐出去時都做些什麼？」
艾歷克挪了挪位置。「跟我們今天在海邊做的事情差不多啊。吃飯，聊天，散步。」
「你最近常跟她在一起？」
「對。」
思索了一會兒，喬許又問：「你們都聊些什麼？」
「就一般的話題啊。」艾歷克歪著頭。「偶爾也聊你和你妹妹。」
「像什麼？」
「像是，和你們在一起很愉快，你在學校很乖，把自己的房間整理得很乾淨等等。」
「我沒有要你留在派對上的事，你會告訴她嗎？」
「你希望我告訴她嗎？」
「不希望。」
「那我就不說。」
「你保證？因為我不希望她生我的氣。」
艾歷克舉起手指。「我以童子軍的榮譽向你保證。但是，她就算知道了，也不會生你氣的。

她認為你是個很棒的孩子。」

喬許挺直身子，開始收釣魚線。「那好。我也覺得她很棒。」

和喬許的這段對話，令艾歷克輾轉難眠。他在臥室裡一邊端詳卡莉的肖像，一邊喝著當晚的第三罐啤酒。

稍早，克莉絲汀和凱蒂已經回到家，興沖沖向艾歷克展示她們當天買的衣服。讓艾歷克驚訝的是，凱蒂把買衣服的錢退了一半回來，只說，找特價品是她的專長。艾歷克坐在沙發上，看女兒把風格迴異的衣服一件件輪流穿出來給他看。一向對這種事不感興趣的喬許，這時候居然也把任天堂遊戲機放到一旁，趁克莉絲汀離開時，過去找凱蒂講話。

「改天可以帶我去嗎？」喬許的聲音小得像在說悄悄話。「我需要買新衣服。」

之後，艾歷克點了中國菜送到家裡來，四個人圍坐在桌邊，一邊吃飯一邊談笑。吃到一半，凱蒂從皮包裡拿出一條皮手環，對喬許說：「我覺得這手環滿酷的，送你。」喬許吃了一驚，把手環戴到手上後則顯得眉開眼笑，之後整個晚上一直看著凱蒂；而這些，艾歷克都注意到了。

弔詭的是，在這樣的時刻，艾歷克對卡莉的思念往往最是強烈。儘管卡莉過世時，兩個孩子年紀還太小，因此從沒機會享受這樣的天倫之樂，但艾歷克倒是很能夠想像這樣的畫面。

或許這就是他睡不著的原因。當凱蒂已經回家，兩個孩子也睡著了以後，他還是輾轉反側。於是他掀起被單，來到衣櫃邊，打開他幾年前加裝的保險櫃。保險櫃裡，有財務和保險方面的重要文件，還有他和卡莉婚姻生活的種種珍藏。例如，卡莉生前蒐集了一些東西：兩人的蜜月照，在溫哥華度假時意外尋獲的四葉幸運草，卡莉結婚當天穿戴在身上、用牡丹花和海芋編成的花圈，兩個孩子還在卡莉肚子裡時拍下的超音波照片，呱呱墜地後從醫院回家時身上穿的衣服。此外還有各式各樣的底片和相機記憶卡，紀錄著兩人的共同生活。這些東西，都承載了滿滿的記憶和重大的意義，但卡莉過世後，艾歷克就再也沒有把別的東西放進保險櫃了，唯一的例外是卡莉生前寫的兩封信。這兩封信，其中有一封是寫給艾歷克的，另一封則沒有署名要給誰，儘管如此，這封信從來沒有被打開過，因為艾歷克答應過卡莉，他不會打開這封信來看，他必須信守承諾。

艾歷克抽出那封他讀過不下百遍的信，另一封則留在保險櫃裡。卡莉過世前不到一個星期，她才把這兩封信交給艾歷克。當時卡莉臥病在床，完全無法下床走動，而且只能吃流質食物。當艾歷克把卡莉抱進臥室裡洗浴時，發現她身體變得好輕，彷彿只剩下一個空殼子似的。儘管卡莉醒著的時間不多，但他總是靜靜陪在她身旁。卡莉醒來時，往往幾分鐘後就再度睡著，這時候他會專注看著她，心中進退兩難，既害怕離開又害怕留下。不敢離開是因為，他怕卡莉會在他離開時需要他；不敢留下來是因為，他怕會影響到卡莉休息。卡莉把信交給他那天，他看到卡莉彷彿變魔術一樣，從棉被裡抽出兩封信；後來他才知道，卡莉兩個月前就寫好了這些信，並交給她母親保管。

數年後的今天，艾歷克再次打開信封，抽出那張用黃色便條紙寫成、已經讀過許多次以至於皺巴巴的信。他把信紙拿到鼻子前，隱約仍聞得到卡莉生前經常使用的乳液的味道。他還記得，他當初拿到信時有多麼驚訝，也記得卡莉當時祈求他體諒的那種眼神。

還記得，他當時指著那封寫有自己名字的信問卡莉：「妳希望我先讀這封嗎？」卡莉輕輕點頭。看到他把信抽出，卡莉這才放鬆身體，躺回了枕頭上。

我最最親愛的艾歷克：

有些夢，會在我們沉睡時造訪我們，令我們醒來時覺得充實；有些夢，則讓活著變得值得。而你，我親愛的丈夫，正是這樣的夢。當我必須將我對你的感覺化為文字時，我覺得悲傷不已。

現在，趁著還能寫字，我要寫下這封信給你，雖然我不知道要如何把我想說的話表達於萬一。我不是作家，不擅長遣詞用字，更何況，對現在的我來說，文字似乎無法表達。我對你的愛，我不知道要如何形容，我甚至懷疑是否有辦法加以形容。不過，既然提筆坐在這裡，我一定要試試看。

我知道你很愛告訴別人，我當初有多麼難追。可是，每當我想起我們初識的那個晚上，我不禁覺得，即使在當時，我就知道我們注定要在一起了。那個晚上我記得很清楚，一如我清楚記得握著你的手的感覺，以及你在那個多雲的午後在海邊跪下來向我求婚的點點滴滴。一直到你出現在我的生命，我才知道自己錯過了多少，知道一個撫觸可以如此意義深長、一個表情可以如此生動、一個吻可以如此令人屏息。我對於丈夫的所有期待，你全都具備，從以前到現在一直是如此。你仁慈又堅強，聰明又樂於關心別人；你讓我精神昂揚；而且你是個好爸爸，比你自認為的還要好。你天生就很有孩子緣，總讓他們不自覺地就信任你，每次看到他們在你懷裡安心地靠在你肩膀上睡著，我心中就有說不出的歡喜。

因為有你，我的生命變得圓滿許多，所以這一切才如此煎熬，所以我才找不到適當的字句來加以描述。一想到這一切很快就要結束，我好害怕，但不僅僅是為了我自己感到害怕，更是為了你和我們的子女感到害怕。一想到我的離開可能會帶給你們無限哀戚，我的心都快要碎了，可是除了提醒你，我當初為什麼會愛上你，我有多難過未來會傷害到你和我們兩個可愛的子女，我不曉得我還能怎麼辦。一想到你對我的愛將來可能帶給你極大的折磨，我好心疼。

可是我真心相信，愛可能造成痛苦，卻也能療傷止痛……因此，我在這裡又附上了一封信。

但請你千萬不要讀這封信，因為那不是要給你的，甚至不是要寫給我們親朋好友看的，而是要寫給那位能替你療傷止痛、讓你再度變得完整的女子看的。不過，這位女子，我相信你我都還沒遇到。

我知道，現在的你一定覺得這件事無法想像。因為你可能還要經過許多個月甚至許多年才會碰到這個有緣人，但我相信，總有一天，你會遇到她並願意把這封信交給她。請相信你的直覺，就好像你初次走向我那個晚上，我相信我的直覺一樣。你將會知道，誰值得你這麼做，以及你應該在什麼時間、什麼地點這麼做。當你這麼做的時候，相信我，我會在某個地方，透過某種方式對你們微笑的。

愛你的卡莉

再一次讀完這封信，艾歷克把信塞回信封，再放回保險箱裡收好。窗外，天上的雲在月光的映照下閃著奇異的光輝。他舉頭仰望，心中同時想著卡莉和凱蒂。卡莉告訴他，要相信自己的直覺，他會曉得該如何處置這封信的。

艾歷克突然間恍然大悟，是啊，卡莉說得沒錯，至少有一半是正確的。他知道自己想把這封信交給凱蒂，只是不知道凱蒂準備好了沒。

28

「凱文，麻煩來我辦公室一下。」比爾向凱文招手示意。

凱文剛進辦公室，就注意到克非和拉米瑞茲的目光一直跟隨著自己，而新搭檔塔德，此時則坐在辦公桌旁，對凱文尷尬地笑一笑，但很快就收起笑容，別過頭去。

儘管凱文頭痛，因此不想大一早就跟比爾談話，但他不怕。畢竟，他精於向受害者或目擊證人問話，看得出嫌犯是不是在說謊，這些年來也捉到了不少壞蛋，將他們繩之以法。

比爾指指椅子，要他在椅子上坐下。凱文心裡納悶，平常他們倆都是站著聊天的，怎麼今天忽然要他坐下？他不想坐，但還是依言坐了下來。太陽穴的疼痛，彷彿有人在拿筆戳他；有好一會兒，比爾一句話也沒說，只是盯著他看。最後，比爾站起身，到門口把門關上，再在桌子邊緣一屁股坐下。

「最近好嗎？」

「還好。」他好想閉上眼睛，以減輕頭痛，但他沒這麼做，因為他知道比爾正在盯著他看。「找我什麼事？」

比爾交疊雙臂。「我找你來是因為，有人向局裡對你提出申訴。」

「申訴什麼？」

「事情還滿嚴重的。你必須接受調查，而且調查期間暫時解除職務。」

一開始，凱文覺得比爾的話語糾成一團，聽不懂他在說什麼，直到他集中精神，才看清了比爾臉上的表情。要是他沒喝那麼多伏特加，要是他早上醒來頭不痛就好了。

「你說什麼？」

比爾從桌上抓起幾張紙。「還記得蓋茲的謀殺案嗎？就這個月月初，被貫穿天花板的子彈給射死的小男孩。」

「記得，他死時額頭上沾滿了披薩醬。」

「你說什麼？」

凱文瞇起眼睛。「就死者啊。他屍體被我們發現時，額頭上沾滿了披薩醬，死狀悽慘，塔德還嚇得渾身發抖。」

比爾皺起眉頭。「還叫了一輛救護車對嗎？」

凱文試著調整呼吸，集中精神。

「對，去接死者的母親。她當時情緒很激動，看到那開槍的希臘人時追上去，和他扭打起來，結果跌下樓梯，所以我們立刻叫了救護車……就我所知，她後來被送進醫院。」

比爾繼續盯著凱文，最後將手中的報告放到一旁。「你事前向這位母親問了話，對嗎？」

「對，但她很歇斯底里，我雖然要她冷靜，但她還是抓狂了。這些，我全寫在報告上了，你還想知道什麼？」

比爾再一次拿起報告。「你寫的東西我看了。但死者的母親聲稱，是你教唆她把兇手推下樓的。」

「什麼？」

比爾看著報告唸了起來：「她聲稱，你跟她談到上帝，還說你告訴她：『這傢伙是個罪人，理應受罰，因為聖經上說：不可殺人。』你還告訴她，這傢伙殺死了她的孩子，未來卻可能獲得假釋，所以她應該設法自行伸張正義，因為壞蛋就應該受到懲罰。這些話，你有沒有覺得很熟悉？」

凱文感覺血液衝上臉頰。「太荒謬了。你知道她在說謊吧？」

凱文以為比爾會馬上表示同意，說調查人員最終會還他清白，但他沒這麼說，而是把身體往前傾。

「你到底跟她說了什麼？麻煩你逐字逐句告訴我。」

「我什麼都沒說，我只是問她發生了什麼事。她描述完事情的經過後，我看到天花板上有一個洞，再跑到樓上盤問她鄰居。她鄰居承認開槍，我就逮捕了他，用手銬銬住，帶下樓。結果，那母親一看到他就發狂地追上去扭打。」

但比爾沒有說話，只是盯著凱文。「你真的沒有和死者母親談到『罪』這個話題？」

「沒有。」

比爾把先前唸的那份報告舉得高高的。「你真的沒告訴她：『主說：報應在我，我將回報。』？」

「沒有。」

「所以剛剛唸的這些，你都覺得很陌生？」

「對，她說謊。現在的人你又不是不曉得。也許她想藉機告市警局，發筆橫財。」

比爾下巴上的肌肉抽動著，他沉默良久才再度開口說話。

「你找她問話前是不是喝過酒？」

「我不曉得這些指控怎麼來的。沒有，我沒喝酒，我不可能這麼做。我通過酒測的機率，你又不是不清楚。我相信自己是好警察。」凱文伸手揉揉頭部，劇烈的疼痛讓他幾乎快睜不開眼睛。「拜託，比爾，我們共事這麼多年了。」

「所以我才站在這裡客客氣氣跟你說話，而沒有馬上將你革職查辦。過去這幾個月，你的狀況很失常，還有人謠傳說……」

「什麼？」

「你喝醉了酒來上班。」

「那不是真的。」

「你是說，要是你現在進行酒測，酒測值會是零？」

凱文感覺心臟在胸腔裡猛烈跳動。還好，他曉得要如何說謊，也善於說謊，現在他一定要保持聲音的穩定才行。「昨晚，我跟一個朋友出去，喝了點酒，所以體內現在可能還有酒精殘留。但我沒喝醉，今天早上出門前也沒喝。還有案發那一天，以及上班的任何一天，我都沒喝醉酒。」

比爾盯著他看。「告訴我，你跟艾琳到底怎麼了？」

「我不是說過了？她到曼徹斯特去照顧生病的朋友。幾個星期前我們還一起到鱈魚角玩了一趟。」

「你告訴克非，你跟艾琳到普羅文斯敦一家餐廳用餐，可是那餐廳六個月前就歇業了，至於你說的那家民宿，並沒有你們倆入住的紀錄。還有，艾琳已經好幾個月不見蹤影了，也沒有人聽到過她的消息。」

凱文覺得血液衝上腦門，讓頭痛變得更加劇烈。「你調查我？」

「誰叫你上班時間喝酒，還對我說謊。」

「我沒有——」

「不要再狡辯了！」比爾提高了分貝，「你嘴裡的酒氣，我大老遠站在這裡都聞得到！」比爾眼中閃著怒火。「現在，我要暫時解除你的職務。你接受調查前最好打電話通知工會代表。還有，回家前把配槍和警徽留在我桌上。」

「我多久可以復職？」凱文用沙啞的聲音說。

「這不是你現在最需要擔心的事。」

「我真的沒有跟死者的母親說那些話。」

「但他們都聽到了！」比爾吼了起來，「你的工作搭檔、法醫、刑事鑑識人員、死者母親的男友。」比爾頓了一下，顯然想鎮定情緒，最後他用一種不容辯駁的語氣說：「大家都聽到了。」聽到這裡，凱文忽然覺得，一切都無法掌控了。他知道，這都是艾琳的錯。

29

時序進入八月，艾歷克和凱蒂雖然高興可以一起度過燠熱、悠閒的夏日時光，但兩個孩子卻開始感到無聊。為了讓他們開心一下，艾歷克帶他們和凱蒂一起到威明頓去看猴子雜技表演。結果，讓凱蒂難以置信的是，這項表演果然名副其實：猴子穿著牛仔裝，騎在狗背上趕羊，經過將近一個小時的表演，最後才以盛大到只有國慶日煙火可以媲美的煙火秀作為尾聲。

散場時，凱蒂面帶微笑地轉身看看艾歷克。

「我這輩子從沒見過這麼瘋狂的表演。」凱蒂搖著頭說。

「妳是不是覺得我們南方人很沒有文化素養？」

凱蒂笑了。「這餿主意是誰想出來的？」

「不曉得。但還好我知道他們要來，他們在鎮上只待幾天而已。」艾歷克放眼尋找他停在停車場上的車子。

「是啊，要是沒看過猴子騎狗，我一定會抱憾終生。」

「可是孩子們喜歡啊！」艾歷克抗議道。

「孩子們是很喜歡沒錯，但猴子們喜不喜歡我就不知道了。我覺得，那些猴子好像不是那麼開心耶。」

艾歷克斜睨著凱蒂。「妳怎麼知道猴子開不開心？」

「這就是我的意思啊。」

「學校還要一個月才開學，可不是我的錯喔，更何況，我已經不曉得要為孩子安排什麼新節目了。」

「孩子不需要每天都有新節目吧。」

「我知道。但我也不希望他們成天都在看電視。」

「你的孩子並沒有看很多電視。」

「因為我帶他們來看猴子雜耍啊。」

「那下個星期呢？」

「很簡單。遊樂園就要到鎮上巡迴演出了。」

凱蒂笑了。「你是說那種，讓我坐了之後老是反胃想吐的遊樂設施嗎？」

「孩子們喜歡啊。說到這，對了，妳下週六要上班嗎？」

「還不知道。怎麼了？」

「因為我希望妳跟我們一起去。」

「你想害我反胃啊？」

「妳不想玩的話就別玩。可是我想請妳幫個忙。」

「什麼忙？」

「我想請妳那天晚上幫我照顧兩個孩子。喬伊絲的女兒要來，她問我能不能載她到羅利機場去接機。她不喜歡在夜間開車。」

「我很樂意幫你這個忙。」

「但是要麻煩妳去我家喔，我不希望他們太晚上床。」

凱蒂看看艾歷克。「哇！我沒去過你家耶。」

「最好是沒去過啦……」

看到艾歷克一時語塞，凱蒂笑咪咪地說：「沒問題，聽起來還不錯，或許我們可以一邊看電影一邊吃爆米花。」

艾歷克安靜地又走了幾步，接著他問：「妳有想過要生小孩嗎？」

凱蒂猶豫了一下，說：「不知道耶，這問題我沒有仔細想過。」

「從來沒有？」

凱蒂搖搖頭。「在大西洋城時，我太年輕。和凱文在一起時，我壓根兒不想這麼做。至於過去這幾個月，我的心思在別的地方。」

「如果我現在要妳想一下呢？」艾歷克追問。

「還不知道。生不生小孩，牽涉到很多因素。」

「比如？」

「比如說，我是不是已婚。但這一點你已經知道了。我不能結婚。」

「不能結婚的是艾琳，」艾歷克說，「但凱蒂或許可以。別忘了，她有駕照。」

凱蒂沒有說話，又走了幾步。「她或許可以，但總要碰到對的人吧。」

艾歷克笑了，伸手攬住凱蒂。「我知道，剛到伊凡小館上班時，妳只是需要一份工作餬口，但妳有沒有想過做點別的事？」

「像是什麼？」

「很多啊，比方說，回去念大學，取得學位，找一份自己真正喜愛的工作等等。」

「妳覺得我不喜歡在餐廳當服務生？」

「沒啦。」艾歷克聳聳肩。「我只是好奇，妳對什麼事情會感興趣。」

凱蒂想了想，說：「從小，我跟我認識的每一個女孩子一樣，喜歡動物，因此想過要當獸醫。可是現在，我不想回學校去念書，太花時間。」

「跟動物相關的工作還不少啊。譬如，訓練猴子雜耍。」

「不不不，我還是不確定猴子喜不喜歡那麼做。」

「妳好像特別喜歡猴子喔？」

「誰不喜歡呢？我是說，訓練猴子雜耍，到底是誰想出來的餿主意？」

「我說錯了請糾正我，可是，我剛剛好像有聽到妳在哈哈大笑。」

「我只是不想掃你們的興罷了。」

艾歷克哈哈一笑，把凱蒂摟得更緊。前面，喬許和克莉絲汀已經半趴在吉普車上。凱蒂知道，回到南波特前，兩個孩子或許就睡著了。

「對了，妳還沒回答我的問題，」艾歷克說，「妳對未來的人生有什麼規劃？」

「或許我這個人胸無大志吧。對我來說，工作就只是工作而已。」

「什麼意思？」

「也許，我不想用工作來界定我自己，而是用真實的內在來界定我自己。」

艾歷克想了想，說：「了解。那麼，妳想成為什麼樣的人呢？」

「你真想知道？」

「不然我幹嘛問。」

凱蒂停下腳步，看進艾歷克的眼睛。「我想當賢妻良母。」

艾歷克不解地皺起眉頭。「妳剛剛不是說妳不確定想不想生小孩嗎？」

凱蒂偏著頭，露出艾歷克從未看過的美麗神情。「這跟我剛剛那句話有什麼關係？」

車子還沒上高速公路，兩個孩子就睡著了。回南波特的路程不遠，開車大概只要半個鐘頭，但艾歷克和凱蒂怕吵醒兩個孩子，所以沒有說話。儘管如此，靜靜握著彼此的手，兩人就已經心滿意足了。

當車子在凱蒂家門口停下，凱蒂看到裘坐在自家門廊的臺階上，好像在等她。由於天色很暗，她不確定艾歷克是不是認出她來，但就在這個時候，克莉絲汀動了一下，坐在駕駛座上的艾歷克轉頭過去看她是不是醒過來。凱蒂靠過去親親艾歷克，再低聲說：「也許我應該找她聊聊。」

「誰？克莉絲汀啊？」

「我的鄰居。」凱蒂笑著指指身後。「又或者她想跟我聊聊。」

「喔，好吧。」艾歷克點點頭，看了看裘家的門廊，再收回視線。「我今晚玩得很開心。」

「我也是。」

開門下了車，看艾歷克倒車出去，凱蒂便逕自往裘家走去。一看到裘臉上堆著笑和她揮手，她頓時覺得放鬆了些。自從那天在酒吧聊過，她們倆沒有再說過話。裘站起身，走到欄杆旁。

「很抱歉，我那天不應該對妳說那些話的。」裘開門見山地說。「我太過分了。下不為例，我保證。」

凱蒂爬上階梯，示意裘一起在門廊上坐下。「沒關係，我沒生氣。」

「但我還是很過意不去。」裘很懊悔。「真不曉得我那天吃錯了什麼藥。」

「我知道。妳關心他們，想保護他們。」

「就算如此，我還是不應該那樣子對妳說話。我這陣子都不在家，就是因為我覺得很難為情，我猜，妳大概永遠不會原諒我吧。」

凱蒂摸摸裘的手臂。「我接受妳的道歉，但妳其實不需要這麼做。妳那天那番話，幫我釐清了一些事。」

「真的？」

凱蒂點點頭。「對了，我應該會在南波特住下來。」

「我前幾天看到妳在開車。」

「難以置信對嗎？不過，我還是很不習慣操作方向盤。」

「會習慣的。開車總比騎腳踏車來得好。」

「我現在還是每天騎腳踏車。汽車我買不起。」

「我很樂意把我的車借妳，只可惜車子又進廠維修了。這年頭啊，車子三天兩頭就壞掉。看來，我最好改騎腳踏車。」

「小心別亂許願。」

「瞧妳，講話口氣跟我越來越像了。」裘朝著馬路點點頭。「我很替妳和艾歷克感到高興，也替兩個孩子感到高興。妳很適合他們，妳知道嗎？」

「妳就這麼有把握？」

「只要看看他看妳的樣子，還有妳看他的表情，就知道啦。」

「也許是我們最近常常在一起吧。」凱蒂沒有正面回應。

裘搖搖頭。「不只是那樣。你們倆看起來就像正在熱戀。」看到凱蒂滿臉羞紅地注視著自己，裘不安地動了動身體。「好吧好吧，我承認，妳最近雖然沒看到我，我卻看到了你們剛剛吻別的樣子。」

「妳監視我？」凱蒂故意裝出生氣的樣子。

「當然囉。」裘哼著鼻子說，「不然我一定閒得發慌。妳又不是不知道，這小鎮很少有新鮮事。」頓了一頓，裘又說：「妳愛他，對嗎？」

凱蒂點點頭。「還有他兩個孩子。」

「太好了，我好開心。」裘交握起雙手，像在祈禱。

沉默了幾秒，凱蒂問：「妳認識他前妻嗎？」

「認識。」

凱蒂望向前面的馬路。「她是什麼樣的人啊？雖然艾歷克常提起她，所以我大概可以想像——」

裘沒等她把話說完。「就我所知，她跟妳很像。我是說優點啦。她很愛艾歷克，也很愛兩個孩子，把他們看成是生命中最重要的幾個人。關於卡莉，妳只要知道這一點就夠了。」

「妳覺得她會喜歡我嗎？」

「會，而且不只喜歡，她應該也會很愛妳。」

30

八月的波士頓，天氣格外炎熱。

凱文隱約記得，費德曼家外頭停了一輛救護車，但他沒有想太多，因為他不喜歡這一家壞鄰居。後來，看到路兩旁停滿了車，他才想起，費德曼太太死了。職務已經暫停了兩個星期的凱文，雖然不喜歡別人把車停在自家門前，但這些人是來參加葬禮的，而且他實在沒有力氣去叫他們把車移走。

被暫時解職後就不常洗澡的凱文，此刻坐在門廊上，一邊就著酒瓶喝酒，一邊看著來參加葬禮的客人在費德曼家進進出出。葬禮預計下午開始，所以這些人先到費德曼家集合，然後再一起去。每次一有葬禮，人們就像候鳥一樣聚集在一起。

這陣子，凱文幾乎沒有跟任何人講話；他沒有跟比爾聯絡，沒有跟克非或拉米瑞茲聯絡，沒有跟塔德聯絡，沒有跟安珀聯絡，甚至沒有跟爸媽聯絡。現在，家中客廳地板上沒有裝披薩的盒子，冰箱裡也沒有吃不完剩下的中國菜，因為他不餓，喝伏特加就夠了。他一口接一口地喝，直到視線變模糊為止。對街，一個穿黑色洋裝的女人從費德曼家走出來，到外頭抽菸。凱文心想，她知不知道費德曼夫婦會對鄰居的小孩破口大罵呢？

他繼續觀察這個女人，因為他不想一直盯著電視上的居家園藝頻道看。這個頻道艾琳當初很喜歡看，但是後來她逃到費城去了，還把名字改成了艾芮卡，然後再一次消失不見，害凱文被暫停職務。但以前，他可是個很厲害的警察呢。

黑衣女人抽完菸，將菸蒂扔在草地上，用腳踩熄。接著她掃視街上，注意到凱文坐在門廊上。遲疑了一會兒，她走過馬路，朝凱文走去。但凱文不認識她，甚至沒看過她。

她想幹嘛呢？凱文放下酒瓶，走下臺階。這女人在他家前面的人行道上停下腳步。

「請問你是凱文．提爾尼嗎？」那女人問。

「對。」已經好幾天沒說話的凱文，聲音聽起來怪怪的。

「我是凱倫．費德曼。我父母就住對面，賴瑞和葛萊狄絲．費德曼，你認識嗎？」她沉吟半晌，等凱文回答，但凱文沒有答腔，她只好接著說：「不曉得艾琳會不會來參加葬禮？」

凱文愣愣地望著凱倫。

最後他說：「妳說艾琳？」

「對。我爸媽很喜歡她。聽他們說，艾琳偶爾會過去看他們，做派請他們吃，幫他們打掃，尤其在我媽生病以後。她得了肺癌。真可憐。」凱倫搖搖頭。「艾琳在家嗎？我一直想見見她。葬禮兩點鐘開始。」

「她到曼徹斯特去了，去照顧一個生病的朋友。」

「這樣啊。真可惜。很抱歉打擾你。」

忽然，凱文的腦筋快速動了起來，看到凱倫正要離去，他趕緊說：「節哀順變。妳母親過世的事，我告訴艾琳了，她很遺憾不能回來。我們送去的花你們收到了嗎？」

「呃，大概吧，我沒有仔細看。殯儀館裡擺滿了花。」

「沒關係，我只是希望艾琳可以到場致意。」

「我也是。我一直想見見她。我媽說，她常讓她想起凱蒂。」

「凱蒂？」

「我姊姊。她六年前過世了。」

「我很遺憾。」

「我也是。我們大家都很想念她，尤其我媽，所以她跟艾琳一見如故。聽說，她們倆甚至長得很像，年紀各方面都一樣。」聽到這裡，凱文愣了一下，但凱倫就算注意到了，也沒有表現出來。「我媽有一本關於凱蒂的剪貼簿，還經常拿出來給艾琳看……艾琳對我媽一直很有耐性，而且溫柔體貼，能娶到她是你的福氣。」

凱文硬擠出了一個笑容。「是啊，我知道。」

凱文是很會辦案沒錯，但破案的關鍵有時候其實全憑運氣，例如新的證據忽然出現，新的證人忽然現身，有監視器錄下了車牌號碼。但是在這個例子裡，寶貴的線索則來自一個身穿黑衣，名叫凱倫．費德曼的女人。某天早上，她穿過馬路，跟正在喝酒的凱文提到了她死去的姊姊。

儘管頭還痛著，但凱文倒掉伏特加，開始思考艾琳和費德曼家的關聯性。艾琳認識他們，偶爾還去拜訪他們，卻從未向凱文提起。凱文雖然勤於查勤，上班中不時打電話回家，偶爾還出其不意地回家察看，但艾琳總是在家。怎麼回事？自己居然沒發現艾琳和他們來往？這件事艾琳一向隻字不提，當凱文抱怨他們是壞鄰居時，她也一聲不吭。

這裡頭一定有什麼祕密。

凱文的腦袋很久沒這麼清楚了。他沖了個澡，穿上黑色西裝，再用第戎芥末醬為自己做了一份火腿火雞三明治，吃完，又做了一份吃下肚。他看到街上停滿了車，許多人在費德曼家進進出出，凱倫又走出來抽菸。等待的空檔，他拿起一枝筆和一小疊便條紙放進口袋。

下午，費德曼家的客人開始魚貫走向自己的車，發動引擎。一點多了，這些人應該是要去參加告別式的。十五分鐘後，等這些客人陸續離開，凱倫也攙扶著父親上車，再坐上駕駛座，開車走了。放眼望去，馬路上和車道上的車子都不見了。

凱文又等了十分鐘，等確定所有人都離開了才走出自家大門，穿越草坪，在馬路逗留了一會兒，再走向費德曼家。但他沒有刻意加快腳步，也沒有企圖隱藏行蹤。先前，他已經注意到，這附近的鄰居大多都去參加告別式了；沒有去的人，就算注意到他，一定也會以為他是來參加葬禮的客人之一，因為他身著黑色西裝。他走到費德曼家大門前，用手一推，上鎖了，但沒關係，他繞到屋後，發現還有一道門沒有關，便大搖大擺走了進去。

屋裡很安靜。他停下腳步，拉長耳朵，想聽聽有沒有人在講話或走動。沒有，他沒有聽到任何聲音。接著他左右張望，看到塑膠杯和盛裝食物的盤子零零落落地放在流理臺上或桌子上。他有時間，但不曉得有多少時間，他決定從客廳開始查起。他打開櫃子，裡頭沒有他要找的東西，於是他原封不動地關上。接著他陸續搜索了廚房和臥室，但仍一無所獲。最後，他來到書房，看到滿架子的書、一張躺椅、一部電視機，此外還有一個小小的檔案櫃放在角落。

他走向檔案櫃，打開，再迅速瀏覽分類標記。他看到一份名為「凱蒂」的檔案夾，於是抽出來查看。結果，他看到一份剪報；原來，凱蒂是掉進一個水面忽然破冰的池塘中溺死的。此外還有凱蒂在學校裡照的相片。從畢業照看起來，她的確長得跟艾琳很像。檔案的最後有個信封，他打開一看，裡頭有一份老舊的成績單。信封的正面，則寫了一堆數字，應該是社會安全號碼。他掏出紙筆，將號碼記下。儘管沒有找到社會安全卡，但至少他有了這個號碼。此外還有凱蒂的出生證明，只不過是影印本，但紙張皺巴巴的，好像曾經被揉成一團，然後又被攤平似的。

找到了他要的東西，凱文趕緊回家，打電話給那個在別的分局服務、和未成年保母有染的警官，請他幫忙追查，隔天就接到了回音。

凱蒂．費德曼，前不久剛考取駕照；根據報名表上的資料，她住在北卡羅萊納州的南波特。

凱文沒多說什麼就掛斷電話。終於，他找到她了。

他找到艾琳了。

31

熱帶風暴的尾巴橫掃過南波特，雨從下午一直下到晚上。這天，凱蒂上的是中班，但由於天氣惡劣，用餐客人不多，所以伊凡允許她提早下班。凱蒂向艾歷克借了車，上圖書館待了一個小時，之後再開回雜貨店還車。當艾歷克開車送她回家，她開口邀他晚點帶孩子到她家吃飯。

下午，她一直覺得焦躁不安，儘管她試圖說服自己這是天氣的關係，但當她站在廚房，望著窗外的滂沱大雨和被狂風吹折的樹枝時，她大概明白這分焦躁是怎麼回事了。這些日子以來，她的生活實在是太完美了，完美到簡直教人難以置信。和艾歷克的交往，和兩個孩子在午後的相處，似乎填補了她內心的某種空虛，只不過，她很久前就懂得一個道理：美好的事物不可能長存；幸福，就像夜裡劃過天際的流星一樣隨時可能消失無蹤。

稍早，她在圖書館上網瀏覽《波士頓環球報》時，看到了葛萊狄絲的訃聞。儘管她離家出走前就知道她病了，而且是癌症末期，因此逃家後不時察看波士頓地區的訃聞，但看到訃聞裡僅有寥寥數語描述她的一生和她活著的親人，她心裡還是覺得很震撼。

說真的，要不是葛萊狄絲主動從檔案櫃裡抽出檔案，讓她看愛女凱蒂的畢業照，她並不想盜用她的證件，甚至沒想過要這麼做。不過，當她看到照片旁的出生證明和社會安全卡時，她知道，這是個難得的機會。趁著下一次到費德曼家拜訪，她藉口說要上廁所，結果卻繞進書房從檔案櫃裡偷走了幾樣東西。後來，和費德曼夫婦一起在廚房裡吃藍莓派時，她內心非常不安，總覺得放在口袋裡的那些文件像烙鐵一樣發燙著。一週後，她趁著上圖書館時拷貝了出生證明，再將影印本摺疊捏揉，好讓它看起來很老舊，接著再放回原位。至於社會安全卡，她原本也打算這麼做，只不過很可惜，社會安全卡不管怎麼影印效果都不好，她只好留下正本，並祈禱費德曼夫婦就算發現東西遺失，也不會對她起疑，而以為是東西弄丟了或放錯地方。

她提醒自己，凱文絕不會知道她做過這些事情的。畢竟，他不喜歡費德曼夫婦，費德曼夫婦也不喜歡他。甚至，她認為費德曼夫婦大概知道凱文毆打她吧。這一點，從他們看她的眼神，假裝沒看到她手臂上的瘀青，以及每當她提及凱文時就板起臉來的神情裡就看得出來。凱蒂只能安慰自己，也許他們會同意，甚至希望她這麼做吧，因為他們知道她需要，也希望她能逃離魔掌。

關於杜徹斯特，她懷念的就只有這家人而已。她好想知道，賴瑞現在過得如何？想當初她沒有人可以依靠時，他們伸出了友誼的手，因此她好想告訴賴瑞，她多麼同情他的遭遇。她好想跟賴瑞一起傷心流淚，一起談葛萊狄絲；她好想告訴賴瑞，因為他們夫婦，她現在的生活才以得改善；她好想告訴賴瑞，她遇到了一個愛她的男人，並感受到了許久未感受過的快樂。

但這些事她一樣都辦不到。她只能走到門廊上，雙眼含淚，透過模糊的視線看暴風雨將樹葉一片片吹落。

「妳今晚很安靜。妳還好嗎？」艾歷克問。

今天的晚餐，凱蒂做了鮪魚砂鍋。晚餐後，艾歷克在廚房裡幫她洗碗，兩個孩子則在客廳裡玩著掌上型電動玩具，因此除了水龍頭的流水聲，不時還可以聽見從客廳裡傳來的嗶嗶砰砰的聲音。

「我一個朋友過世了。」凱蒂遞上一個盤子讓艾歷克幫忙擦乾。「雖然我知道這遲早會發生，但還是很難過。」

「難過是正常的，節哀順變。」艾歷克知道，他最好不要追問細節，只能靜待凱蒂主動提起。但洗完杯子，凱蒂就轉移了話題。

「你覺得這場暴風雨會持續多久？」

「不會太久吧。為什麼問？」

「我只是在想，明天的巡迴遊樂園會不會取消？或者，他們搭乘的班機會不會取消？」

艾歷克瞄了瞄窗外。「應該不會吧。現在外面正狂風大作，暴風圈應該很快就離開了。」

「最好是這樣。」

「當然。這暴風雨就算有天大的膽子，諒它也不敢打亂遊樂園委員會或喬伊絲的計畫。」

「你去接喬伊絲的女兒要花多少時間？」

「大概四、五個鐘頭。羅利離這裡遠了點。」

「她為什麼不直接飛威明頓？或乾脆租一輛車？」

「不知道，我沒問。不過我猜，她也許想省錢吧。」

「你心地真好，願意幫喬伊絲這個忙。」

艾歷克不置可否地聳聳肩，似乎在說沒什麼。「明天，妳一定會玩得很開心的。」

「你是說玩遊樂設施玩得很開心？還是跟兩個孩子在一起很開心？」

「都有。還有，如果妳對我撒嬌，我會請妳吃炸冰淇淋。」

「炸冰淇淋？聽起來很噁心耶。」

「不噁心，好吃得很。」

「這裡的每樣食物都是炸的嗎？」

「就算不是炸的，一定也會有人想辦法用炸的方式來加以烹調的。去年，有個地方就賣起了炸奶油。」

凱蒂差一點吐出來。「你不是在開玩笑吧。」

「不是。聽起來很可怕對不對？但當時等著買的人可是大排長龍。真不曉得那些人是不是想得心臟病。」

凱蒂將最後幾個杯子洗乾淨，沖水，再遞給艾歷克。「你覺得孩子們喜歡我今天做的晚餐嗎？克莉絲汀沒吃多少。」

「她食量本來就不大。更何況，重要的是我喜歡，我覺得很好吃。」

凱蒂搖搖頭。「是啊，你高興就好，管孩子喜不喜歡？」

「對不起喔，我天生自戀。」

凱蒂用沾了洗碗精的菜瓜布在盤子抹了抹，再用水沖乾淨。「不過，我倒是很期待到你家坐坐。」

「為什麼？」

「因為我們之前約會都是在我家，不是你家。別誤會我的意思，我知道你是顧慮兩個孩子。」其實還顧慮到卡莉，但凱蒂只是心裡想想，嘴巴上沒這麼說。「到了你家，我就有機會看看你平時怎麼生活。」

艾歷克接過盤子。「我家妳又不是沒去過。」

「是去過沒有錯，但只去過廚房和客廳，而且只待了幾分鐘，所以一直沒機會看看你的臥室或偷翻你的藥櫃。」

艾歷克佯裝生氣說：「妳敢！」

「誰知道？有機會我說不定會這麼做。」

艾歷克將擦乾的盤子放進碗櫃裡。「妳想在我臥室待多久都隨便妳。」

凱蒂笑了起來。「真有你的。」

「我只是想讓妳知道我不介意。至於藥櫃，想偷看也隨便妳。我沒有祕密。」

「你說的喔。」凱蒂打趣說，「你正在跟一個祕密很多的人說你沒有祕密。」

「但妳在我面前沒有祕密。」

「是沒有。」凱蒂正色說：「在你面前沒有。」

看著艾歷克將自己遞過去的盤子擦乾，收好，凱蒂心中湧現強烈的滿足感。

艾歷克清了清喉嚨。「我可以問妳一件事嗎？我不希望妳誤會我的意思，但是我真的很好奇。」

「你問。」

艾歷克將濺出來的水珠用毛巾一一擦乾，好爭取時間。「上週末看完猴子雜耍，我不是在停車場問了妳一個問題？妳後來有沒有想想看？」

「你那天談了很多事。」凱蒂回答得很謹慎。

「妳不記得了嗎？妳告訴我，艾琳不能結婚，但我回答妳，凱蒂或許可以。」

凱蒂身體僵硬了起來，但不是因為記得艾歷克說的這些話，而是因為他說這話時的認真語氣。她很清楚這樣的對話會導入什麼方向。她故作輕鬆地說：「我記得，但我也說過，總要碰到對的人才行。」

艾歷克抿著嘴脣，彷彿在掙扎要不要繼續說下去。「我只是想知道，我說的事情，妳有沒有在考慮，我是說，我們結婚的事。」

凱蒂用來洗盤子的水還溫溫的。「那你得先求婚啊。」

「如果我求婚了呢？」

凱蒂拿起叉子開始刷洗。「那我大概會告訴你：我愛你。」

「妳會答應我的求婚嗎？」

凱蒂沉默了半晌。「我不想再結一次。」

「妳不想還是不能？」

「有什麼差別？」凱蒂仍一臉固執與封閉。「你知道我現在的身分還是已婚吧？重婚是違法的。」

「妳已經不是艾琳了。妳現在叫凱蒂啊。妳不是說過，妳現在有駕照可以證明？」

「但我終究不是凱蒂啊！」凱蒂猛地脫口而出，轉身看艾歷克。「難道你還不懂？凱蒂這個身分，是我從別人那裡，從我關心、而對方也信任我的人那邊偷來的。」一想起葛萊狄絲對自己的仁慈、憐憫，和凱文在一起時水深火熱的日子，自己辛苦逃脫的過程，她稍早感受到的緊張情緒此時帶著更強的張力再度湧上心頭。「為什麼你就是不滿意現狀？不接受我原來的樣子，一定要逼我變成你希望的樣子？」

艾歷克的身體不由自主縮了一下。「我是喜歡妳本來的樣子啊。」

「你的喜歡是有條件的！」

「我沒有！」

但凱蒂不肯讓步。「你有！」她知道自己正在提高嗓門，但似乎克制不了自己。「你很清楚自己的人生要的是什麼，所以希望我跟你一樣。」

「我沒有，」艾歷克抗議道：「我只是在問妳問題而已。」

「可是你希望我給你一個明確的、正確的答案！要是得不到你要的，你就會設法說服我。

你希望我照你的意思去做，一切都照你的意思去做！」

認識以來頭一次，艾歷克瞇起眼睛看她。「別這樣。」

「別怎樣？別說實話，別說出我真正的感受？接下來呢？你想怎麼樣？打我嗎？來啊，你動手啊！」

艾歷克彷彿被甩了一個耳光，忍不住縮了一下。凱蒂知道自己剛剛那些話正中下懷，但艾歷克沒有生氣，只是放下手中的毛巾，往後退了一步。「我不曉得妳怎麼了？很抱歉，那件事我不該提的。我無意讓妳難堪，也沒有要說服妳答應什麼。我只是想跟妳談談。」

接著艾歷克閉上嘴巴，希望凱蒂能說些什麼，但她沒有說話。艾歷克搖搖頭，轉身離去，走到一半又停下腳步，輕聲地說：「謝謝妳的晚餐。」

他走進客廳告訴兩個孩子，時間晚了，接著便開門走了。整間屋子，忽然間變得鴉雀無聲，只剩下凱蒂和她紛亂的思緒。

32

高速公路上，凱文方向控制不穩地開著車。他雖然努力想保持清醒，但肚子反胃得厲害，而且頭又痛了起來，只好停車買了瓶伏特加，藉以麻痺疼痛的感覺。他一邊開車，一邊用吸管喝酒，腦中則不停想著艾琳，想著她如何改名換姓，變成了凱蒂。

他放眼望去，眼前的州際公路糊成一片。反向而來的車子，隨著距離的接近，車頭燈放射出的兩點白光越來越亮，經過凱文車身後又立即消失。成千上萬的駕駛，駕著自己的車子，和凱文交會而過，準備到不同地方去做各種不同的事。凱文一路往南，要到北卡羅萊納州去找老婆。車子離開麻州後，陸續經過羅德島州、康乃狄克州、紐約州、紐澤西州。剛升起的月亮，彷彿正怒火中燒，發出淡橘色的光芒，之後逐漸轉成白色，再劃過凱文頭上繁星點點的黑暗夜空。

車窗沒關，熱風不斷灌進車內，他穩穩地抓著方向盤，思緒卻像打散了的拼圖一樣亂成一團。這賤人跑了，放棄了他們的婚姻，放他一個人自生自滅。她以為自己比他聰明，但還不是被他給找到了。她一定沒料到，費德曼家的女兒凱倫會主動找他攀談，而意外抖出了她的祕密。現在，這祕密已經曝了光。他知道艾琳躲在哪裡、住在哪裡，地址就抄在一張紙上，此刻就放在他隔壁的座位上，用他從家裡帶來的格洛克手槍壓住。車子的後座上，有一個帆布行李袋，裡頭裝了換洗的衣物、手銬，還有大力膠帶。出城時，他順道到自動提款機前提了幾百塊錢。他心想，一找到艾琳，他就要出拳揍她的臉，把她的臉砸爛、砸得血肉模糊。但另一方面，他又好想抱她、親她、求她回家。車子開到費城附近時，他停車加油，隨即又想起自己曾經追人追到了這裡。

媽的，艾琳居然把他當猴子耍，隱瞞了這麼多祕密。她一定是趁著到費德曼家幫忙燒飯或打掃時，策劃逃脫之計的。但她會不會還隱瞞了些別的？譬如男人？不，那時候應該沒有，但現在一定有了。也許，那男人正在親吻她、愛撫她、剝光她的衣服。也許，這對狗男女正躺在床上，一起嘲笑著凱文。也許，艾琳正在哈哈大笑：這下子，他應該見識到我的厲害了吧；他一定沒料到我會這麼做。

一想到這裡，凱文就氣得快要抓狂。儘管上路已經好幾個鐘頭，但他沒休息，只是不停地開。睏的話，就用吸管喝點伏特加，再用力眨眨眼睛提神。但他沒有超速，因為他不想被交通警察攔下。更何況，他現在身上帶著槍，就放在身旁的座位上。艾琳最怕槍了，老要他下班回家時把槍鎖好收起來，而他也都照做了。

儘管如此，她還是不知足。儘管他為她買了房子、買了家具、買了漂亮的衣服，還帶她上圖書館、上髮廊，但她還是不知足。他不懂，相對於自己的付出，她要做的事情不過是打掃做飯而已，為什麼她還不知足？況且，他從來不想動手打她，除非她做出愚蠢、粗心或自私的事情來，讓他別無選擇。所以，她會被打全都是她自找的。

汽車引擎持續轟隆作響，在凱文不斷耳邊響著。現在，艾琳考取了駕照，在一家叫伊凡小館的餐廳當侍應生。出門前，他花了點時間上網，還打了幾通電話。艾琳住的那個小鎮不大，要查出她的下落並非難事。果然，只花了不到二十分鐘，他就查出了她工作的地點，接下來他只要撥個電話，問凱蒂在不在就行。前三通電話沒人理他，但到了第四通，終於有人證實了她在那裡工作，但凱文沒說什麼就掛斷電話。她以為自己可以躲一輩子，結果還不是被他這個厲害的警探給找到了。凱文在心裡喃喃自語：我要去找妳了。我已經知道妳住哪裡、在那裡工作，諒妳再也逃不出我的手掌心。

凱文開著車，從一張張告示看板和一個個交流道出口前駛過，到了德拉瓦州，開始下起雨來。他搖上車窗，感覺車子都快被外面的狂風給吹歪了。前方一部大卡車正在變換車道，車輪胎占住了車道分隔線。他啟動雨刷，好清理擋風玻璃。但雨越下越大，他趴在方向盤的身體只好更加前傾，瞇起眼睛想看清對向來車車頭燈所放射出的圓形模糊光暈。口中吐出的呼吸在玻璃上形成霧氣，他只好打開除霧裝置。他打算徹夜開車，好明天就找到艾琳，帶她回家，然後重新開始，從此過著幸福快樂的日子。夫妻同住在一個屋簷下，原本就是天經地義的事。

說到幸福，他們也曾經幸福過，也曾經一起做些開心的事啊。還記得剛結婚時，週末他經常帶艾琳去看屋。艾琳一提到買房子的事總是興高采烈，和房地產經紀人談購屋細節時，她的聲音就像悅耳的音樂一樣在空蕩蕩的屋子裡迴盪著。看房子時，她喜歡慢慢來，細看屋子裡的每個房間，一邊在腦海裡想像，什麼家具要擺在哪裡。當他們看到後來在杜徹斯特買的那棟房子時，凱文一看到艾琳眼中閃耀的光采就知道，她喜歡這裡。當晚兩人躺在床上，艾琳用手指在凱文的胸口劃圈，一邊用嬌滴滴的聲音求他出價買下。想當初因為愛老婆，他總是想盡辦法要滿足她的一切需求。

唯一的例外是生孩子。艾琳曾說她想要生孩子，想要有個完整的家，而且婚後頭一年老愛提這件事。但凱文不理她，因為他不想告訴她，懷孕的女人很醜，但他不希望她變肥變腫；他不想聽她抱怨身體疲倦或兩腳腫脹；他不希望在下班回家時聽到嬰兒哭鬧或看到玩具散落一地；他不希望艾琳變成黃臉婆，不想她皮膚變得鬆垮，也不想聽她老是問起：我的屁股是不是變肥了？他娶他是因為他想要個老婆，不是媽媽。但日復一日，艾琳卻一再提起生孩子的事，凱文最後再也忍受不住，才動手甩她耳光，要她閉嘴。之後，艾琳就再也沒提起這件事了，但現在凱文心想，也許他應該讓艾琳達成這項心願才對。畢竟有了孩子，她就不可能拋家棄子，一走了之。

凱文心想，好吧，那我們就生個孩子，一家三人住在杜徹斯特。晚上下班回家，他可以見到漂亮的老婆，當別人看到他們一家上雜貨店買東西時，一定會嘖嘖稱奇：真是個典型的美國家庭啊！

艾琳的頭髮不曉得是不是恢復成了金色？如果是，他要用手指梳過她金色的長髮。艾琳喜歡他這麼做，每當他這麼做，艾琳就會在他耳邊輕聲細語，說一些他喜歡聽的話挑逗他。但原來那不是真的，要不是她離家出走一直到現在仍沒回來，他至今恐怕還不知道，這麼多星期以來、這麼多個月以來，她一直在騙他、瞞他。她偷走費德曼家的證件、偷手機，還偷他皮夾裡的錢。她一直在處心積慮地暗中策劃，但他卻毫不知情。而現在，她還跟別的男人上床。那男人，現在大概正在撥弄她的頭髮，聽她呻吟，享受她對他的愛撫。想到這裡，凱文恨恨地咬著唇，血的味道在口中散開。他恨艾琳，他好想扁她、踹她，把她扔下樓梯。他拿起身旁的酒瓶喝了一口，好沖掉嘴裡的金屬味。

想不到，自己居然被這個女人給愚弄了，就因為她的美貌。的確，艾琳很美，她的一切，包括胸脯、嘴唇，甚至是小蠻腰，全都美得不可方物。想當初在大西洋城的賭場裡第一眼看到她，凱文就覺得她是他這輩子見過最美的女人。這一點一直到兩人結婚後四年依舊沒有改變。而且，艾琳知道他渴望她，還擅長加以利用，譬如穿得性感火辣，常常去做頭髮，穿上蕾絲內衣褲等等，讓凱文因此卸下心防，以為艾琳愛他。

但事實上，她根本不愛他，甚至一點都不關心他。家裡的花盆打破了，她不在乎；家裡的瓷器摔碎了，她不在乎；警局勒令他暫時解除職務，她不在乎；他幾個月來總是以淚洗面，哭累了才有辦法睡著，她一樣不在乎。他的生活就快四分五裂了，她同樣漠不關心。她只在乎自己要什麼，而且一直都這麼自私，甚至還在他背後嘲笑他，幾個月來一直在嘲笑他，而且心裡只想到自己。他對她真是愛恨交加，他不懂事情為什麼會演變到這種地步。他感覺淚水就快奪眶而出，但他用力閉緊眼睛不讓淚水流出來。

車子陸續經過德拉瓦州、馬里蘭州、華府近郊、維吉尼亞洲。好一個漫漫長夜。雨一開始下得很大，後來逐漸停歇。清晨，他在里奇蒙停車，找地方吃早餐。他吃了兩片荷包蛋、四片培根、幾塊全麥土司，還灌了三杯咖啡。車子加滿油後，他再度開上州際公路，最後來到了北卡羅萊納州。此時天空一片蔚藍，車子的擋風玻璃上黏了不少昆蟲的死屍，他的背也開始疼起來。刺眼的陽光，讓他差點睜不開眼，只好戴上墨鏡；臉上的鬍碴，則讓他覺得刺刺癢癢的。

艾琳，我來了，我很快就會找到妳。

33

睡了一覺醒來，凱蒂卻覺得精疲力盡。前一天夜裡，她在床上輾轉反側，心中不斷回想起她對艾歷克說的那些難聽的話。真不曉得自己是哪根筋不對勁。的確，費德曼太太的死讓她非常難過，但她和艾歷克之間的爭執到底是怎麼開始的，她怎麼樣都想不起來。又或者她其實記得，只是這一切實在說不通。她心裡清楚，艾歷克沒有給她壓力，也沒有逼她做任何她還沒準備好的事。和凱文相比，他們倆有著天壤之別，但瞧瞧她對他說了些什麼？

接下來呢？你想怎麼樣？打我嗎？來啊，你動手啊！

天知道她為什麼會說出那樣的話！

凌晨兩點，當窗外的風雨稍歇，她總算迷迷糊糊睡著了。天亮後，天空晴朗，鳥兒在樹林裡啁啾著。她來到門廊上，看到滿地是暴風雨侵襲過的痕跡：折斷的枝椏散落一地，被風掃落的松果也零零落落掉在院子上和車道上，空氣中則帶著濃重的溼氣。看來，今天可能會格外炎熱，甚至是入夏以來最熱的一天也說不定。她在心裡提醒自己，要記得告訴艾歷克別讓孩子晒太多太陽，但旋即又想起，艾歷克對她說不定還怒氣未消，根本不想把孩子交給她照顧呢。

不，不是說不定，而是一定，她糾正自己。艾歷克一定還在氣她，也一定覺得很受傷。昨晚，他甚至沒讓兩個孩子跟她道別。

她在前廊的臺階上坐下，再轉頭望向裘家。不曉得裘起床了沒？但現在時間還太早，去她家敲門可能會吵到她。她很想跟裘聊一聊，雖然她不曉得該說些什麼，也不曉得這樣做到底有沒有幫助，但她想，也許裘可以幫助她了解自己在焦慮什麼。昨晚她注意到，即使在艾歷克離開以後，自己的肩膀仍相當緊繃，晚上睡覺時甚至沒有把燈熄掉——她已經好幾個星期沒這麼做了。當然，昨晚對艾歷克說的那些話，她恨不得能完全從記憶中抹去，所以不會告訴裘。

此外，她有股不好的預感，好像有什麼壞事即將發生。她不斷回想起費德曼一家和葛萊狄絲，以及必然的人事變化。要是有人注意到，凱蒂的某些資料不見了，會發生什麼事？光想到這一點，她就覺得胃部翻攪。

「放心，不會有事的。」她倏地回轉過頭，發現裘穿著慢跑鞋站在一旁，一張臉紅通通的，身上的衣服已經被汗水溼透。

「妳從哪裡冒出來的？」

「我剛剛去慢跑。本來想藉這個方式消暑的，沒想到天氣實在是太熱了，熱得我快喘不過氣來，我還以為我會中暑死掉呢。可是跟妳比起來，我狀況好像還好一點。妳看起來很糟。」

裘在門廊臺階上找了個位置坐下。

「我昨晚和艾歷克吵了一架。」

「然後呢？」

「我跟他講了一些很難聽的話。」

「妳有道歉嗎？」

「沒有。我還沒來得及道歉他就離開了。我應該道歉的，可是我沒有。而現在……」

「妳怕來不及？」裘捏捏凱蒂的膝蓋。「對的事永遠不嫌遲。去，去找他談談。」

凱蒂猶豫著，顯然非常焦慮。「他要是不原諒我怎麼辦？」

「那麼他就不是妳以為的那種人。」

凱蒂把雙腿收到胸前，下巴靠在膝蓋上。裘扯扯黏貼在皮膚上的衣服，用手搧風，再繼續說下去：「妳知道他會原諒妳吧？妳或許傷了他的心，他或許會生氣，但他是個好人。」裘微笑著說：「更何況，每對伴侶偶爾都需要吵個架，好證明兩人感情堅固，能通過考驗。」

「妳這話聽起來好像在做心理輔導。」

「沒錯，但不無道理啊。長遠的關係、重要的關係，本來就會碰到各種高低潮。妳還是希望能和艾歷克長長久久吧？」

「對，我還是這麼想。」凱蒂點點頭。「妳說得沒錯，謝謝妳。」

裘拍拍凱蒂的腿，眨眨眼，從臺階上站起來。「朋友是幹什麼的？」

「要來點咖啡嗎？我正準備要煮。」

「不了，天氣這麼熱，我需要的是喝杯冰水，沖個冷水澡，不然都快融化了。」

「今天的園遊會妳會去嗎？」

「也許，但我還沒決定。我要是去的話，會設法找妳的。快，快去找艾歷克，趁妳還沒改變心意。」

在臺階上又坐了幾分鐘，凱蒂轉身回屋裡去，沖了個澡，再泡杯咖啡，發現裘說得沒錯，天氣太熱，咖啡實在難以入口。她換上短褲涼鞋，走到屋後，騎上腳踏車出門去了。

儘管才下過傾盆大雨，但石子路已經乾了，所以腳踏車踩起來不怎麼花力氣，太好了。只是，天氣這麼熱，裘怎麼有辦法出去慢跑呢？就算是一大清早應該也受不了吧。太陽下的一切，彷彿都在想辦法避暑似的，連平日裡到處可見的松鼠和鳥兒，此刻也不見蹤影。當凱蒂騎車轉到大馬路時，她見不到路上有半點動靜。

路上車子不多，只有幾輛車噴著白煙快速飆過。她踩著腳踏車，拐個彎，就看到雜貨店了。店門口前停了大約六、七輛車，都是來吃比司吉的常客。

凱蒂心想，和裘聊聊果然有用，至少有那麼點幫助，但她還是頗感焦慮，只是她此刻焦慮的不是費德曼家的事或其他惱人的記憶，而是不曉得接下來該如何面對艾歷克，或艾歷克會對她說些什麼。

停好車，她走過坐在板凳上幫自己搧風的幾位長者，往店門口走去。喬伊絲正在收銀機後面幫客人結帳，她看到凱蒂時笑咪咪地說：「早啊凱蒂。」

凱蒂迅速掃視了一下店內。「艾歷克在嗎？」

「在，在樓上跟孩子們在一起。妳知道路吧？後面的樓梯上去就是了。」

凱蒂走到店外，繞到旁邊，往後頭走去。碼頭邊，幾艘船正在排隊等著加油。

來到艾歷克家門前，她猶豫了好一會兒才舉手敲門。不久，門內響起了腳步聲，門打開，她看到艾歷克站在她面前。

她擠出一個尷尬的笑容。「嗨。」

艾歷克點點頭，臉上掛著難以解讀的表情。她清清喉嚨。「我是想告訴你，很抱歉昨天對你講那些話。我錯了。」

艾歷克的表情仍教人難以捉摸。「好，我接受妳的道歉。」

半晌，兩人都沒有說話，凱蒂忽然覺得自己好像不該來的。「你要我走的話我可以走。我只是想知道，晚上你還要我幫你照顧孩子嗎？」

艾歷克還是沒有說話，沉默中，凱蒂搖搖頭，轉身要走，艾歷克這才走上前去。「等一等。」艾歷克轉頭看看孩子，在身後把門關上。

「妳昨晚說的話……」艾歷克欲言又止，聲音顯得猶豫。

「我是無心的，」凱蒂柔聲說：「我不曉得自己是哪根筋不對勁。我因為別的事心情不好，卻把情緒發洩在你身上。」

「我承認，妳講那些話我是不太高興，但不是因為妳講了那些話，而是因為妳居然認為我會……那樣對妳。」

「不不不，我不是真的那樣想。我從來不認為你是那樣的人。」

看艾歷克的表情，凱蒂知道他還有話要說。

「我希望妳知道，我很珍惜我們現在擁有的一切。更重要的是，我希望妳覺得自在，無論這幾個字代表什麼意思。很抱歉讓妳難堪了，我不是故意的。」

「你就是故意的。」凱蒂嫣然一笑。「至少有那麼一點故意。可是沒關係，畢竟未來的事誰能預料呢？比方說今晚好了。」

「今晚？今晚會怎麼樣？」

凱蒂靠在門柱上說：「孩子睡了以後，你要是太晚回來，我可能不方便回家，到時候你可能會發現我躺在你床上……」

當艾歷克意會到凱蒂不是在開玩笑，他伸手摸摸下巴，裝出在沉思的模樣。「這……這就麻煩了。」

「但要是路上交通順暢，也許你就能早點回來，再開車送我回家。」

「一般來說，我開車很注重安全，不愛超速。」

凱蒂靠向艾歷克，在他耳邊吐著氣說：「很遵守交通規則嘛。」

「盡量囉。」接著兩人吻了起來，再分開時，艾歷克注意到有六、七名船客正在看著自己和凱蒂，但他不在乎。「剛剛那些話，妳花了多少時間演練？」

「沒有演練，是臨時想到的。」

艾歷克還在回味方才的吻，他輕聲地問：「早餐吃過了沒？」

「還沒。」

「那要不要跟我和孩子一起吃麥片粥，再出發去遊樂場？」

「麥片粥？聽起來不錯喔。」

34

凱文的車子來到了北卡羅萊納州。這地方真醜，道路兩旁一邊是景色單調的松樹林，一邊是連綿起伏的山丘，此外還有移動式組合屋，長滿了雜草的破敗農舍和穀倉，在公路旁三三兩兩地點綴著。凱文從這條州際公路開到那條，再轉往威明頓，悶得發慌時就拿起酒瓶喝幾口。

車子從一成不變的景色中駛過，凱文心想：找到了艾琳後，接下來要怎麼做？他到的時候，艾琳最好在家，但就算不在，出門上班去了，她遲早也要回家的。

一路經過了許多名字平凡的平凡小鎮，早上十點，凱文就來到了威明頓。他穿過這個城市，再開上一條小小的鄉村公路，一路往南。強烈的陽光透過車窗晒進駕駛座。他伸手取槍，放在腿上，接著又放回座位上，繼續開車。

最後，他終於抵達艾琳住的那個小鎮：南波特。

他在鎮上慢慢開著車，繞過市集，偶爾拿出從電腦上列印出來的地圖問路。他還從行李袋裡拿出了一件襯衫，蓋住手槍，以免被人發現。

這個小鎮，有許多整理得乾乾淨淨的房子。有些是典型的南方風格，門廊寬闊，外頭種有木蘭樹，旗桿上還有美國國旗隨風搖曳；有些則是新英格蘭風格。海邊則有豪宅林立。在陽光的照耀下，水面上閃著瀲灩波光。只不過，天氣熱得像在洗蒸汽浴。

幾分鐘後，他就找到了艾琳住的那條路。他看到左前方有一家店，停下車，去買了點汽油和一瓶「紅牛」能量飲料。準備結帳時，他看到一個男人抱著木炭和打火機油站在他前面。在櫃臺收錢的老婦人，向凱文微微笑，說謝謝光臨，還問他是不是外地人，怎麼從來沒見過他？真是愛管閒事的老太婆。凱文告訴她說，他是來這裡參觀市集的。

再開車上路時，他知道，艾琳家就快到了，他心跳開始加速。車子轉了個彎，他開始減速。遠處，一條石子路映入眼簾。照地圖上的標示，他應該在這裡轉彎，但他沒有。因為艾琳要是在家，一定會馬上認出他的車子來的。他不希望這樣的情況發生，除非一切都準備就緒。

他掉轉車頭，想找一處偏僻的地方停車，但可以停車的地方不多。剛剛那家雜貨店有個停車場，不過停在那裡會不會引起注意呢？他再一次從雜貨店前開車經過，一邊左右張望。道路兩旁的樹木或許能提供掩護……但也可能不行。要是有人看到樹叢裡停了一輛廢棄的車子，可能會起疑。他不想冒這個險。

剛剛的咖啡因讓他不自覺躁動了起來，於是他改喝伏特加鎮定神經。但藏車的地方，他怎麼樣都找不到。這什麼鬼地方啊？他再一次掉頭，火氣也跟著上來。停車應該不是什麼難事啊，當初他應該租車才對，只可惜沒有，而現在他居然想不出辦法接近艾琳又不引起她的注意。

看來，那雜貨店是他唯一的選擇。他把車開進停車場，在店旁邊停車。從這裡到艾琳的住處，起碼有一英里遠，但是沒辦法，他不曉得自己還能怎麼辦。心中稍做盤算之後，他關掉車子引擎，打開車門，濃濃的熱氣馬上將他團團圍住。他清空行李袋，把衣服丟在後座，再把槍、繩子、手銬、大力膠帶和多餘的一瓶伏特加塞進袋子裡，然後背起袋子，東張西望了一會兒。沒有人在注意。看來，他的車應該可以在這裡停上一、兩個小時而不會令人起疑。

走出停車場後，他沿著路肩行走，不一會兒頭又開始痛起來。這什麼鬼天氣啊，熱得要死！他觀察路過車子的駕駛，但沒有看到艾琳，連半個棕髮的人影都沒有。

來到石子路，他轉了個彎。這條路塵土飛揚，坑坑窪窪，看起來不像有人住，但走了大約半英里路，他終於看到兩棟小屋，心跳也跟著加速，艾琳就住在這其中的一棟。為了掩飾行蹤，他走到邊邊，盡量貼著樹走。原本以為這些樹可以提供遮蔭的，但此刻豔陽高照，高溫絲毫沒有減退的跡象，以至於他身上的襯衫已經溼透，汗開始狂流，使得頭髮黏在頭皮上。他感覺頭部的疼痛彷彿打鼓般又敲打起來，他停下腳步，直接就著酒瓶喝了口酒。

從遠處看過去，兩棟小屋都不像是有人住。拜託！這種地方怎麼住人？哪像他和艾琳在杜徹斯特的家，有窗板、有梁托，還有紅色的大門。距離他較近的那棟屋子，牆上的油漆剝落，牆板上有多處腐蝕。他往前又走了幾步，再觀察窗戶內有沒有動靜。沒有。

但艾琳住哪一棟呢？他停下腳步，開始仔細觀察。兩棟房子都很破舊沒錯，但其中一棟簡直像廢棄了一樣，另一棟還算差強人意。他站在遠離窗戶處，朝那棟差強人意的房子走去。

從剛剛那家店來到這裡，他花了三十分鐘。他知道，要是驚動了艾琳，她一定會設法逃脫，甚至跟他扭打起來，絕不會乖乖束手就擒跟他走的；所以，他到時候只好把她綁起來，用膠帶封住她的嘴，把車子開回來，再把艾琳塞進後車廂，直到遠離了這裡再放她出來。

摸到了屋子旁，他緊貼著牆，小心避開窗戶的位置往前走。他豎起耳朵，想聽聽屋裡有什麼動靜，譬如開門聲、水流聲或碗盤碰撞聲，但什麼都沒有聽見。

他還是覺得頭痛，而且口又渴了起來。炎熱的氣溫讓他汗流浹背。他呼吸得太過急促，但現在，艾琳已近在咫尺，他管不了那麼多了。他再一次想起，艾琳是怎麼離開他的，根本不在乎他經常以淚洗面，甚至還在他背後跟別的男人一起嘲笑他。他知道，艾琳一定有別的男人，不管這男人到底是誰；這些事，艾琳是不可能一個人辦到的。

朝屋後窺看了幾眼，沒發現任何異狀，於是他繼續眼觀四面、耳聽八方，一邊慢慢往前走。前方，有一扇小小的窗，他冒險朝裡頭看了一眼。燈沒有開，但屋裡整理得乾乾淨淨，廚房水槽上還掛著一條擦碗盤的毛巾，是艾琳的作風。於是他躡手躡腳地走向門口，轉動門把，發現沒有上鎖。

他屏住呼吸，推門而入，再一次停下腳步，聽屋內有無聲響。沒有。他穿過廚房，走進客廳，再陸續查看臥室、浴室。艾琳不在，他忍不住大聲咒罵。

但他至少找對了地方。走進臥室，他看到一個五斗櫃，打開最上層的抽屜，發現裡頭有一疊絲襪，再用手指摸了摸，時間過了這麼久，他已經不記得艾琳以前穿什麼樣的絲襪了。至於其他的衣服，他雖然不認得，但肯定是艾琳的尺寸沒有錯。

此外，他認得出浴室裡的洗髮精、潤絲精、牙膏，是艾琳會使用的牌子。到了廚房，他把抽屜一一打開翻看，最後找到一張水電費帳單，沒錯，帳單上的名字是凱蒂・費德曼。他靠在櫥櫃上，盯著這名字看，心想，他總算大功告成了。

只不過艾琳不在，但他不曉得她何時才會回來。他的車總不能一直停在雜貨店旁吧。忽然間，他覺得好累、好想睡覺，他需要睡覺。畢竟他開了一整夜的車，而現在又頭痛不已。出於本能，他走進臥室。床鋪都整理過了，他掀起被單，立刻聞到了那股特屬於艾琳的香氣。他爬到床上，用力吸氣，想把艾琳的氣味吸入體內。他好想艾琳，他好愛她，要不是她這麼自私，他們大可以快快樂樂地過日子，一想到這裡，淚水又開始在他眼眶裡打轉。

另一方面，他真的好睏，於是他告訴自己，睡一下下就好，不會太久。這樣一來，艾琳晚上回來時，他才有清醒的腦袋辦事而不會出錯，這樣他和艾琳就可以再次當恩愛夫妻了。

35

園遊會這天，艾歷克、凱蒂和兩個孩子是騎著腳踏車去的，因為鎮上應該找不到地方停車，當人潮逐漸散去，車子一輛輛要開走時，交通狀況可能更糟。

街道兩旁擺了許多攤位，有賣畫的、有展示工藝品的，空氣裡還瀰漫著各種食物的味道，如熱狗、漢堡、爆米花、棉花糖等。會場的主舞臺上，一個當地樂團正在演奏「海灘男孩」（Beach Boys）的歌曲：〈福特雙門小轎車〉（Little Deuce Coupe）。有人在進行套袋賽跑，還有一張橫幅旗幟上寫著：下午將舉辦吃西瓜比賽。園遊會上，還有各式各樣碰運氣的遊戲，如投飛鏢刺氣球、擲環套瓶、拿棒球棒揮中三下，就可以贏得一隻動物填充玩偶等等。盤踞在園區內最高處的摩天輪，則像烽火一樣不斷吸引許多人攜家帶眷過去遊玩。

當艾歷克去買票時，凱蒂帶著兩個孩子，在碰碰車和瘋狂搖搖樂（tilt-a-whirl）前面排隊。到處都大排長龍。有爸媽緊抓住孩子的手，還有不少青少年三五成群聚在一起。發電機的轟隆聲和各種遊樂設施運轉時的碰撞聲不斷響著。

此外還有各種奇觀。譬如，一塊錢可以看到全世界最高的馬。而在隔壁的帳棚內，則有全世界最矮小的馬，入場費同樣是一塊錢。幾匹小馬身上綁著繩索，拴在輪胎上，垂著頭繞圈走，看起來又熱又累。

喬許和克莉絲汀興奮得很，什麼遊樂設施都想嘗試看看，因此花了艾歷克不少錢買票。但場內的遊樂設施，幾乎每一樣都要用掉三、四張票，因此票用得很快。幾項遊戲玩下來，艾歷克已經失血不少，為了不讓票那麼快用完，他要兩個孩子也去看看別的表演。

例如，他們觀賞了一位雜耍師傅表演特技，同時把好幾個保齡球瓶拿在手上又丟又接，還看到了一隻狗表演走鋼索，讓他們忍不住大聲喝采。午餐時間，他們進到當地一家餐廳避暑兼用餐，一邊吃披薩，一邊聽著西部鄉村樂團表演了好幾首歌。餐後，他們來到恐怖角河河邊，觀賞水上摩托車競賽。當一行四人再回到遊樂園裡，克莉絲汀吵著說要吃棉花糖，喬許則說想買刺青貼紙。

在暑熱、噪音和特屬於小鎮的消遣活動中，幾個小時很快就過去了。

兩個小時後，凱文醒了。他流了滿身大汗，全身又溼又黏，胃部則因為抽筋而糾結成團。由於天氣太熱，他做了不少色彩鮮明的夢。一時之間，他記不起自己身在何處，只覺得頭痛欲裂。他步履蹣跚地走進廚房，就著水龍頭喝了幾口水。他覺得頭暈、虛弱，而且比剛躺下時還要疲倦。

但他不能在此逗留，他根本不該睡的。他進入臥室，整理好床鋪，以免艾琳回到家發現。要離開前，他想起先前在搜索廚房時看到冰箱裡有一鍋鮪魚砂鍋。他餓得要死，更何況他已經好幾個月沒吃到艾琳親手做的飯菜了。

小屋裡沒有風，溫度大概攝氏三十八度（華氏一百度）。打開冰箱，他在冰箱前站了好一下子，享受從裡頭吹出來的冷氣。接著他抓起鮪魚砂鍋，再打開抽屜，東翻西找，最後總算找到一枝叉子。他撕開保鮮膜，接連吃了兩口，儘管頭痛無法因此解除，但至少胃舒服多了，抽筋的感覺也得到緩解。依他當時飢餓的程度來看，要吃完整鍋食物絕對不成問題，但為了不讓艾琳起疑，知道他來過，他又吃了一口就強迫自己把鍋子放回冰箱內。

他用水沖洗叉子，擦乾，放回抽屜裡，再把擦餐具的毛巾平整拉好，然後再一次進臥室檢查床鋪，以確保屋內的樣子跟他進來時沒有兩樣。

滿意了，他這才離開小屋，來到石子路上，往雜貨店的方向走去。

來到車子旁，他伸手一摸，車頂好燙，再打開車門，裡頭像火爐一樣熱烘烘的。停車場上不見半個人影。天氣這麼熱，沒有雲也沒有風，難怪沒有人想出門。這什麼鬼地方？怎麼會有人想住這裡啊！

進到雜貨店，他從冰櫃裡拿出一瓶水，咕嚕咕嚕喝了起來，喝完了才拿著空瓶子到櫃臺結帳。櫃臺後那個老太婆接過空瓶，一把丟進垃圾桶。但是這老太婆很愛管閒事，還問他今天園遊會玩得開不開心。他敷衍說，有，他玩得很開心。

回到車上，他又開始喝起酒來，儘管酒的溫度熱得像咖啡一樣。但是他不在乎，能趕走頭痛就好。天氣太熱，他無法冷靜思考。要是艾琳剛剛在家，他現在說不定已經在回杜徹斯特的路上了。要是艾琳回去了，比爾應該就會明白她們夫婦倆婚姻有多美滿，然後讓他復職。畢竟他是個好警察，而比爾也需要他。

灌了幾口酒，太陽穴的疼痛減輕了些，但視力也模糊起來，一個東西會生出兩個影像。他知道他應該要保持清醒，但強烈的頭疼和難熬的燥熱，讓他難以忍受，他不曉得自己該怎麼辦。

他啟動引擎，開車上大馬路，往南波特的方向去。鎮上許多街道都暫時封閉，他左彎右拐了許多回，最後才找到一處地方可以停車。前前後後幾英里，找不到任何遮蔭處，只有毒辣的太陽和沒完沒了、令人窒息的悶熱。他覺得快吐了。

接著他想起艾琳。她現在在哪裡？伊凡小館嗎？還是去參觀園遊會了？他之前應該先打通電話，問艾琳今天有沒有班的。還有，昨晚他應該找間旅館投宿才對，反正艾琳不在家，他不趕時間，雖然這一點他原本並不曉得。但一想到這裡，他又不禁開始光火，因為艾琳可能正在笑他，嘲笑這可憐的凱文，一邊跟別的男人通姦。

換了件襯衫，他把槍塞進牛仔褲皮帶內，往海邊走。他出門前用電腦查過了，知道伊凡小館就在海邊。他知道直接到那邊找人有點冒險，所以兩度打消主意，回轉過頭，但他非得找到她，確定那人的的確確就是艾琳不可。雖然他才剛剛去過她家，也聞到了她的味道，但這還不夠。

看到鎮上人山人海，他不禁想起郡農牧產品展售會，只是這裡沒有牛馬或豬隻。他買了根熱狗想填填肚子，但由於反胃得厲害，所以只吃幾口就丟了。穿梭在人群裡，他看到海邊和伊凡小館就在遠處。由於人潮擁擠，他的移動速度十分緩慢。來到餐廳門口時，他渴得要死。

伊凡小館已經客滿，門口還有一些客人在等候。他太粗心了，他應該先買頂帽子和墨鏡的。他知道艾琳要是看到他，一定會馬上認出他來，但他管不了這麼多，穿過人群，到餐廳門口推門而入。

他看到一個女服務生，但不是艾琳。接著又看到了一個，同樣不是艾琳。年輕的女接待員正忙著為剛進門的客人安排座位。餐廳裡人聲鼎沸，有用餐客人在聊天，有刀叉和餐盤的碰撞聲，還有餐具手推車內晃蕩的水聲。聽到這種種噪音，他更是覺得昏頭昏腦，而且那該死的頭痛怎麼樣就是趕不走，胃部彷彿燒了起來。

「艾琳今天有上班嗎？」由於四周太吵，凱文幾乎是用吼的在詢問女接待員。

但接待員滿頭霧水，愣愣地望著凱文。「你說誰？」

他趕緊改口：「我是說凱蒂，凱蒂．費德曼。」

「沒有，她今天休假，但明天有班。」女接待員高聲回答他，再朝窗外點點頭。「她應該跟大家一樣，在外面參觀園遊會吧。早些時候，我好像看到她從門外經過。」

凱文立即轉身離去，撞到了人也不在乎。後來，他向在路邊的小販買了一頂棒球帽和一副廉價的太陽眼鏡，然後便走進人群。

艾歷克帶著喬許，凱蒂帶著克莉絲汀，一起坐上了摩天輪。凱蒂知道，克莉絲汀臉上雖然掛著笑容，但其實頗畏懼這樣的高度，所以伸出手摟住她。摩天輪轉啊轉的，終於，她們的座位轉到了最高處，可以將全鎮的景色盡收眼底。但凱蒂並沒有因此而興奮起來，相反的，她比較關心的是，這摩天輪到底安不安全？雖然當天早上，摩天輪應該通過了安檢，但她總覺得，這摩天輪看起來好像是用髮夾和鐵絲網固定住的。

關於摩天輪是否通過安檢一事，她懷疑艾歷克沒有說實話，又或者不了解她內心的疑慮。不過現在已經騎虎難下，再擔心也沒有用，她只好看著底下的人群來轉移注意力。中午過後，遊客越來越多，但除了坐船，南波特確實沒有太多休閒活動可以做。在這個安靜的小鎮，園遊會大概是一年當中最熱鬧的盛會吧。

終於，摩天輪越轉越慢，最後停了下來。等著離座時，凱蒂更仔細觀察起底下的人群。克莉絲汀也一樣。

看著看著，凱蒂注意到下面有兩個人正在吃甜筒冰淇淋，是伊凡小館的常客。她認得的人，不曉得還有誰也來了？她的目光，開始在不同的人群之間遊走，但不曉得為什麼，她突然想起，她剛到伊凡小館上班時也經常這麼做，為的是提防凱文。

園遊會會場內，路兩旁擺滿了攤位，凱文一邊隨意亂走，一邊試著揣摩艾琳的想法。剛剛他應該問那位服務生，艾琳身邊是不是還跟著一個男人，他知道艾琳不可能自己一個人來園遊會的。還有，他老是忘記提醒自己，現在的艾琳可能留著棕色的短髮，畢竟她之前剪短了頭髮，還染了別的顏色。還有，那個在別的分局服務的戀童癖，雖然查出了艾琳用凱蒂的名義考取了駕照，但他還應該叫他幫忙取得駕照照片的影本才對，他真粗心。不過沒關係，他現在已經知道艾琳住哪裡了，只要再回去找她就行。

走著走著，他可以清楚感覺到腰帶內的槍貼在皮膚上，偶爾還夾住他的肉，讓他很不舒服。更何況，天氣這麼熱，他頭上卻戴著棒球帽，帽簷低低壓著，把他的頭緊緊掐住，讓他覺得腦袋彷彿快要爆炸。

他穿梭在排隊的人龍間，漫不經心地瀏覽著。他看到畫作和工藝品。用松果做成的裝飾品、彩繪玻璃、風鈴、用木頭刻成的老式玩具。還有許多人不斷把食物往嘴裡塞：蝴蝶餅、冰淇淋、墨西哥玉米片、肉桂捲。看到大人推著嬰兒車，他再一次想起艾琳想生孩子。他決定成全她，讓她生個孩子，男孩女孩都好，雖然他比較想要兒子，因為女孩子都很自私，對於別人的付出根本不懂得感激。對，女孩子都這樣。

周遭人聲鼎沸，有大聲聊天的，也有說悄悄話的，凱文心想，這裡頭應該有些人在瞪著他看吧，就像克非和拉米瑞茲一樣。但他置之不理，只想專心尋人。放眼望去，有全家一起出遊的，也有青少年手挽著手。有個男子，頭上戴著寬邊帽，還有兩個園遊會的員工，站在街燈附近，嘴裡叼著菸。這兩人瘦巴巴的，身上還有刺青，嘴裡一口爛牙，大概是吸毒多年的毒蟲吧。凱文討厭他們。他是個厲害的警察，精於辨識人，他不信任這兩個人，儘管他們和他擦身而過時並沒有對他怎麼樣。

他左彎右拐，穿梭在人群裡，注視著他們的臉孔。他看到一對身材臃腫、滿臉通紅又長斑的夫妻，一邊吃著熱狗一邊朝他走去，他停下腳步讓他們先過。他討厭胖子，因為他們多半個性軟弱、不守紀律，老愛抱怨自己有高血壓、糖尿病、心血管疾病，抱怨醫療費用高昂，卻拿不出意志力節制食慾。艾琳就不同了，她身材苗條，胸部卻很豐滿。只不過，艾琳現在應該有別的男人了，這個男人晚上還動手愛撫她的胸部，一想到此，他內心的怒火又燒了起來。他恨艾琳。他愛艾琳，他要她。他為什麼無法保持思緒的清晰呢？一定是最近酒喝太多，而這裡的天氣又他媽的太熱了。艾琳也真是的，她幹嘛搬到這種鬼地方？

走到遊樂設施區，他注意到前方有一座摩天輪。走上前去，不小心撞到一個身穿背心的男人，那人氣得咒罵了幾句，但凱文沒理他，而是把視線投向摩天輪的座位上，開始檢視上面的每一張臉。艾琳不在那裡，也不在排隊的人群裡。

他繼續在大太陽底下往前走，在一群大胖子中間尋找苗條的艾琳，還有那個在夜裡摸她奶子的男人。每走一步，他都想到身上的格洛克手槍。

依順時鐘方向旋轉的旋轉鞦韆，很受克莉絲汀和喬許的喜愛。儘管早上已經玩過兩次，坐完摩天輪後，他們又吵著要去玩旋轉鞦韆。由於身上的票只剩幾張，艾歷克就答應了，但他也提醒他們，玩完這個就得回家。他希望開車去羅利以前，他還有時間可以洗洗澡、吃吃飯，放鬆休息一下。

另一方面，他雖然努力克制，卻總是忍不住想起凱蒂稍早說的那句充滿暗示的話。凱蒂似乎也意識到了這一點，她好幾次盯著他看，嘴角還蕩漾著意味深長的笑。

現在，凱蒂就站在他身邊，仰臉對著孩子們笑。他伸手摟住凱蒂，而凱蒂也輕輕靠在他身上。他沒說話，因為什麼都不必說，凱蒂也一樣，只是把頭靠在他肩膀上。艾歷克忽然覺得，天底下還有什麼比這更幸福的事呢？

艾琳不在瘋狂搖搖樂上，不在鏡子迷宮裡，也不在鬼屋裡。他希望在艾琳發現自己以前先找到她，於是他站在排隊買票的人龍裡，設法融入在人群中。總之，他知道艾琳在這兒，艾琳卻不知道他來了，因此他占了上風。說也奇怪，人要是走運，什麼莫名其妙的好事都可能碰上，那天要不是凱倫·費德曼主動找他攀談，無意間洩漏了艾琳的祕密，他至今恐怕還不知道艾琳的下落呢。

要是他沒有把伏特加留在車上就好了。放眼望去，附近沒有半間酒吧，沒有賣酒的地方，甚至連個啤酒攤都沒有——他不喜歡啤酒，但要是別無選擇，他還是會買的。食物的味道讓他覺得既反胃又飢餓，而滿身的汗，則把襯衫都黏在他背上和胳肢窩裡了。

再往前走，他看到了一些碰運氣的遊戲。真浪費錢！這些遊戲，都被耍詐的郎中動過手腳了，但旁邊還是圍了一大堆白痴。他瀏覽著一張張臉孔。沒看到艾琳。

再信步往其他遊樂設施走去，他看到許多小孩坐在碰碰車裡，旁邊排隊的人則不耐煩了起來。再過去是旋轉鞦韆。他決定從那個方向開始找起。為了找到視野更好的觀察位置，他盡量避開擁擠的人群。

旋轉鞦韆開始減速，但克莉絲汀和喬許仍然笑呵呵的，顯然非常開心。艾歷克說得沒錯，是差不多該回家了，在大熱天裡玩了大半天，凱蒂已經快要虛脫，能找個地方納涼應該不錯。只可惜，她住的地方有個缺點（其實缺點還不只一個），就是沒有冷氣。晚上她已經習慣開著窗戶睡覺，但幫助其實不大。

等到機器停了，喬許和克莉絲汀先後拉開鐵鏈，跳下座位，再跑過去找兩個大人。

凱文當時就站在附近，他看到旋轉鞦韆停了，一堆孩子陸續跳下座位。但他的注意力不在小孩身上。他的目光焦點，是站在附近等候的大人。

他一邊走，一邊將目光從這個女人移動到那個女人。頭髮是金色的或深棕色的都沒關係。他注意的是身材。艾琳的身材是苗條的。從他的角度看過去，他看不到站在他正前方的人，只好改變位置。再過幾秒，當這些孩子到達出口時，附近的人潮就會開始作鳥獸散。

他加快腳步，看到前面有一家人手裡拿著票，你一言我一語地吵著接下來要玩什麼。白痴。他繞過他們身邊，他要看清楚站在鞦韆附近那些人的臉孔。

沒有，他沒有看到身材苗條的女人——等等，那邊有個深棕色短髮的女人，身旁還站著一個灰頭髮的男人，一手摟著她的腰。

是她。那修長的腿，那標緻的臉蛋，那結實的手臂，和她一模一樣。

是艾琳。是艾琳沒錯。

36

離開園遊會時，艾歷克先買了點水給孩子喝，再和凱蒂手牽著手，帶孩子一起走向伊凡小館。他們把腳踏車停靠在餐廳後門附近，凱蒂平時停放腳踏車的地方。

他一邊彎腰打開腳踏車鎖，一邊問：「小朋友，今天玩得開不開心啊？」

「開心！」克莉絲汀一張臉被晒得紅通通的。

喬許用手臂抹抹嘴巴。「我們明天還能再來嗎？」

「再說。」艾歷克沒有正面回答。

「拜託啦，我好想再坐一次旋轉鞦韆。」

艾歷克將開了鎖的鐵鏈甩到肩膀上。「明天再看看。」

餐廳後方的遮雨棚雖然提供了一點遮蔭，但天氣還是很熱。剛走過伊凡小館時，凱蒂看到窗內高朋滿座，不由得慶幸今天休假，雖然這代表她隔天和星期一必須一天連上兩班，但她還是覺得值得，因為她今天玩得很開心。晚上，艾歷克出門辦事時，她可以陪兩個孩子一起看看電影，輕鬆一下。等艾歷克晚點回到家，他們也許還可以……

「怎麼了？」艾歷克問。

「沒事。」

「妳剛剛看我的表情，好像巴不得要把我給吃了。」

「抱歉，我有點心不在焉。」凱蒂眨眨眼睛。「大概熱暈了吧。」

「是喔，」艾歷克點點頭。「我還以為……」

「嘿，孩子在旁邊喔，講話小心點。」凱蒂親了艾歷克一下，再輕拍他胸口。

他們倆都沒注意到，此刻隔壁餐廳的露天陽臺上，有一個戴著棒球帽和墨鏡的男人正在窺看他們。

這個男人，看到艾琳同這名灰髮男子又是親吻又是打情罵俏，彎腰對小女孩微笑，用手撥弄小男孩的頭髮，看到那灰髮男子趁兩個孩子不注意時輕拍艾琳的屁股，他感到天旋地轉。可恨的是，他老婆艾琳竟然也配合演出，樂在其中，還表現出鼓勵的態度，好像……好像凱文從來沒存在過，好像他們倆的婚姻從來沒存在過。

他們一行四人坐上腳踏車，從餐廳旁往外騎。凱文看著艾琳在那灰髮男人旁邊騎著車，穿著短褲和涼鞋，露出皮膚，在別人面前展現性感。

凱文跟了過去。恍惚間，他看到艾琳頭上留著金色的飄逸長髮……他用力眨眨眼，又恢復成棕色短髮。眼前的艾琳，正假裝自己不是艾琳，和新的家人一起騎腳踏車，親吻別的男人，對他們微笑，一副無憂無慮的樣子。凱文告訴自己，這不是真的，這不過是一場夢，一場噩夢。附近的碼頭上，停泊的船隻在水面上輕輕搖晃。

凱文轉了個彎，跟上去。儘管他用走的，而他們四人騎著腳踏車，但為了讓小女孩跟得上，他們騎得很慢。他離他們越來越近，近到可以聽見艾琳在笑，聽起來很開心的樣子。他伸手到腰帶裡，掏出手槍，但又塞到襯衫底下，緊緊貼著皮膚。他摘下棒球帽，蓋住手槍，以免被人看到。

他腦袋裡的念頭開始快速動了起來，像彈珠臺的彈珠一樣，先左右彈跳，再不斷下墜，下墜。原來艾琳一直在說謊騙人、密謀逃跑。最後她離家出走，找了個姘頭。在他背後講他壞話，嘲笑他。對那個灰髮男人輕聲細語，說淫穢的話給他聽，讓那男人喘著氣摸她奶子。假裝自己還是單身。為了艾琳，他犧牲了這麼多——回家前先刮除掉鞋子上的血漬，忍受同事在背後說閒話，獨自一人去參加烤肉聚餐，看一堆噁心的蒼蠅圍著漢堡肉翻飛。

而今，她卻在這裡愉快地騎著腳踏車，頭髮剪短還染了色，跟從前一樣美麗動人，卻壓根兒忘了自己的丈夫，對他漠不關心，把他們的婚姻拋諸腦後，好跟這個灰髮男人在一起，摸他胸口、親吻他，臉上還帶著夢幻的表情。過著幸福安詳、無憂無慮的生活。參加園遊會，騎腳踏車，洗澡時或許還開心唱著歌。哪像凱文天天以淚洗面，只能回想自己曾經買香水給她當聖誕節禮物。但這些，艾琳一點都不在乎，因為她自私自利，以為婚姻可以像空披薩盒一樣任意丟棄。

他不自覺加快腳步。由於路上人多，他們四人放慢了速度，凱文知道，只要他想，他現在就可以舉槍射殺艾琳。他將手指挪到扳機旁，撥開保險。聖經上說：婚姻，人人都當尊重，床也不可汙穢。但這樣一來，那個灰髮男人也非死不可。只要扣下扳機，他大可以在艾琳面前殺死他。問題是，射擊的目標並非靜止不動，還隔了相當的距離，要用格洛克手槍準確命中幾乎是不可能的事。更何況四周圍都是人，旁人要是看到他掏出槍來，一定會嚇得大叫，這樣射擊就難上加難了。他將手指從扳機旁移開。

「不要再鬧你妹妹了！」灰髮男人的聲音在遠處響起。儘管聲音傳到凱文耳裡時已變得微弱，但仍實在不過。凱文心想，這傢伙不曉得在艾琳耳邊說了多少齷齪下流的話，他再度怒火中燒。突然，兩個孩子在前面轉了個彎，艾琳和灰髮男人也跟著轉過去。

凱文氣喘吁吁地停下腳步，心中升起作嘔的感覺。艾琳在前面轉彎時，側影在亮晃晃的陽光下閃了一下，讓凱文不禁再次覺得：艾琳好美。看到艾琳，他總聯想到細緻的花朵，美豔而又精巧。想當初在大西洋城，艾琳離開賭場後差一點被歹徒強暴，還好他出手相救。因此艾琳曾經告訴他說，在他面前，她覺得很有安全感。可是有什麼用呢？她還不是離開了他。

甩開這些幻想和回憶，他開始聽到兩旁路人的聲音。他們天南地北地閒聊著，漫無目的地走著。接著他跑起步來，往四個人剛剛轉彎的地方跑去，然而，在灼熱的大太陽底下，每跑一步，他都覺得快要吐了。他掌心溼溼黏黏的，放手槍的地方也流了許多汗。終於，他來到轉彎處，朝前面的馬路仔細張望。

沒有半個人影。再過去兩條街，馬路上擺了些用來舉辦市集活動的拒馬。艾琳他們在那之前應該就已經轉彎了，因為他們別無選擇。而且，他們應該是往右轉吧，要離開鎮上只有那個方向。

他接下來有兩個選擇，一是冒著被發現的危險徒步追上去，二是跑回去開車，再沿著這條路跟過去。在揣摩過艾琳的想法後，他認為他們應該會到那個灰髮男人的家裡去。艾琳的房子太小也太熱，她喜歡氣派豪華的房子，喜歡昂貴的家具，因為她認為自己有資格享受這樣的生活，所以才不能滿足原有的生活。

該徒步還是開車？凱文感到進退兩難，他站在原地，眨著眼想要想清楚，但天氣太熱，而且這一切實在太教人困惑了，頭部的疼痛又不住搏動著，因此他當時唯一能想到的是：艾琳居然跟那個灰髮男人上床，但是一想到這裡，他就忍不住反胃。

說不定，艾琳會穿上蕾絲裝，跳豔舞給這個男人看，還在他耳邊說些淫蕩的話挑逗他，求他接受自己的服侍，好住進他那氣派豪華的房子。天啊，艾琳居然淪落成了妓女，出賣靈魂來換取奢華的享受，出賣身體來換取金銀珠寶和山珍海味。那男人，也許每天晚上會帶她上高級餐廳用餐，晚上再回家一起睡在豪華的別墅裡。

想到這裡，凱文既覺得噁心又覺得受傷，因為被背叛而受傷。所幸，強烈的憤怒反而讓他的腦袋變得清醒，他這才意識到，艾琳他們已經越走越遠，自己卻還站在原地。他停車的地方離這裡有好幾條街遠，於是他立刻轉身拔腿狂奔，沿途還不斷伸手把人推開，毫不在乎他們的呼喊或抗議，只自顧自咆哮著：「讓開，讓開！」跑到了一個人煙較稀少處，他粗重地喘著氣，強烈的反胃感湧上喉頭，他就著旁邊的一個消防栓吐了起來。幾個十來歲的毛頭小子，一看到這個情景忍不住哈哈大笑，凱文氣得好想當場掏出槍來，把他們一一斃了，但他沒這麼做，只是擦擦嘴，再掏出槍指著他們，這些毛頭小子很快就都閉嘴了。

凱文跌跌撞撞地往前跑，頭上的疼痛卻像是碎冰錐，不斷地刺在他頭上。一下、兩下、三下，每走一步就刺痛一下。此刻，艾琳或許正在告訴那個灰髮男人，他們晚上可以做些什麼床上運動。又或者，她正在竊笑著對那個男人說：那個凱文真是笨手笨腳，跟他在一起，不像跟你在一起這麼爽快。儘管那並不是真的。

過了許久，他終於回到自己的車子旁。烈日的曝晒，讓整部車變得像烤箱一樣。打開車門，強烈的熱氣陣陣湧出，方向盤則變得極為燙手。這什麼鬼地方！艾琳住在這裡幹嘛？他發動車子，搖下車窗，再回轉車頭，朝園遊會的方向開去，碰到有人擋路就猛按喇叭。

開著開著，前面出現了拒馬。媽的，又要繞道！他好想直接開過去，把它們撞個稀巴爛。但附近有警察，他這樣做一定會遭到逮捕。呸，都是些蠢蛋，都是些腦滿腸肥、好吃懶做的智障警察、白痴警察，沒有一個像他這麼優秀。但他們身上有配槍、有警徽，他能怎麼辦？他只好規規矩矩地開車，並盡量開進小巷子裡，再設法鎖定艾琳和他情夫的去向。聖經上說：凡看見婦女就動淫念的，這人心裡已經與她犯姦淫了。這對狗男女都犯了通姦罪。

到處都是人，而且還隨隨便便地穿越馬路。害他不得不停下車。他伏在方向盤上，往擋風玻璃外細看，最後，他總算看到了艾琳他們。他們的身影小小的，顯然已經走遠。而且，他們已經騎到另一道拒馬外，正朝著艾琳家的方向走。一個警察站在街角。又一個智障。

他繼續往前開。忽然，一個男人出現在他車子前方，用力敲打著引擎蓋。是個沒水準的鄉下土包子，襯衫上有烏魚和骷髏頭的圖案，身上則有刺青，旁邊還跟著他老婆，身材臃腫肥胖，兩個孩子看起來油膩膩的。都是些沒有用的傢伙。

「你開車不長眼睛啊！」這土包子大聲咆哮。

砰！砰！砰！砰！砰！儘管沒有真的開槍，但凱文已經在腦海裡把他們一一擊斃。不過，他發現街角那個警察正在打量自己，只好收斂神色，不敢造次。儘管如此，他還是在腦海裡射了他一槍。砰！

接著他轉個彎，加速，往附近的住宅區駛去。下一個左轉後，他再次加速，然後再次左轉。結果，前方出現了更多拒馬，他只好再一次迴轉，靠右行駛，在下一條街左轉。又出現了更多拒馬。他彷彿一隻實驗中的白老鼠，被困在迷宮裡動彈不得。難道這整座小鎮和艾琳串通好了，要幫她順利逃脫？他把排檔裝置用力一拉，倒車回到原先的馬路上，轉彎，然後急速直行，來到下一個十字路口。他現在離艾琳應該不遠了，他再一次左轉，看到有不少車子正開往他想走的方向。他掉了個頭，穿行在卡車與卡車之間。

他想加速但辦不到。只見前方有許多汽車和卡車，有些在保險桿上貼了有南方聯盟旗圖案的貼紙，有些則在車頂上設有槍架。都是些鄉下土包子。馬路上則人潮洶湧，許多人還任意穿越馬路，彷彿這些車子都不存在似的，因此車子幾乎動彈不得。這些行人就這樣穿越馬路，甚至走得比他還快。一群死肥豬，居然還在吃，難道他們成天都吃個不停，影響到交通不說，還可能害他追丟艾琳。

他的車子走走停停，停停走走，氣得他好想破口大罵，用力敲打方向盤。可是不行，因為到處都是人。要是他一個不小心，有人跑去報警，智障警察就會過來調查，而注意到他的車牌來自別州，甚至當場將他逮捕，只因為他不是本地人。

車子繼續停停走走，停停走走，慢得像烏龜一樣，終於，車子來到了轉角處。原本以為這裡的交通會比較順暢，結果並沒有，而前方，艾琳和那個灰髮男人已經不見蹤影，只剩許多汽車和卡車在他前方大排長龍，不曉得要開往何處。

37

在回家的路上，喬許和克莉絲汀不停地抱怨說腿好痠，但艾歷克不理他們，只說就快到家了。但他後來發現，這樣說沒什麼用，只好說他也累了，不想再聽他們發牢騷了。終於，回到了家，兩個孩子總算不再抱怨，而雜貨店門前則停了十幾輛車。

上樓前，艾歷克允許他們進店裡去拿幾枝冰棒和幾罐運動飲料。家門一打開，冷爽的空氣迎面而來，真教人神清氣爽。艾歷克先走進廚房，在水槽邊用冷水洗洗臉和脖子。再來到客廳，兩個孩子已經打開電視，癱倒在沙發上。

「抱歉，十分鐘前，我以為我快虛脫了。」艾歷克對凱蒂說。

「那剛剛怎麼不說？」

「因為我很壯啊。」他把胸一挺，假裝自己是個壯漢。接著，他從櫃子裡取出兩個杯子，加了些冰塊，再從冰箱裡拿出冰水往杯子裡倒。

「真有妳的，外面熱得像洗三溫暖一樣。」艾歷克遞了一個杯子給凱蒂。

凱蒂接過杯子。「真不敢相信，園遊會上居然還那麼多人。」

「我常常在想，園遊會的日期為什麼不改到五月或十月？但我猜，時間不管訂在什麼時候，參加民眾應該都很踴躍吧。」

凱蒂瞄了一眼牆上的時鐘。「你幾點要出發？」

「再一個小時左右。十一點前，我應該就回來了。」

凱蒂心算了一下，還有五個小時。「晚餐，你希望我煮些什麼給孩子吃？」

「他們喜歡吃義大利麵。醬料的話，克莉絲汀喜歡白醬，喬許喜歡紅醬，冰箱裡有現成的。但他們吃了一整天的零食，晚餐恐怕吃不太下。」

「他們都幾點上床睡覺？」

「不一定，但都在十點以前，有時候更早，譬如八點。妳自己判斷囉。」

凱蒂將冰涼的杯子靠在臉頰旁握著，一邊溜眼看看廚房。這裡她雖然來過，但待的時間都不長，如今，由於時間比較充裕，她總算能仔細看看，也因此注意到了這個家過去的女主人在廚房裡留下的痕跡——都是些小東西，譬如窗簾上的紅色繡花，櫃子裡的瓷器，寫有聖經文字、鋪設在爐子附近的瓷磚。細看之下，屋子裡到處都是艾歷克和另一個女人共同生活的蛛絲馬跡，但凱蒂並沒有因此而感到不自在，這一點倒讓她有些訝異。

「我去洗個澡，留妳自己一個人在這裡可以嗎？」艾歷克說。

「沒問題。我可以趁機看看你家廚房，順便想想晚餐要煮什麼。」

「麵條在那邊的櫃子裡。」艾歷克用手指比了比。「對了，我出門前，如果妳希望我載妳回家洗個澡、換件衣服，我很樂意。當然妳也可以在我這裡洗。看妳。」

凱蒂擺出撩人的姿態。「你這是在暗示我嗎？」

艾歷克睜大了眼睛，瞥了瞥兩個孩子。

「逗你的。」凱蒂笑了起來。「你出門後我再洗。」

「那妳要不要回家拿換洗衣物？要不然，妳也可以借我的運動褲和T恤穿。當然，運動褲對妳來說應該太大，但上面有鬆緊帶可以調整。」

穿艾歷克衣服這個提議，不曉得為什麼，凱蒂覺得性感極了，但她只說：「沒關係，我不挑。反正只是陪孩子看看電影。」

艾歷克將冰水一飲而盡，把杯子放進水槽裡，再俯身親吻凱蒂，然後走向浴室。

艾歷克走後，凱蒂轉身望向窗外，看著外頭的街道，心裡陡然升起一股莫名的焦慮。這感覺她早上也曾經有過，原本以為這是她和艾歷克之前爭吵的餘波蕩漾，但現在她卻想起了費德曼夫婦，再想起凱文。

稍早坐摩天輪時，她也想到過凱文。她放眼掃視底下的人群時，她知道自己不是在搜尋餐廳客人的身影，而是在尋找凱文。不知為何，她就是覺得凱文可能在附近，在下面的人群裡。

不，不可能，她已經改名換姓，凱文不可能知道她的新身分，更不可能知道她住在哪裡。畢竟，他跟費德曼一家老死不相往來，怎麼可能把她跟費德曼夫婦的女兒聯想在一塊兒？既然如此，那她為什麼一整天心神不寧，老覺得被跟蹤，即使離開了園遊會也一樣呢？

儘管她不會通靈，也不相信通靈之說，但她相信，人的潛意識能夠將顯意識可能忽略的各種線索拼湊起來。但是此刻，站在艾歷克家的廚房裡，她意識中這些片段的線索仍糾結成一團，毫無任何完整的形狀或次序。看著窗外陸續駛過十來部車，她這才放下擔憂，回轉過頭，告訴自己這應該是從前的恐懼在作祟。

她搖搖頭，想起了艾歷克。艾歷克正在浴室裡洗澡，她要是能加入該有多好。一想到此，她羞紅了臉，而且全身發熱。不過就算孩子不在，就算艾歷克認定她是凱蒂而不是艾琳，事情也應該沒那麼簡單吧。畢竟，她仍舊是艾琳，那個與凱文有婚姻關係的艾琳。儘管她多麼希望自己不是艾琳，而是個沒有婚姻束縛、能盡情投向愛人懷抱的女人。

而且，她和凱文的婚姻，畢竟是凱文自己一手摧毀的；他不該違背婚姻的精神，動手打她。她相信，要是上帝能看進她的內心，一定也同意她為了逃離凱文魔掌所做的事情，並不是什麼不可饒恕的罪過吧？

想到這裡，她不禁嘆起氣來。她現在滿腦子都是艾歷克，以及晚一點可能發生的繾綣纏綿。她知道艾歷克愛她，她知道艾歷克要她，而她也迫不及待想讓艾歷克知道，她對他也有同樣的感受。她好想貼著艾歷克的身體，占有他的一切，直到永遠。

但她不能再想了，她壓抑住腦海裡的旖旎念頭，搖搖頭想趕走它們。接著走進客廳，在喬許身旁的沙發上坐下。兩個孩子正在觀看迪士尼頻道，但她對這個節目沒什麼印象。過了一會兒，她抬頭看看時鐘。什麼！才過了十分鐘而已，為什麼感覺像一個小時？

洗完澡，艾歷克幫自己做了一份三明治，在凱蒂身邊坐下來吃。聞到他身上散發的清香，看到他黏在皮膚上還沒有乾的頭髮，凱蒂好想用自己的唇，沿著溼潤處親他吻他。當艾歷克吃完三明治，將盤子放在茶几上，他注意到兩個孩子都目不轉睛地看著電視，於是便大膽伸出手指，在凱蒂大腿上緩緩游移。

「妳好美。」他在凱蒂耳邊輕聲說道。

慾火開始在凱蒂的大腿處燃燒，但她試圖加以忽略。「才怪，我現在應該像醜八怪。我還沒洗澡耶。」

終於，出門的時間到了。艾歷克親了親兩個孩子後，凱蒂來到門口與他吻別。兩人柔軟的唇彼此貼著，艾歷克放在凱蒂身上的手，不斷往下游移，越過了腰，繼續往下。顯然，他想讓凱蒂知道他愛她，他要她。而凱蒂也覺得快受不了了。但艾歷克似乎樂於這樣吊她胃口。

兩人的身體終於分開，艾歷克說：「晚點見。」

凱蒂輕聲回說：「小心開車，孩子放心交給我。」

聽艾歷克步下樓梯，走到門外，凱蒂倚在門邊，緩慢深長地吸了一口氣。她心想，天啊，不管我是不是有婚姻誓言的束縛，不管我這樣想是不是有罪，但我真的好想跟他在一起……

又覷了一眼時鐘，凱蒂知道，接下來的五個小時，大概會是她有生以來最漫長的五個小時。

38

「他媽的！」凱文不斷破口大罵，車子已經開了好幾個小時，還是不見艾琳等人蹤影。路上，他在洋酒專賣店買了四瓶伏特加，但其中一瓶已經喝掉一半。而現在，他的視線開始模糊起來，每樣東西都呈現出兩個影像，除非他閉上一隻眼，再瞇起另一隻眼才看得清楚。

他搜尋著，四輛腳踏車，其中一輛還有個籃子。但……這簡直是大海撈針嘛。他在街道上繞來繞去，眼光從左到右再從右到左搜尋，但是當暮色漸濃，他仍一無所獲。還好他知道艾琳住哪裡，最後一定能在她家找到她。只不過，一想到那個灰髮男人此刻可能跟艾琳在一起，一邊嘲笑他說：「寶貝，和那個叫凱文的男人相比，我是不是厲害多了？」凱文就不禁怒火中燒。

他在車上咒罵起來，並用力敲打方向盤。此刻，艾琳可能正在親吻那個男人，讓那男人用手愛撫自己的身體；她一臉歡愉，以為成功騙過了丈夫，所以在外偷腥，讓情夫壓在自己身上，一邊發出呻吟與浪叫。想到這裡，凱文忍不住將格洛克手槍的保險開了又關，關了又開。

他幾乎快看不到了，只能睜著一隻眼對抗模糊的視線。忽然，後方來了一輛車，幾乎快貼到他的車子上，然後還對他閃燈。他放慢車速，開到一旁暫時停車，手指又摸到了槍枝上。他痛恨粗魯沒禮貌的人，這些人，以為馬路是自己的啊。砰！

天色越來越黑，附近的街道變得像是迷宮，要找到腳踏車的蹤影恐怕更加困難。當車子經過艾琳住處附近的石子路時，他決定再到她家看一看，以防萬一。他在距離她家稍遠處停車。下車後，他看到頭上有隻老鷹正在盤旋，聽到四周蟬鳴不斷，除此之外，這地方簡直荒涼透頂。他朝艾琳家走去，但大老遠就看到屋外沒有停腳踏車，屋內也沒有開燈。由於天色尚未全黑，他不確定艾琳在不在，於是他偷偷摸摸來到後門，伸手一探，跟先前一樣，沒鎖。

艾琳不在，而且應該一直沒回來過。窗戶全都緊閉著，屋子裡熱烘烘的。艾琳如果在家，應該會打開窗，喝杯水，洗個澡什麼的。但是沒有。凱文從後門離開，看著隔壁的屋子。這屋子簡直跟垃圾堆沒有兩樣，大概沒人住吧。很好。不過，艾琳不在家就代表她去了那個灰髮男人他家，跟他在一起。這個騙子，假裝自己還是單身，把凱文買給他的房子都忘得一乾二淨。

他的頭又痛了起來，而且頭痛的頻率跟心跳幾乎同步。彷彿有把刀子在腦袋裡進進出出，一下、兩下、三下，讓他很難集中精神。關上門走到屋外，他在心中喃喃自語：謝天謝地，外面涼快多了，裡頭簡直跟蒸汽室沒有兩樣嘛，艾琳幹嘛住在這種鬼地方？莫非她想跟那男人一起流汗。現在，他們可能正在某個地方，蠕動著汗水淋漓的肢體，彼此交纏在一起。也許，克非和拉米瑞茲正一邊拍著大腿，一邊針對這件事在取笑他。也許克非正在問拉米瑞茲：「不曉得我是不是也可以上她？」結果拉米瑞茲回答：「你不曉得啊？局裡大概有一半的人都上過她，趁凱文上班時。我以為這件事人盡皆知呢。」這時候，比爾手裡握著凱文的停職文件，向他們招招手說：「對啊，我也上過她。有整整一年的時間，我每週二都去上她。她在床上浪得很，還老愛說些淫蕩的話。」

凱文手指扣著槍，踉踉蹌蹌走回自己的車。王八蛋！我痛恨你們這些王八蛋！他在腦海裡想像自己走進局裡，舉起手槍，對局裡的同仁一一掃射，直到子彈用盡為止。他必須給他們一點教訓，給所有人一點教訓。當然也包括艾琳。

走著走著，他忽然停下腳步，彎腰在路邊吐了起來。胃部的痙攣感，讓他覺得肚子彷彿遭到老鼠啃食。又一陣狂吐後，他開始乾嘔，儘管想站直身子，他卻覺得天旋地轉。眼看車子已在不遠處，他跌跌撞撞走過去，再一把抓起伏特加，連灌了好幾口，然後試圖揣摩艾琳的想法。但恍惚之間，他卻看到自己在參加烤肉聚餐，手裡抓著一塊沾滿蒼蠅的漢堡，眾人指著自己捧腹大笑。

終於，他回到了車上。那賤女人現在不曉得在哪裡？他一定要讓她眼睜睜看著那個灰髮男人死掉，看他們所有的人死掉，再一起下地獄，上刀山，下油鍋，受盡各種恐怖的折磨。他小心翼翼爬上車，發動引擎，卻在轉彎時車尾巴撞上一棵樹，但他沒有多做逗留，只罵了幾句三字經，就急速往石子路上駛去，沿途還濺起了許多石頭。

再不久就天黑了。艾琳是從那個方向來的，應該會往那裡去才對。小孩子騎腳踏車不可能騎太遠，也許三、四英里，頂多五英里。這附近的街道和房子，他都查看過了，沒見到半部腳踏車。會不會他們把腳踏車停到了車庫裡或有圍籬的院子裡？沒關係，他可以等，等艾琳回家。也許今晚，也許明早或明晚，她總會回家吧。要是找到她，他一定要把槍塞進她嘴裡，抵著她的奶子問：「說！那個男的是誰？我有話要跟他說。」一見到那灰髮男人，他一定要好好教訓他，讓他知道，和有夫之婦上床是什麼下場。

忽然間他又覺得，自己彷彿已經好幾個星期沒有睡覺，好幾個星期沒吃東西了。為什麼天色變得這麼黑？發生了什麼事？他甚至記不得自己是怎麼來這裡的。他只記得，他看到了艾琳，再開車跟蹤她，但此時卻不確定自己人在何處。

開著開著，他看到右手邊有一間店，這間店既像住家，但大門前又有個露天陽臺。旁邊的招牌上寫著：「提供加油與餐飲服務。」印象中，他好像看過這家店，卻記不得是多久前看到的。他放慢車速。他得吃點東西，睡個覺才行。晚上，他一定要找個地方投宿。胃部翻攪的感覺，讓他又忍不住抓起酒瓶，仰頭一灌，喉頭處一陣熱辣，他覺得舒服了些。但一放下酒瓶，他又開始反胃。

剛剛喝下肚的酒，混合著胃液湧上嘴巴，糟糕，快來不及了。他趕緊把車子開到店旁邊的空地裡，煞車，開門，跳下車，再衝到車子前面，對著黑暗處乾嘔起來。他的身體開始打起哆嗦，兩條腿發著抖。他的胃、他的肝、他所有的五臟六腑，彷彿快要從口裡吐了出來。但不知為何，他手裡還是握著酒瓶，沒有放下。他用力吸氣、吐氣，吸氣、吐氣，再舉起酒瓶，喝了一口，沖沖嘴巴，再一口吞下。又一瓶酒被他喝光了。

但就在這個時候，彷彿做夢一般，他在屋後的暗影裡看到了那四部腳踏車，並排停著。

39

兩個孩子洗完澡後，凱蒂幫他們穿上睡衣睡褲，自己再去洗。晒了一整天的太陽，她汗流浹背，所以在蓮蓬頭底下站了許久，充分享受洗髮精和沐浴乳把身體清洗乾淨的舒暢感。

洗完澡，她穿上艾歷克為她準備的寬鬆運動褲，和一件破舊的卡羅萊納黑豹隊（Carolina Panthers）運動衣，再去幫孩子煮麵。飯後，她和孩子一起瀏覽家裡收藏的DVD，最後選定了兩個孩子都感興趣的《海底總動員》（*Finding Nemo*）來看。在沙發上坐定後，他們開始觀賞電影，凱蒂的大腿上還放了一碗爆米花，讓坐在兩旁的孩子方便拿取。一天下來，凱蒂終於可以澈底放鬆。

屋外，天空像放煙火似的，展現出彩虹般的斑斕色彩，之後顏色漸漸淡去，再變得灰灰藍藍，最後轉成藍紫色。當最後一波熱氣從地面上散去，天上也開始閃爍著星光。

電影演到一半，克莉絲汀就開始打起呵欠，但只要多莉（Dory）出現在螢幕上，她就開心大喊：「我最喜歡她了，雖然我不記得為什麼！」坐在凱蒂另一邊的喬許也強打起精神，試著要保持清醒。

電影結束後，凱蒂彎腰把電視關掉，喬許抬起頭，接著又垂下去。她抱不動喬許，只好推推他肩膀，提醒他該睡覺了。喬許咕嚕了一聲，然後挺起身子，伸伸懶腰，站起來，在凱蒂的攙扶下，搖搖晃晃走進臥室，沒有任何抱怨就爬上床。凱蒂親親他的臉，跟他道聲晚安，再走出房間。由於不知道他需不需要小夜燈，她只好將房門虛掩著，但沒關掉走廊上的燈。

接下來，她把克莉絲汀抱回房，並且應她的要求在床上陪她躺幾分鐘。她躺在克莉絲汀床上，瞪著天花板，感受到暑熱開始發威。她強迫自己保持清醒，直到幾分鐘後，克莉絲汀睡著了，她才輕手輕腳走出房間。

把殘羹剩菜和還沒吃完的爆米花都處理掉後，她開始舉目四顧，這才發現客廳裡到處都是小孩子活動的痕跡，包括書架上的一盒拼圖、角落裡的一籃玩具，及具備防水功能的舒適皮沙發。此外，她也趁機端詳了一下散落於四處的各種玩意兒，例如一部每天必須上發條的老式時鐘，擺在躺椅附近架子上一套古老的百科全書，放在窗臺附近桌上的一個水晶花瓶。牆上，有幾幅建築物的黑白照，照片中的主角是古老破敗、具備典型南方風格的菸草烘焙倉。她還記得，她從北方坐車來北卡州時，沿途就見到過不少類似的景致。

此外，有不少地方則顯示出了艾歷克生活裡的忙亂，例如，沙發前的長條地毯上有一個紅色的汙漬，木地板上有許多凹痕或洞孔，護壁板上則積了不少灰塵。但這些卻讓凱蒂忍不住會心一笑，因為這大大小小的物事或痕跡，同時也反映了艾歷克的真實樣貌：儘管痛失了愛妻，他仍盡全力拉拔兩個孩子長大，並設法保持家中的整潔。這個家其實是艾歷克的人生縮影，凱蒂喜歡它輕鬆自在的情調。

瀏覽完這些，她關掉幾盞大燈，癱倒在沙發上，拿起遙控器，從這個頻道轉到那個頻道，想找個有趣又不費腦力的節目來看。十點了，艾歷克再一個鐘頭就回來了。她躺在沙發上，轉到探索頻道，節目內容跟火山有關，她決定看下去。看了一會兒，她發現螢幕上的反光太刺眼，於是轉身關掉茶几上的檯燈，整個客廳馬上暗了下來。再躺回沙發上，一看，嗯，好多了。

看了幾分鐘電視，她眼皮越來越沉重；每眨一次眼，她閉上眼睛的時間就更久，雖然她自己並沒有意識到。她呼吸的頻率則越來越慢、越來越慢，直到她覺得自己好像快跟沙發融合成一體。接著，她腦海裡閃過一些，一開始看似不相關的影像，是她在遊樂園裡、在摩天輪上看到的。遊樂園內，遊客們三三兩兩聚集在一起，其中有男有女、有老有少，還有全家一起出遊的。看著看著，她發現遠處有個男人頭戴棒球帽，鼻子上掛著墨鏡，在人群裡來回穿梭，好像在尋找什麼。但還沒看清楚他的長相，這人就不見了。不過他身上有些特徵，比方說走路的樣子、下巴的弧度、揮動手臂的方式，她卻隱約認得。

凱蒂的身體越來越放鬆，意識則不知飄到了哪裡，只知道電視螢幕上的影像變得越來越模糊，電視裡傳來的聲音越來越遠，客廳也變得越來越暗，越來越安靜。她的意識不斷飄遠，腦海裡一次又一次浮現出她在摩天輪上看到的景象，當然還有那個男人——他，看起來像個獵人，在叢林裡搜尋獵物的獵人。

40

凱文仰臉看著窗戶，手裡抱著已經喝掉一半的酒瓶；這瓶伏特加，是他今天晚上的第三瓶。他站在屋後的碼頭上，沒有人多看他一眼。先前，他換了一件黑色長袖襯衫和一條深色牛仔褲，此刻又藏身在後車廂後方的柏樹陰影裡，因此全身上下只有臉部隱約可見。此刻，他專注看著樓上的窗戶、樓上的燈光，以留意艾琳的動靜。

等了好久，什麼事都沒發生。他繼續喝酒，他打算喝光手上這一瓶。雜貨店內，每隔幾分鐘就有客人上門，而且多半是拿信用卡來加油的。沒想到，連這樣一個雞不拉屎、鳥不生蛋的地方，生意也這麼好。他信步走到雜貨店旁，抬頭窺看樓上的窗戶。他看到淡藍色的光閃爍著，應該是電視機螢幕發出來的。看來他們四個人正在看電視，彷彿一個美滿的家庭。又或許，兩個小孩已經睡了，畢竟他們在園遊會玩了一天，還騎車回家，現在應該累了。這樣的話，現在在看電視的或許只有艾琳和那個灰髮男人，窩在沙發上，一邊看著梅格·萊恩或茱莉亞·羅勃茲在電影裡墜入愛河，一邊親吻彼此、愛撫彼此。

凱文感到全身痠痛、筋疲力盡，胃部還翻攪個不停。其實，他大可現在就走上樓梯，破門而入，將他們一一斃命，好結束這一切的；只可惜，雜貨店裡人來人往，停車場上還停了不少車，他不能輕舉妄動。他停車熄火後，把車子推到了屋後一棵樹後頭，行經的車子應該不會看到。他好想拿起手槍，瞄準目標，扣下扳機，看著他們一一斷氣；但另一方面，他又好想躺下來好好睡個覺——他這輩子從來沒這麼疲倦過。也許一覺醒來，他會看到艾琳躺在身邊，這樣他就可以說服自己，艾琳從來沒離開過。

過了一會兒，他看到艾琳的側影出現在窗邊，轉身時臉上還帶著微笑，大概是在想那個灰髮男人，想著要如何跟他翻雲覆雨吧。聖經上說：人若一味地行淫，隨從逆性的情慾，就受永火的刑罰，作為鑑戒。

聖經上還說：（犯姦淫者），要在聖天使和羔羊面前，在火與硫磺之中受痛苦。既然艾琳犯了通姦罪，身為聖天使的他，自然有義務替天行道。

火的意象，在聖經裡經常看到，凱文很清楚為什麼。因為火具有淨化與懲戒的功能，而且威力強大，是聖天使的武器。他喝完手上的伏特加，一腳將空瓶踢入灌木叢內。一輛車在加油泵浦前停下，駕駛走下車，拿出信用卡一刷，開始加油。加油泵浦附近貼了一張告示，提醒路人抽菸是違法的，因為汽油是易燃物。但雜貨店裡，卻買得到打火機的燃料油，還有木炭。凱文記得，稍早他進入店內買東西要結帳時，排在他前面那個男人，手裡就拿了一罐打火機油。

火。

另一方面，正在開車的艾歷克，為了讓自己舒服點，不斷變換坐姿，並調整手放在方向盤上的位置。後座，喬伊絲和她女兒一上車就嘰哩呱啦聊個不停。

艾歷克看看儀表板上的時鐘，有點晚了，兩個孩子應該已經上床或準備上床了，很好。回程的路上，他喝掉了一瓶水，但口還是很渴，他該不該再次停車買水呢？他心裡猶豫著。他知道喬伊絲和她女兒不會介意，但他不想停車，因為他只想趕快回家。

不久，他的心思開始飄走。他想到兩個孩子，想到凱蒂，也想到卡莉。不曉得卡莉會怎麼看凱蒂？她會希望他把那封信交給凱蒂嗎？想著想著，關於凱蒂的回憶一一湧上心頭，譬如她如何幫克莉絲汀將洋娃娃套上衣服，她做飯給他吃的那個晚上，樣子有多麼嫵媚動人。一想到凱蒂正在家裡等他，他恨不得猛踩油門。

對向車道上，遙遠的地平線上，出現了燈光的亮點。這個亮點慢慢一分為二，再逐漸變大、變亮，原來是對向來車的車頭燈。兩車交會後，紅色的燈光在後視鏡內迅速消失在遠方。

忽然，南方的天空像幻燈片一樣閃啊閃的，是熱閃電。接著，他看到右手邊有一間農舍，樓下亮著燈。過了一會兒，一輛卡車從旁駛過，車牌來自維吉尼亞州。他活動活動肩膀，想趕走身上的疲累。又走了一段路，他看到路旁有一個交通標誌，標示著威明頓還有幾英里遠。他忍不住嘆口氣。還有好長一段路呢。

凱蒂的眼皮跳個不停。她在做夢，潛意識開始加班，試圖將片段的資訊完整拼湊起來。

終於，夢境不見了。幾分鐘後，她將雙腿抬到胸前，翻身，差一點醒過來。過了一會兒，她呼吸的速度又放慢下來。

晚上十點，停車場幾乎空空如也。雜貨店快關門了，凱文踅到店門口前，瞇眼看著店裡透出來的燈光。他推開門，聽到鈴聲。櫃臺後站了一個男人。凱文對他有點印象，但不記得是什麼時候在什麼地方看到的。他身上的白色圍巾上，右手邊繡了「羅傑」二字。

凱文從收銀機旁走過。「我的車快沒油了。」但口齒起來不怎麼清晰。

羅傑低著頭回答：「汽油桶在那道牆旁邊。」最後，羅傑抬起頭，瞪大了眼睛：「你沒事吧？」

「沒事，我只是累了。」他知道羅傑正在看他，但他不想引起注意，於是快步走到貨架旁的走道上。他的手槍就夾在皮帶內，這個叫羅傑的傢伙最好不要多管閒事。來到牆邊，他看到容量五加侖的塑膠桶有三個，便伸手拿了兩個，再拿到收銀機旁，掏出錢放在櫃臺上。

「我加好油後再付錢。」凱文說。

走到店外，他啟動泵浦，把汽油灌進桶內，一邊看著儀表板上的數字快速跳動。兩個桶子都裝滿後，他走回店裡。羅傑盯著他看，猶豫著該不該找錢。

「怎麼一次買這麼多？」

「艾琳要用。」

「艾琳是誰？」

凱文眯起眼睛說：「你到底要賣不賣？」

「你確定你能開車？」

「我人不舒服，」凱文嘟囔著說：「吐了一整天。」

他不確定羅傑是不是相信自己，但羅傑總算收了錢，再找錢給他。他回到加油泵浦旁，抬起桶子。怎麼重得像鉛塊一樣？他使出吃奶的力氣，感覺胃部正在翻攪，兩耳間的頭痛像在打鼓。他邁開腳步，往先前的藏身處走去。

他把桶子放在暗處的高草叢裡。再繞到店後方，等羅傑關門，等店內燈光熄滅，等樓上的每個人都睡著。然後上車又拿了一瓶伏特加，仰頭喝了一口。

車子開到威明頓，艾歷克的精神振奮了起來，因為他知道就快到家了。再過半個小時，他也許就到南波特了。送喬伊絲和她女兒回家，只需要幾分鐘的時間，接著他就可以回家了。回到家，不曉得凱蒂會在客廳裡等他？還是像她先前逗他時所說，會在他床上等他？

他不禁想起卡莉，因為卡莉也說過類似的話。有時候，他們也許在談公事，談卡莉的父母在佛州不曉得過得開不開心，忽然，卡莉會天外飛來一筆，說她累了，問艾歷克要不要跟她到床上親熱一下？

艾歷克看看時鐘，十點十五分。凱蒂正在等他。再看看窗外，路旁草地上有大約六、七頭鹿好像凍僵一般，雙眼反射著車頭燈的光，瑩瑩發亮，彷彿某種超自然之物，彷彿被鬼附了身。

加油泵浦上的日光燈，閃了一下就熄滅，雜貨店裡的電燈也跟著熄滅。凱文從藏身的角落看出去，看到羅傑正在關門。門關好後，羅傑用手拉了拉，確定門鎖好後才轉身，走向布滿小石子的停車場，爬上一輛棕色的皮卡車。

車子發動時，引擎發出幾聲尖銳的雜音，想必是風扇皮帶鬆了吧。羅傑再一次催動引擎，打開車頭燈，換檔，接著將車子開上大馬路，往鎮上去了。

凱文怕羅傑半路回來，所以又等了五分鐘才走出藏身處，店門前的馬路已經悄無聲息，東西兩個方向都沒有車子經過。他小跑步到他藏匿汽油桶的灌木叢裡，再一次檢查前方的道路，沒有人車。他抬起一個桶子，到店後方放下，再回去取另一桶。汽油桶附近，有幾個金屬垃圾桶，裡頭裝滿了腐爛的食物，因此臭氣熏天。

樓上的一扇窗戶，至今仍沐浴在電視機發出的藍光裡，但屋裡的其他燈光均已熄滅。凱文知道，他們倆現在一定光著身子。怒火又開始在他體內燃燒。時間到了，該下手了。他伸手想拿汽油桶，卻看到了四個影像。等閉上一隻眼，視覺才恢復正常，看到了兩個影像。他邁出步伐，卻重心不穩，往前跌了一跤，他伸手想抓住牆角穩住身體，卻失了手，重重跌在地上，頭撞上地上的石頭。他頓時感到一陣痛楚，而且眼冒金星，呼吸困難。他試著站起身子，但沒站穩，又跌倒在地。他翻了個身子，躺在地上，盯著天上的星星看。

他沒醉，因為他從來沒喝醉過，卻又好像有什麼地方不對勁。光線一閃一閃，在他周遭轉啊轉的，彷彿一道正在加速的龍捲風。他用力閉起眼睛，天旋地轉的感覺卻更加強烈。他翻身側躺，往旁邊的石頭上就吐了起來。他從來沒這麼不舒服過，但他一整天幾乎沒吃沒喝，看來，他一定是被人給下藥了。

他開始胡亂揮手，想抓住垃圾桶撐起身體。他抓住垃圾桶的蓋子，卻用力過猛，蓋子哐啷啷掉在地上，裡頭的一袋垃圾也跟著傾瀉而出，並發出震耳欲聾的聲響。

樓上，正在做夢的凱蒂，被這聲巨響給嚇了一跳。半晌後，她眨眨眼皮，睜開眼，迷迷糊糊之間想聽清楚是什麼聲音，卻又不確定那是不是她做夢時聽到的。聽了一會兒，沒有任何聲音。

於是她往後一躺，又沉沉睡去，並接續剛剛的夢境又做起夢來。夢中，她在園遊會裡的摩天輪上，但坐在身邊的不再是克莉絲汀。

而是裘。

凱文終於掙扎地站起身，直挺挺地立著。他不曉得自己是怎麼了，為什麼無法保持平衡。

他把精神專注在呼吸上，吸氣吐氣，吸氣吐氣。他看見裝汽油的塑膠桶，往它們走去，差一點再次跌倒。

但他沒有跌倒，他抬起其中一個桶子，跌跌撞撞走向屋後的樓梯。他伸手想抓住樓梯的欄杆，但沒抓到，只好再試一遍。接著，他像喜馬拉雅山上以善於翻山越嶺聞名的雪巴人一樣，把桶子往上拖，拖向大門。最後他終於來到上面的樓梯間，一邊喘著粗氣，一邊彎腰要打開桶蓋。由於腦部充血，他感到頭暈目眩，但他藉著汽油桶穩住身體，所以沒有跌倒。汽油桶的蓋子從他手裡不斷滑開，他費了好一番工夫才終於把蓋子打開。

蓋子打開後，他搬起桶子，將裡頭的汽油潑灑在樓梯間和門板上。每潑一下，桶子的重量就變得更輕，所以越來越輕鬆。汽油順著拋物線的方向灑出，將四周圍的牆壁都給浸溼。左邊潑完了，他再潑右邊，兩旁的牆壁他都要灑上汽油。接著他步下樓梯，左右兩邊都灑上汽油。從汽油裡揮發出來的氣體，讓他覺得噁心反胃，但他沒有住手，還是繼續灑下去。

來到樓梯底部時，桶子裡的汽油已所剩無幾。他吃力地呼吸著，再度因為那刺鼻的氣體感到反胃。休息了一會兒，他又開始動作，目標明確、意志堅決地動作著。他把空桶子扔到一旁，伸手去搬另一桶。牆上較高的地方，他搆不著，但沒關係，只要是搆得著的地方，他都會淋上汽油。潑完了一邊，他從屋後繞到另一邊，再潑。上面的窗戶，繼續閃爍著電視機裡發出來的光，卻鴉雀無聲。

潑灑完建築物的另一面，第二桶汽油就用光了，沒辦法繼續潑灑正面。他放眼掃視馬路，不管是哪個方向，都沒有車子開過來。此刻，艾琳跟那個灰髮男人大概都脫得精光，在樓上卿卿我我，還一邊嘲笑他吧。艾琳這個賤女人，她逃家後差一點在費城被他給逮到。當時她改名換姓，謊稱自己叫艾芮卡，現在又假裝自己叫做凱蒂。

凱文來到店門前，揣度著：這窗戶有沒有警鈴裝置呢？也許沒有。總之，他管不了那麼多了。他現在最需要的是找個東西把汽油點燃，例如打火機油、機油，又或者松節油。但雜貨店的窗玻璃要是打破，他就沒多少時間可以行動了。

心意已決，他抬起手肘，往窗玻璃用力一撞，沒聽到警鈴聲。他取下幾塊碎玻璃，壓根兒沒察覺到手指已經刺傷，血流了出來。再扯掉幾塊碎玻璃，窗玻璃成片成片地掉下。眼見洞口開得夠大了，他爬進去，手臂卻被一塊鋸齒狀的玻璃碎片卡住，而且卡得很深。他用力一拉，弄得皮開肉綻，但他不能停。血從他的手臂上流出，和手指傷口上的血和在一起。

店後方靠牆擺著的冷凍櫃還亮著燈，他走進走道裡，一邊思忖著：Cheerios麥片會不會燃燒？Twinkies奶油夾心餅會不會燃燒？DVD會不會燃燒？終於，他在貨架上看到了木炭和打火機油。但打火機油只有兩罐，不行，這樣不夠。他眨眨眼，再四下張望，還有什麼東西可以用呢？最後，他在店後方看到了烤肉架。

天然氣。丙烷。

他走向烤肉區，掀開分隔板，面對烤肉爐站著，轉動爐子開關，再開第二個。他不知道爐火的開關閥在哪裡，但他沒時間找了，因為這裡也許很快就有人來了。也許，克非和拉米瑞茲正在說他閒話、嘲笑他，問他和艾琳去普羅文斯敦時有沒有吃蟹肉餅。

他抓起羅傑掛在架子上的圍巾，往火焰裡一丟。再打開手上的罐子，將打火機油噴在烤肉爐的爐面上，但罐子溼溼滑滑的，他定睛一看，原來上面有血，這些血是哪裡來的？接著他跳上流理臺，往天花板上噴油，再跳下來，到店門口附近又噴了一些，這時候他注意到，那條圍巾已經開始熊熊燃燒。油噴完了，他把空罐子往旁邊一丟，再打開另一罐，朝天花板繼續噴。圍巾上的火舌開始蔓延到牆上和天花板上。他走到收銀機旁想找打火機，結果在香菸附近的一個塑膠桶內找到了一大把。他把剩下的打火機油噴在收銀機上和收銀機後方的一張矮桌上。油沒了，他再從剛剛打破的窗玻璃爬出去，碎玻璃被他的腳一踩，發出劈里啪啦的聲響。他站在雜貨店旁，點亮打火機，往潑灑了汽油的牆上挨近，木板很快燃燒起來。接著他來到屋後，把通往二樓的樓梯也點起火來，火勢迅速往樓上的大門和屋頂蔓延。

火舌四處亂竄，很快就形成了火海。聖經上說：（罪人）要受刑罰，永遠沉淪。艾琳和她的姘頭都是罪人，這下子總算得到報應了。

凱文站在一旁，痛快地看大火將整棟屋子吞沒。他用手抹抹臉，在臉上留下血跡。在橘色的亮光中，他看起來宛如一頭野獸。

夢中，摩天輪上，坐在凱蒂身邊的裘沒有笑容，而且彷彿在觀望底下的人群，蹙著眉，一臉專注。

那裡，裘用手指著，他在那裡，妳看到了沒？

妳在這裡幹嘛？克莉絲汀人呢？

她在睡覺。妳趕快醒醒。

凱蒂沿著袞指的方向看過去，但下面人太多了，萬頭攢動，她根本看不清楚。在哪兒？我什麼都沒看到。

他來了，袞說。

誰來了？

妳知道我說誰。

夢中，摩天輪霎時停住，並發出玻璃碎裂般的巨響。接著，遊樂園裡的色彩越變越淡，底下忽然變成一秒鐘前並不存在的厚厚雲層，眼前的世界彷彿遭到抹去，一切都忽然變暗。凱蒂被無法穿透的黑暗層層包圍，只有偶爾才能在視野邊緣處看到一點光亮，和有人講話的聲音。

她再一次聽到袞的聲音，那聲音像在呢喃。

妳聞到了嗎？

凱蒂用力嗅聞，但仍然意識迷糊。她眼皮快速眨了幾下，然後打開，卻覺得眼睛莫名地刺痛。定睛一看，電視機還開著，原來她睡著了。儘管夢境已經遠去，袞的聲音在她腦海裡仍清晰可聞。

妳聞到了嗎？

她做了一個深呼吸，一邊坐起身，一邊咳嗽了起來。她緊接著發現，客廳裡濃煙密布。她趕緊跳下沙發。

難不成失火了？窗外，有火舌在不住跳躍，還閃著橘紅色的光。門著火了，濃煙從廚房裡不斷竄入。她聽到轟轟轟的聲音，彷彿火車一樣，還聽到嗶嗶啵啵、劈里啪啦，和東西斷裂的聲音。她馬上明白這是怎麼一回事。

天啊！孩子！

她衝進走廊，看到兩個孩子的房間裡都有濃煙竄出，嚇了一跳。喬許的房間距離較近，她趕緊衝進去，一邊揮舞手臂想擋掉陣陣黑煙。

來到床邊，她一把抓住喬許的手臂，硬拖他起來。

「喬許！快起來！房子失火了！我們快逃！」

喬許睡眼惺忪，還想賴床，但凱蒂哪容他反駁，把他用力一拉，大叫：「快！」喬許馬上咳了起來，彎著腰的身體彷彿摺成了一半。走廊上的濃煙就像一堵無法穿透的牆，但凱蒂還是拖著他往前衝。摸了幾下，她終於在走廊對面找到了克莉絲汀的房門。

克莉絲汀這邊，情況雖然不像喬許的房間那麼糟，但溫度還是很快升高。喬許一邊咳嗽一邊哭嚎，並設法跟上腳步，但凱蒂知道她不能放手。她衝到克莉絲汀床邊，搖醒她，再用另一隻手拖她下床。

火的怒吼，讓她幾乎快聽不到自己的聲音。她把兩個孩子半抱半拉，退回到走廊上，透過濃煙，她看到走廊出入口處有一團幾乎看不見的橘色火光。火舌燒到了牆上和天花板上，並往他們的方向蔓延。她沒有時間慢慢思考，必須馬上行動。她轉身把孩子往回推，要他們進主臥室裡，那裡的煙沒有這麼濃。

接著她衝入主臥室內，伸手開燈，還好燈沒有壞。房內的某一面牆邊，擺著艾歷克的床，另一面牆邊則擺著五斗櫃。她看到正前方有一張搖椅和窗戶，謝天謝地，這裡尚未遭到火勢侵襲。她「砰」的一聲將房門關上。

儘管被濃煙嗆得不住咳嗽，她還是拖著喬許和克莉絲汀踉踉蹌蹌地往前走。兩個孩子時而咳嗽，時而哭叫。來到窗邊，她想掙脫孩子的手好開窗，但兩個孩子都緊抓著她不放。

她大叫：「放手！讓我先開窗！現在要逃就只有這條路了！」但兩個孩子驚魂未定，乍聽這句話根本沒有聽懂，但她沒時間解釋了。她七手八腳地打開老式窗鎖，再試著抬起沉甸甸的窗玻璃。沒有用，窗玻璃一動也不動。她仔細一看，發現窗框已經釘死了，而且可能已經釘死了好多年。怎麼辦？看到兩個孩子驚恐地望著自己，她腦中很快有了主意。她慌張地東張西望，想找個工具撞碎玻璃，最後相中了搖椅。

搖椅很重，但不知為何，她居然將搖椅高舉過肩，再使出全身的力氣砸向玻璃。玻璃裂了，但沒有破，她只好再試一次。這一次，在腎上腺素和恐懼的合力影響下，她怒吼一聲，將椅子猛力一丟，結果椅子打破玻璃，飛了出去，「砰」一聲掉在下方的屋簷上。她趕忙跑到床邊，將被子撕成條狀，綁在兩個孩子身上，再推他們到窗邊。

忽然，她聽到身後有東西碎裂，轉身一看，牆上有一部分已經開始著火，火舌蔓延到了天花板上。她看到牆上有一幅人像畫，忍不住停下腳步。啊，一定是艾歷克的前妻，不然會是誰呢？但那張臉好熟悉，熟悉得教她感到納悶，她眨眨眼睛，以為那是幻覺，以為自己因為濃煙和恐懼而看錯了。她不由自主地走上前，想看個仔細，但部分天花板此時塌了下來，發出轟隆巨響。

她霍地轉身，將孩子推向窗邊，用兩手裹住他們，再探出窗外，並暗自祈禱他們身上的被子可以保護他們不受玻璃碎片割傷。在半空中吊了大概有一輩子那麼久，她鬆開手，一邊轉動身體，好讓孩子可以掉在自己身上。「砰」的一聲，她背朝下掉落在屋簷上。儘管掉落的高度不高，也許只有四、五英尺，但強烈的痛楚還是痛得她差點喘不過氣來。

兩個孩子嚇得不斷打嗝，並夾雜著咳嗽與嗚咽聲，但至少還活著。她眨眨眼睛，告訴自己要振作，千萬別昏厥過去，卻又覺得背部的骨頭好像摔斷了。她動動一隻腳，再動動另一隻腳，幸好沒事。她搖搖頭，想看得更清楚一點。兩個孩子正躺在她身上，努力想掙脫綁在身上的被子。上方，火舌已經從破掉的玻璃窗內竄出，看樣子就快往下蔓延。此刻周圍已是火海一片，幾乎快吞沒整棟房子，她知道自己必須振作起精神，拿出全部的力氣趕快行動，否則她和兩個孩子恐怕再過幾十秒就要喪命。

喬伊絲和她女兒下車後，艾歷克驅車準備回家，但在路上，他注意到了一個奇怪的景象：鎮郊處，黑壓壓的樹林上方，天空中居然閃著橘色的微光。記得從他開車回到鎮上，一直到轉進喬伊絲住的那條街以前，並沒有看到這個景象啊。望著那光，他皺起眉頭，心中升起不祥的預感：大事不妙！猶豫了一會兒，他趕緊踩下油門。

當凱蒂翻轉過身，喬許和克莉絲汀已經坐了起來。往下一看，地面距離屋簷大概有十英尺遠，但她必須冒這個險，要不然就沒時間了。她抓住喬許的臂膀，試著用盡量冷靜的聲音說：「我要用這布條把你往下放，但距離地面恐怕還有一段距離，你到時候得自己跳下去喔。」

喬許雖然沒有停止啜泣，但也並沒有抗議，他一臉震驚，愣愣地點點頭。凱蒂一邊拖著喬許，一邊爬向屋簷邊緣。到了邊緣處，屋簷開始搖晃起來，火舌沿著兩根支撐用的柱子往上爬。她抓住喬許的手，讓他側轉過身，先把腿放下去，再慢慢滑向邊緣，一邊把他往下放……她感到手臂一陣痠痛。眼看自己就快要支撐不住了，還好喬許距離地面只有大約四英尺，他應該可以安全跳下去吧。

於是她鬆開手，屋簷隨之上下震動。接著是克莉絲汀，她全身發著抖爬向凱蒂。

「寶貝，輪到妳囉。來，手給我。」

她用同樣的方式把克莉絲汀放下去，放手時屏住呼吸，大氣不敢喘一口。半晌後，兩個孩子在地上站了起來，抬頭看她。他們正在等她。

她大喊一聲：「後退！」。

接著一陣猛咳，她知道自己得加快速度。她緊緊抓住屋簷邊緣，側過身，先放下一隻腳，再放另一隻。掛在屋簷上搖晃了一秒鐘，才鬆開手。

到了地上，她膝蓋一軟，趴倒在地，幾個翻滾後，才在店門前入口處停下來。腿上傳來一陣劇痛，但她得先把孩子送到安全的地方才行。她邊爬邊站起身，走了幾步，抓住孩子的手拖他們離開火場。

火舌不斷跳躍、竄動，噴向天空，連附近的樹也燒了起來，上方的樹枝像爆竹一樣劈劈啪啪亂響。一個尖銳的聲音響起，讓她耳鳴了老半天。她轉頭一覷，正好看到房子的牆壁開始往內塌陷，接著是一聲震耳欲聾的爆炸，把她和兩個孩子都震倒在地。

待三人喘過氣來，轉身一看，整家店已經完全陷入火海，但至少他們逃了出來。兩個孩子開始啜泣，她摟住他們，親親他們的頭頂，溫柔地說：「沒事了沒事了。現在安全了。」

但就在下一秒，她才發現自己錯了。黑暗中冒出一個持槍的人影，巨大的身影把他們三人完全籠罩住。

是凱文。

正在開車的艾歷克，腳一直踩著油門，擔憂的情緒卻益發強烈，胃糾成一團。從車上看過去，失火的地點還很遠，無法確知所在何處。位在那個方向的建築物很多，但多半是些孤立的農舍，當然還包括他家。

他的身體越伏越低，幾乎快貼到方向盤上了，這樣的姿勢彷彿在催促車子：快，再快一點！

至於凱蒂，則不敢相信自己的眼睛。

「他在哪裡？」一個沙啞的聲音響起。儘管他口齒不清，一張臉也半掩在陰影裡，但這個聲音凱蒂認得。他身後閃著熊熊火光，臉上沾滿煤灰與血跡，衣服上好像也沾了血，手裡拿著一把亮晃晃、彷彿泡過了油的手槍。

裘在凱蒂夢中不是說了嗎？他來了。

誰來了？

妳知道我說誰。

凱文舉起槍，指著她說：「艾琳，我有話想跟他談談。」

她站起身，兩個孩子滿臉驚懼地緊緊抓住她。凱文眼露野獸般的凶光，手腳不住抽動。他上前一步，差一點失去平衡，槍在他手中不穩定地晃蕩著。

凱蒂心裡明白，他打算把他們全給殺了，不然不會縱火。但他也醉了，而且喝得爛醉如泥，她從來沒看過他醉成這個樣子。現在的他完全失去了理性，完全失控了。

但她至少要保護兩個孩子，讓他們有機會逃走才行。

她勉強擠出了一個笑容，用撒嬌的聲音說：「凱文，你拿槍幹嘛？你是來接我的嗎？你還好嗎，寶貝？」

凱文忍不住眨眨眼睛。這聲音如此溫柔、如此甜美、如此性感。他最喜歡艾琳發出這種聲音了。他是在做夢嗎？不，不是做夢，此刻，艾琳的的確確就站在眼前。艾琳朝他嫣然一笑，再走近一步。「凱文，我愛你，我就知道你會來找我。」

凱文瞪大了眼睛。艾琳的身影忽而為一，忽而為二。他之前告訴同事，艾琳到新罕布夏州去照顧生病的朋友，但她走後，雪地上沒留下任何腳印，他打回家的電話還被轉接到別的號碼去。一個小男孩遭到槍殺，死時額頭上沾滿了披薩醬。但現在，艾琳就站在面前，還說她愛他。

凱蒂心想，*差一點，她差一點就成功了*。於是她往前又邁出一步，同時把兩個孩子推到身後。

「你帶我回家好嗎？」這個聲音，跟艾琳以前哀求他的時候沒有兩樣，但她為什麼頭髮剪短了，還染成了棕色，而且一點都不怕他？他不禁感到納悶。他很想扣下扳機，但是他愛艾琳。要是那劇烈的頭痛可以停止就好了——

忽然，凱蒂一個箭步衝上前去，想推開凱文手上的槍。凱文想擊發手中的槍，手腕卻被凱蒂死命抓住。克莉絲汀嚇得大叫。

凱蒂朝身後大喊：「喬許，帶你妹妹快跑！他手上有槍！你們跑得越遠越好，再找個地方躲起來！」

聽到凱蒂聲音裡的驚慌，喬許彷彿大夢初醒，抓起妹妹的手開始拔腿狂奔，朝大馬路、朝凱蒂家的方向死命地跑。

「賤人！」凱文大叫，並試圖掙脫。接著凱蒂張嘴往凱文的手用力一咬，凱文痛得大叫。為掙脫束縛，他用另一隻手往凱蒂的太陽穴揮拳，讓她頓時眼冒金星。但她沒有放手，並且再一次開口，咬上了凱文的大拇指。他痛得哇哇大叫，鬆開手，槍哐啷一聲掉到地上，接著又揮拳打在凱蒂顴骨上，打得她摔倒在地。

他開始用腳踹凱蒂的背，讓她痛得忍不住弓起身體。凱蒂雖然慌張害怕，知道凱文一定會殺了她，殺了兩個孩子，但她一定要幫他們爭取時間，讓他們有機會逃出生天。於是她撐起身體，趴跪在地，開始爬行，而且越爬越快，爬了幾步後往上一跳，站了起來。

她彷彿化身成短跑選手，快步跑了起來。但跑了幾步，就被凱文從後面一撞，再一次跌倒在地，差點喘不過氣來。凱文扯住她的頭髮，開始打她，再抓住她的手臂，用力一扭，想從她背後制住她。結果，他一個重心不穩，讓凱蒂逮到機會往上一揮，抓向凱文的眼睛，掃到了他的眼角。

凱蒂為了活命，為了爭取時間讓兩個孩子可以逃走，跑到安全的地方躲起來，全身上下充滿了腎上腺素，因為她必須努力戰鬥。憤恨的情緒一股腦兒湧上心頭，她開始對凱文大聲咒罵，她拒絕再受到他粗暴對待。

凱文伸手想抓她手指，卻重心不穩，差一點失去平衡，讓她得以趁機扭開身體。凱文又伸手抓她的腿，但沒抓穩，她一隻腿因此得以掙脫。接著她把腿往下巴處一收，再使出全身的力氣往凱文身上一踢，踢到了他的下巴上，凱文吃了一驚，她趁機再踢，踢得凱文滾到一旁。她掙扎著爬起，站好後拔腿再跑。但凱文也幾乎同時站起。她看到剛剛那把槍就在幾英尺外的地上，馬上撲了上去。

艾歷克開著車，開始橫衝直撞。他喃喃唸著兩個孩子和凱蒂的名字，一邊祈禱他們平安無事。

車子在石子路上轉了彎，他心一沉，天啊，他的預感居然成真了。眼前，擋風玻璃外的一大片空地和建築物，已經淪陷在火海當中，簡直跟地獄沒有兩樣。

就在這個時候，他看到前方的道路旁有人在動，是兩個小小的身影，身上還穿著白色的睡袍。是喬許和克莉絲汀。他趕緊猛踩煞車。

車子還沒停妥他就跳下車，衝向孩子。孩子一看到他，也哭哭啼啼地朝他跑去。艾歷克彎下腰把他們摟進懷裡。

「沒事了。」他緊緊摟住孩子，口裡喃喃唸著：「沒事了。」

克莉絲汀和喬許接下來一邊打嗝，一邊哽咽地說了一些他聽不懂的話，原本以為他們是在講失火的事，後來他總算聽清楚了，不由得心中一凜，原來他們說的是：凱蒂小姐正和一個拿著槍的男人扭打在一起。

他要兩個孩子趕緊上車，再掉轉車頭，火速飆往凱蒂家，一邊按下手機上的速撥鍵。響了兩聲，喬伊絲接起電話。他告訴她有緊急狀況發生，要她請她女兒趕緊載她到凱蒂家，並馬上打電話報警，接著便掛斷電話。

他在凱蒂家前面緊急煞車，還濺起了一顆顆小石頭。

他吩咐兩個孩子趕緊下車，躲進凱蒂家，他會盡快回來接他們。接著他再次掉轉車頭，踩下油門，往雜貨店的方向疾駛而去，並祈禱一切最好還來得及。

祈禱凱蒂還活著。

凱蒂雖然撲過去搶槍，卻被凱文早一步搶到。他抓起槍，怒不可抑地指著凱蒂，扯她頭髮，再用槍抵住她的頭，把她拖到停車場另一邊。

「妳敢離開我？妳不能離開我！」

到了店後方，凱蒂在樹後面看到一輛掛有麻州車牌的車，是凱文的。熾熱的火焰，讓她覺得一張臉和手臂上的汗毛幾乎都快被烤焦。凱文粗野且口齒不清地對她咆哮。

「別忘了妳是我老婆！」

這時候，她隱約聽到了警笛聲，但聽起來好像很遠。

到了車子旁，她又試圖抵抗了一次，頭卻被凱文抓住，猛力撞向車頂，撞得她差點暈死過去。接著凱文打開後車廂，想把她硬塞進去，但她不知哪來的力氣，猛地轉過身，抬起膝蓋往凱文胯下用力一踢。凱文慘叫一聲，手也暫時鬆開。

接著她用力一推，掙脫了凱文，開始拔腿死命狂奔。她知道子彈很快就要射過來，她很快就要一命嗚呼。

剛剛那一踢，痛得凱文差點無法呼吸。他不明白艾琳為什麼會這麼做。以前的她從不反抗，從不戳他眼睛，也不會踢他或咬他啊。眼前這個女人，說話聲音明明跟艾琳一樣，行為舉止卻判若兩人，還留著褐色的頭髮……他踉踉蹌蹌追上去，舉槍，瞄準，結果卻看到了兩個艾琳在狂奔。

他扣下扳機。

聽到槍響，凱蒂嚇得瞪大眼睛，以為將有一陣劇痛穿過自己身體，但是沒有。她繼續跑，接著才恍然大悟，凱文一定沒打中。她忽而往左跑，忽而往右跑，仍在停車場上。她好想找地方掩護，只可惜找不到。

凱文在艾琳身後跌跌撞撞地跑著，一雙手因為流血而滑不溜丟的，搭在扳機上的手指還因此滑開了好幾次。他覺得自己好像又快吐了。但他不能吐，因為艾琳越跑越遠，還不斷蛇行，讓他很難鎖定目標。不管怎麼說，她是他老婆，跑不掉的。他愛她，所以要帶她回家；他恨她，所以要開槍射殺她。

跑著跑著，凱蒂看到馬路上出現車頭燈的燈光，一輛車正以賽車般的速度疾駛而來。她好想跑過去把車子攔下，但她知道自己來不及。忽然，車子的速度慢了下來，轉進停車場裡，她嚇了一跳，接著才發現，原來是艾歷克開著車過來了。

車子從她身旁呼嘯而過，朝凱文的方向開過去。

此外，警笛聲也越來越近了，想必是有人來救她了。她心中燃起了一線希望。

看到吉普車迎面而來，凱文舉槍擊發，但吉普車沒有停下，繼續朝他開過去，眼看就快撞上了。他趕緊跳開，但手還是被削到，手上骨頭彷彿全部斷掉，手裡的槍也被震落，彈進了黑暗中。他痛得發出慘叫，再抱住受傷的那隻手。

至於吉普車，由於失速，則繼續往前滑行，經過正在燃燒的雜貨店殘骸，開上石子路，直直撞上了一間儲藏用的小屋。

警笛聲在遠方響起。凱文雖然想繼續追艾琳，但要是留在這裡，絕對會被警察逮捕。因為恐懼，他一跛一跛地跑向自己的車，他必須趕快離開這裡。但他實在不懂，事情為什麼會演變到這種地步。

凱文駕著車火速衝出停車場，沿路濺起一顆顆石頭，開往大馬路上去了。而艾歷克的吉普車則有一半埋進了儲藏室裡，陣陣濃煙從引擎裡冒出，火光在後半邊的車身上晃動著，凱蒂嚇得趕快衝上前去，一面祈禱艾歷克能夠安全無事。

跑著跑著，她差點被一個堅硬的東西給絆倒，低頭一看，原來是凱文剛剛掉在地上的槍，她撿起槍，再繼續跑向吉普車。

她看到車門被推開了一點點，雖然前後都被破碎的殘骸給阻擋住，顯然艾歷克還活著，不自覺鬆了一口氣；但她也同時驚覺，喬許和克莉絲汀不見了。

她馬上高聲呼喚艾歷克，再衝到吉普車後方，用力敲打車身。「快出來！孩子不見了，我們要趕快找人。」

車門仍然卡住，但還好車窗可以搖下。艾歷克探出頭，額頭上流著血，聲音虛弱地說：「孩子沒事……我把他們帶去妳家了。」

凱蒂心中一涼，失聲叫道：「什麼？我的天啊！」不不不……她心裡想著，並再次用力敲打車身。「快！快出來！凱文跑了！往我家的方向去了！」說這話的同時，她清楚聽到了自己聲音裡的恐懼。

手受了傷的凱文，感受到這輩子前所未有的劇痛，並因為失血而頭昏眼花。看來，這隻手恐怕要廢了。他覺得這一切都太沒道理了。他聽到警笛聲不斷靠近，但他會到艾琳家等她，因為他知道，艾琳一定會回家，不是今晚就是明天。

將車子在艾琳家隔壁那廢棄的小屋後停好後，他開始恍神，看到安珀站在一棵樹後頭，問他願不願意請她喝一杯，但隨即又消失不見。接著他想起，家裡他已經澈底打掃過一番，外面的草皮也修剪得整整齊齊，只是他不知道該怎麼洗衣服，因為他從來沒有學過。但現在，艾琳居然稱自己是凱蒂。

他口好渴，但沒有東西可以喝，而且他好累。他看到褲子上沾滿了血，手指和手臂也流著血，只是他不記得這一切是怎麼發生的。他好想睡覺，好想休息一下，這樣當警察在找他時，他才有精神可以應付。

忽然，他覺得周遭的世界變得越來越遙遠、越來越模糊，好像是透過潛望鏡在看一樣。他聽到樹叢擺動時發出的沙沙聲，但他感受到不是清涼的微風，而是熾熱的暑氣。他開始發抖，但是也冒著汗，血從他的手掌和手臂上流出來，流了好多，而且流個不停。他必須休息一下，他撐不住了，他好睏，於是他閉上眼睛。

艾歷克急忙倒車，發動引擎，但只聽到輪胎在轉，車子卻動也不動。一想到兩個孩子可能有生命危險，他好緊張，他必須趕緊想辦法。

他抬起放在油門上的腳，啟動四輪傳動，然後再試一次。這一次，車子總算動了起來，但側鏡跟著掉落。凱蒂伸手想打開車門，但打不開，艾歷克於是側轉過身，伸出腳把車門踢開。凱蒂趕緊跳上去。

艾歷克接著掉轉車頭，加速，把車子開上了大馬路，看到消防車也來了，但他和凱蒂仍不發一語。他將油門踩到底，他這輩子從來沒這麼恐懼過。

到了轉角處，車子猛地一轉，車尾甩了幾下，但艾歷克仍繼續加速，開上通往凱蒂家的石子路。前面不遠處就是凱蒂住的小屋了，他看到窗裡透出微光，但沒看到凱文的車。他長吁一口氣，這才發現自己剛剛一直在憋氣。

聽到石子路上有車子開來，凱文抖一下驚醒過來。

大概是警察吧。出於本能，他伸出那隻已經廢了的手，想要拿槍，接著才想起槍不在身邊，不由得發出一聲痛苦與困惑的咒罵。他看看前座，槍不是放在那裡嗎？怎麼不見了？媽的，這一切是怎麼回事！

他跳下車，朝石子路上張望。是那輛吉普車，那輛在停車場上差點要了他的命的吉普車。車子停下來後，艾琳從車裡跳了出來。一開始他簡直不敢相信自己怎麼這麼好運，但隨即才想起，艾琳住在這裡，他來這裡就是為了等她自投羅網。

他顫抖著另一隻還沒廢掉的手，打開後車廂，取出一把鐵撬。他看到艾琳和她情夫跑向門廊。接著他一跛一跛往她家走去。他不想停也不能停，因為艾琳是他老婆，因為他愛她，這灰髮男人非死不可。

車子才剛停好，艾歷克和凱蒂就趕緊跳下車，衝向大門，並高聲呼喚兩個孩子。凱蒂手上則拿著槍。衝到門邊時，喬許正好把門打開，艾歷克欣喜若狂將他一把抱起。克莉絲汀緊接著從沙發後跑出來，衝向爸爸，一個箭步跳進艾歷克懷裡。

凱蒂站在門口，看他們父子團聚，一時之間覺得如釋重負，忍不住熱淚眼眶。克莉絲汀看到她，也伸手要她抱，凱蒂將她摟入懷裡，心中頓時生起強烈的幸福感。

由於他們沉浸在強烈的情緒當中，所以沒有察覺到凱文已經來到門邊。他高高舉起鐵撬，用力一揮，將艾歷克打倒在地，兩個孩子也因為強烈的震驚與恐懼跌倒在地。

隨著鐵撬發出「鏗」的一聲巨響，凱文的臂膀也跟著震了一下。看著灰髮男人癱倒在地，艾琳嚇得發出尖叫，他心中有說不出的快意。

就在這一刻，凱蒂心裡明白，艾歷克和兩個孩子是她生命裡最重要的人，她絕不能讓他們受到傷害，於是她衝向凱文，把他推出門外，再推下門廊，儘管門廊的階梯只有兩級，卻也足以讓凱文一個倒栽蔥往後摔到泥地上。

凱蒂轉身大叫：「快關門！」克莉絲汀一邊尖叫，一邊趕緊把門關上。

鐵撬已經滾落到一旁，凱文翻過身，掙扎著要站起來，但是才站起來，凱蒂就舉槍指著他。重心不穩的凱文差一點失去平衡，一張臉慘白得跟鬼一樣，而且眼神渙散，無法聚焦。凱蒂的眼眶裡則已經盈滿淚水。

「我曾經愛過你，」凱蒂說：「所以才嫁給了你。」

是艾琳嗎？凱文心想。好像是，可是這女人留著深色的短髮，但艾琳留的是金髮啊。她跟我說這些幹嘛？

「你說，你為什麼對我暴力相向？」凱蒂哭了起來。「你曾經發誓不再打我，可是卻食言了，我實在不懂為什麼。」凱蒂的手開始顫抖，忽然覺得手中的槍竟如此沉重。「我們度蜜月時，你就開始動手打我，只因為我把太陽眼鏡放在游泳池邊，忘了帶回去……」

是艾琳的聲音沒錯，但凱文懷疑自己是在做夢。

接著凱文嘟囔著說：「我愛妳，我一直都很愛妳。我不曉得妳為什麼要離開我。」

一股泫然欲泣的衝動從凱蒂的胸中冒出，接著她無法克制自己的情緒，連珠砲似地說出了一長串的話，似乎想把她多年來累積的憂傷一股腦兒都發洩出來。「你不准我開車，不准我交朋友，還嚴格管控我的經濟，需要用錢還得苦苦求你。你以為你是誰？憑什麼可以那樣對我？虧我是你老婆，虧我曾經那麼愛你！」

凱文東倒西歪，幾乎快站不住了。血從他的手指和手臂上流出、滴落，弄得地上溼答答的，教人分心。他很想跟艾琳講講話，很想要找到她，但是此刻，眼前的情景應該不是真的。他現在應該在杜徹斯特，在自己家中的床上睡覺，身旁還躺著艾琳。忽然，他腦海中的場景幡然一變，他發現自己站在一間骯髒破敗的公寓裡，旁邊還有個女人在哭。

「那個被槍殺的男孩，額頭上沾滿了披薩醬，」他口齒不清地囁嚅著，身體差一點摔倒，「她媽媽跌下樓梯，而我們逮捕了那個希臘人。」

但凱蒂聽不懂他在說什麼，也不曉得他究竟想幹嘛。她只知道，她恨透他了，這股恨意在她心中埋藏了很多年。「我替你燒飯做菜，打掃家裡，但這些你全不放在眼裡，只曉得喝酒，對我拳打腳踢。」

凱文的身體搖搖晃晃，彷彿快要跌倒，接著他語無倫次地說：「雪地上沒有腳印，但院子裡的花盆都破了。」

「你應該讓我走的！你不應該跟蹤我，不應該來這裡的！為什麼你就是不肯放過我？你又沒真正愛過我！」

凱文再一次撲向她，但這次的目標是槍，想打落她手上的槍。由於他現在身體虛弱，艾琳並沒有被他給撂倒。他再一次伸手抓她，但用錯了手，他那如今已廢掉的手才碰到凱蒂的胳臂，就痛得他哇哇大叫。出於本能，他抬起肩膀往艾琳身上一頂，把她逼到牆邊。他非得搶走她手上的槍，再用槍抵住她的太陽穴不可。他滿懷恨意地睜大眼睛，瞪著艾琳，把她拉向自己，用身體的重量壓制住她，再用他沒有受傷的手去搶槍。

他感覺槍筒擦過他的手指，手指出於本能地往扳機的方向挪動。他試著把槍口對著艾琳，但沒有對準，方向歪了，變得槍口朝下。

「我愛過你！」艾琳哽咽著說，並使出全身上下的每一滴力氣與憤怒，對抗著凱文，不一會兒，他察覺到艾琳好像快沒力了，他的神智也跟著恢復清醒。

「愛我就不該離開我。」他呢喃著，口中散發著濃濃的酒氣，然後他扣下扳機，手槍發出「砰」的一聲巨響。他知道，一切就快結束了，艾琳就快死了，畢竟他警告過她，她要是敢再逃家，他一定會找到她，然後宰了她。而且她要是在外面有男人，這男人也難逃一死。

但奇怪的是，艾琳沒有倒下，甚至連身體都沒有縮一下，而是瞪大了眼睛，綠色且凶狠的眼珠，瞅著他，眼皮眨也不眨地瞅著他。

這下子，凱文才察覺有異──他的胃，他的胃好燙，好像火在燒。忽然，他左腳癱軟，儘管極力想站直身子，卻覺得這副身體不再是自己的。他癱倒在門廊上，手護著肚子。

「跟我回家，求求妳。」他的聲音氣若游絲。

血從他的傷口汩汩湧出，再流過他的手指頭。上方，艾琳的身影忽明忽滅，她的頭髮，一下子是金色，一下子又變成棕色。接著，他腦海裡閃過和艾琳度蜜月時的畫面，在艾琳忘記拿回墨鏡以前。當時，她穿著比基尼，美得不可方物，以至於他一直都想不透她為什麼會嫁給他。

是啊，艾琳好美，一直都好美。忽然，強烈的疲倦感湧上來，他的呼吸開始變得不規則，而且好冷，冷得發起抖來。接著，他彷彿輪胎洩氣一般，吐出了一口氣，然後胸部不再起伏，眼睛睜得好大，彷彿充滿困惑。

凱蒂哆嗦著身體，望著腳邊的凱文，心裡想著：不，我不會跟你回去，絕對不會。

但這些想法，凱文是不可能知道了。因為他死了，凱蒂總算可以放下心來。一切都結束了，澈澈底底地結束了。

41

凱蒂在醫院待了大半夜接受觀察，院方才同意讓她出院。但她不肯走，而是待在等候室裡，要等到艾歷克平安無事才肯回家。

遭凱文重擊的艾歷克，頭殼差點破掉，至今仍昏迷不醒。眼看黑夜過去，黎明來臨，等候室的方形窗子已經被晨光照亮，醫院裡的護士和醫生換了班，進入等候室候診的病人也越來越多，其中包括一名發了高燒的孩子、一名呼吸困難的成年男子，和一個孕婦和她驚慌失措的丈夫推開旋轉門走進來。只要一聽到醫生的聲音，凱蒂就忍不住抬起頭，並期盼醫生是來告訴她，她可以去探視艾歷克了。

凱蒂的臉上和手臂上滿是傷痕和瘀青，膝蓋也腫得比平常大一倍，但在照過X光和其他必要的例行性檢查後，值班醫生只開了冰袋和止痛藥給她。這位醫師和艾歷克的主治醫師是同一人，但他只告訴她，電腦斷層掃瞄的結果並不是絕對的，他無法確知艾歷克何時會醒，只說：「頭部的創傷有可能非常嚴重。我們現在只能希望，再過幾個小時狀況會更明確。」

因此凱蒂無法思考，食不下咽，睡不著覺，只是擔憂個不停。兩個孩子，喬伊絲已經從醫院接回家了。凱蒂心想，他們晚上可不要做噩夢才好，可以的話最好永遠都不會做噩夢。至於艾歷克，希望他可以早日完全康復。她不斷在心裡禱告著。

另一方面，她不敢闔眼，因為只要一閉上眼睛，她就會在腦海裡看到凱文，看到他臉上和衣服上血跡斑斑，看到他目露凶光的臉。奇怪，凱文是怎麼查出她的下落？怎麼找到她的？他這趟來南波特，要不是為了抓她回家，要不就是想殺了她，而且他差一點就得逞了。來到南波特這幾個月，凱蒂原本以為，她終於逃離了凱文的魔掌，從此安全無虞了，沒想到這個脆弱的幻覺，一夕之間就因為凱文而破滅了。

關於凱文的種種恐怖景象，在她腦海裡不斷上演，而且內容還不時翻新，有時候甚至完全變了一個樣。譬如，有時候她會看到自己血流如注地倒在門廊上，盯著那個她恨透了的男人看。這時候，她會本能地摸摸肚子，尋找那個實際上並不存在的傷口，接著才回過神來，看到自己在醫院裡，坐在日光燈下等艾歷克醒來。

但她也擔心兩個孩子。再不久，喬伊絲就會帶他們來醫院探望艾歷克了。發生了這些事，孩子們會恨她嗎？一想到這裡，她就難過得痛哭起來，而且感到無地自容。她把臉埋在手裡，好希望地上有個洞可以鑽進去，好讓別人不會找到，好讓艾歷克不會找到。接著她再一次想起，艾歷克倒在門廊上時，自己竟然沒有馬上救他，而是眼睜睜看他不斷流血。「他死了」彷彿是一個擺脫不了的魔咒，不斷在她腦海裡迴盪著。

「凱蒂？」

她抬起頭，看到艾歷克的主治醫師朝她走來。

「妳可以進去了，」醫生說，「他大約十分鐘前醒來，說想要見妳一面，但他還在加護病房，所以妳不能待太久。」

「他還好嗎？」

「從他頭部受撞擊的力道來看，現在還活著已經算不幸中的大幸了。」

凱蒂微跛著腳，跟在醫師後頭走向病房。進去以前，她深深吸了一口氣，挺直身子，告訴自己不能哭。

加護病房內，擺了各式各樣的儀器和一閃一閃的光。艾歷克頭上包著紗布，躺在角落的病床上，他轉頭望向凱蒂，眼睛只打開了一半。病床旁的一臺監視螢幕，定時發出嗶聲。凱蒂走過去握他的手。

「孩子們還好嗎？」他吃力地吐出幾個字，聲音微弱，速度又慢。

「很好，喬伊絲在照顧他們，她帶他們回家了。」

一抹難以察覺的笑容掠過艾歷克的嘴角。

「那妳呢？」

凱蒂點點頭。「我沒事。」

「我愛妳。」艾歷克說。

聽到這裡，凱蒂差一點再度崩潰，但她還是勉強克制住了。「我也愛你。」

艾歷克垂下眼皮，眼神渙散。「對了，當時到底發生了什麼事？」

凱蒂設法長話短說，將過去十二個小時內發生的事情做個簡單的交代，但是才講到一半，艾歷克就閉上眼睛睡著了。幾個小時後，他再度醒來，卻把凱蒂先前講述的內容忘記了大半，凱蒂只好再說一次，而且說的時候盡量保持平靜的語氣。

後來，喬許和克莉絲汀在喬伊絲的陪伴下來到醫院。一般來說，小孩子是不准進入加護病房的，但是這次醫生決定破例，給兩個孩子幾分鐘的時間進去看看父親。克莉絲汀拿出自己畫的一張畫給艾歷克看：一個男人躺在醫院病床上，旁邊用蠟筆寫上了「爸爸，祝你早日康復」幾個字。喬許則拿了一本釣魚雜誌給他。

幾個小時後，艾歷克的精神越來越好，到了下午已經不再時而清醒時而昏迷了。儘管他抱怨頭痛欲裂，但是至少，他記憶力恢復得差不多了。而且他說話的聲音越來越有中氣，當他告訴護士他餓了，凱蒂忍不住破涕為笑，現在她總算可以放心，艾歷克應該沒事了。

隔天，艾歷克出院後，警長到喬伊絲家做正式的筆錄。他表示，凱文的血液裡酒精濃度極高，已經算酒精中毒了，再加上失血過多，他當時意識居然還清醒著，實在是個奇蹟。但凱蒂沒說什麼，因為她只想到，他們不認識凱文，不曉得他的內心有多邪惡。

警長離開後，凱蒂走到門外，站在陽光底下，想沉澱一下心情。那個晚上的事情經過，她全都告訴警長了，但並未和盤托出。在艾歷克面前也一樣，她沒有說出一切——畢竟，她要怎麼說呢？有些事連她自己也想不透。譬如，她沒有告訴他們，凱文剛斷氣時，她看著受了傷的艾歷克雖然急哭了，但她流淚並不只是因為艾歷克，也因為凱文。說來或許教人難以置信，但確實如此。雖然，見到凱文的最後那幾個鐘頭，是她這輩子最恐怖的一段時光，但她還是忍不住回想起和凱文曾經有過的幸福，譬如因為某些私密的玩笑而莞爾一笑，或一起躺在沙發上享受寧靜——儘管這樣的時刻十分難得。

過去的歡樂或幸福，和不久前才經歷過的恐怖，兩者間實在矛盾極了，她不曉得要如何把它們兜在一塊。此外，還有一點連她自己也搞不懂——離開醫院以後，她一直住在喬伊絲家，因為她不敢回家。

稍晚，她陪著艾歷克來到停車場，看著雜貨店被燒得焦黑的殘骸。裡頭的東西儘管多半已經面目全非，但有些東西凱蒂仍然一眼就可以認出來，譬如，在瓦礫堆中四腳朝天、被燒掉了一半的沙發，用來放置貨品的貨架，被燒得烏漆抹黑的浴缸等等。

幾名消防人員在瓦礫堆中東翻西找，幫艾歷克尋找他放在衣櫃裡的保險箱。此刻，他頭上的紗布已經拿掉，因此凱蒂可以清楚看到他頭上縫線區域的瘀青腫脹，附近的頭髮則都剃掉了。

「發生了這些事，我很抱歉。」凱蒂喃喃地說。

艾歷克搖搖頭。「別說抱歉，又不是妳的錯。這些事不是妳做的。」

「但凱文是衝著我來的……」

「我知道。」沉默了片刻，艾歷克說：「但克莉絲汀和喬許告訴我，妳是如何幫他們從火場裡逃生的。喬許還說，妳抓住了凱文，要他們快跑。是妳絆住了他。我才應該跟妳道謝呢。」

凱蒂閉上眼睛。「不用謝我。他們要是有個三長兩短，我這輩子都不會原諒自己的。」

艾歷克點點頭，但似乎無法直視凱蒂。凱蒂踢了踢腳邊從起火地點吹到停車場上的灰燼。

「接下來你打算怎麼辦？我是說，關於你的店。」

「重蓋吧。」

「那你們要住哪裡？」

「還沒想到。應該會先住喬伊絲家吧。但我會另外再找住處。也許，找一個環境清幽、視野不錯的地方吧。既然不用工作，我乾脆趁這個機會休息一下好了。」

凱蒂覺得胃部翻騰。「你現在心情如何？應該很不是滋味吧。」

「我覺得麻木、心疼，還有震驚。」

「應該也很生氣吧？」

「不，我不生氣。」

「可是你失去了一切。」

「誰說的？」艾歷克說：「我沒有失去一切，至少，重要的人事物沒有失去。我的孩子平安無事，妳也平安無事，這才是我關心的。至於這些——」艾歷克指指周遭。「不過是身外之物，再買就有了，雖然需要花一點時間。」話才說完，他的目光就被瓦礫堆裡的某樣東西給吸引住了。「等我一下。」

他走向燒焦的瓦礫堆，從焦黑的木板間抽出一樣東西，是釣魚竿。外表雖然髒兮兮的，但看樣子似乎沒壞。他隨即露出了笑容，這是他今天來到火場後第一次展露歡顏。

「看到這個，喬許一定會很開心。要是能找到克莉絲汀的洋娃娃就好了。」

凱蒂將雙手放在肚子上，眼淚又差點奪眶而出。「我會再買新的給她。」

「不用啦，我有投保。」

「可是我想盡一點心意。要不是我，這些事根本不會發生。」

艾歷克望著凱蒂。「我第一次跟妳約會時就有心理準備了。」

「但這樣的事，你應該沒料到吧。」

艾歷克坦承：「是沒料到。可是，沒關係啦。」

「你怎麼能這麼說？」

「我說的是事實。我們大家都保住了性命，這才是最重要的，不是嗎？」他握住凱蒂的手，手指交扣在一起。「對了，我一直沒有機會告訴妳，我很遺憾。」

「遺憾什麼？」

「遺憾妳所失去的。」

凱蒂知道他說的是凱文，但她不曉得該說什麼。她對凱文這個丈夫又愛又恨的心情，艾歷克似乎能夠理解。「我從來沒想過要他死。我只是希望他放我一馬。」

「我懂。」

凱蒂轉頭看艾歷克，口氣遲疑地說：「經歷了這些，我們還……走得下去嗎？」

「看妳囉。」

「看我？」

「我對妳的感覺沒有變，我還是愛妳。只不過，妳可能得釐清妳的感覺變了沒。」

「沒有。」

「這樣的話，我們就想想看要如何一起面對。我知道我很想跟妳白頭偕老。」

凱蒂還沒來得及回答，就聽到消防人員的叫喚。轉頭一看，一名消防人員正從瓦礫堆裡起出一樣東西，是個小型的保險櫃。

「你想它有沒有燒壞？」凱蒂問。

「應該沒有，」艾歷克回答，「它是防火的。所以我才買下它。」

「裡面放了些什麼？」

「主要都是些有紀念意義的東西，譬如底片、儲存相片的磁碟等等。我希望把這些東西保護好，因為以後用得著。」

「還好找到了。」

「是啊。」頓了頓，艾歷克說：「裡面還有東西是要給妳的。」

42

把艾歷克載回喬伊絲家後，凱蒂這才開車回自己的家。雖然不想回去，但她知道自己非回去不可，畢竟，就算不想留在那裡，她總得收拾一些私人物品吧。

車子經過石子路時，揚起了許多沙塵，路上的坑洞讓車子顛簸個不停，最後，她在家門前停下車。坐在已經有多處凹陷與刮傷，但還可以開的吉普車裡，她望著大門，想起凱文在門廊上失血過多，死前還一直盯著她的模樣。

但她不想看到血跡。她害怕一打開門，就會想起艾歷克遭重擊後癱倒在地上的景象。儘管事情已經結束，但她彷彿仍聽得見克莉絲汀和喬許一邊搖著爸爸的身體，一邊歇斯底里地哭喊著。這些恐怖的回憶，她還沒準備好再經歷一遍。

她轉念一想，去裘家好了。手中則握著艾歷克剛剛給她的信。方才，她問艾歷克為什麼要寫信給她，但艾歷克卻搖搖頭，說信不是他寫的，搞得她一頭霧水，愣愣地望著他。「讀完信妳就知道了。」艾歷克說。

她一邊走向裘的小屋，一邊覺得腦海中的某個記憶好像受到觸動。印象中，失火的那個晚上好像發生了什麼事，她好像看到了什麼，但現在卻記不起來了。而且，就在她快想起來的時候，那份記憶又一溜煙跑掉了。快到裘家時，她放慢腳步，臉上因為困惑而皺起了眉頭。

小屋的窗戶上結了許多蜘蛛網，一片護窗板還掉到草地上摔成碎片。門廊上的欄杆，有多處都已斷裂，雜草從底下透過門廊的木地板冒了出來。再看到門上搖搖欲墜的生鏽門把，髒兮兮彷彿多年沒清洗過的窗戶，凱蒂感到大惑不解。

整棟屋子沒有窗簾……

沒有踏腳墊……

也沒有風鈴……

眼前的景象是怎麼回事？她遲疑了起來，一方面感到納悶，一方面又覺得輕飄飄的，好像在做白日夢。而且，越走近看，眼前這棟屋子就越顯得殘破。

眨眨眼，她注意到，正門中央處釘了一塊用來將門板固定在門框上的二乘四木板。

再眨眨眼，她注意到，與正面同側的那面牆，角落已經剝落，露出了一個鋸齒狀的破洞。

再眨眨眼，她發現窗玻璃的下半部出現了裂痕，還破了一個洞，玻璃碎片散落在門廊上。

她再也克制不住內心的好奇，走到門廊上低頭朝窗戶內看了進去。

只見屋裡滿是塵埃、沙土、破家具，和一堆堆的垃圾，毫無油漆過或清理過的痕跡。她嚇得往後一退，差點摔下門廊。不！這怎麼可能？裘發生了什麼事？這間屋子她不是整修過嗎？她明明親眼看到裘把風鈴掛上去的啊？她明明看到裘去了她家，向她抱怨粉刷和打掃有多累人啊？她們明明一起喝過咖啡，品嘗過紅酒配乳酪，裘還拿艾歷克送她腳踏車的事情消遣了她一番。有一次，她剛下班，裘跑去找她一起上酒吧，她還幫裘點了杯酒，酒吧女侍都有看到啊……

但那杯酒，裘一口都沒喝，她忽然想起來。

她伸手按按太陽穴，腦中思緒翻騰不已。她記得，有一次艾歷克開車送她回家，裘就坐在自家門廊的階梯上，艾歷克也看到了啊……

還是他其實沒有看到？

凱蒂一邊離開這間破敗的小屋，一邊告訴自己：裘是真的，不可能是她憑空想像出來、杜撰出來的。

可是妳喜歡的每一樣東西，裘都喜歡。她喝咖啡的方式跟妳一樣；妳買的每一件衣服她都喜歡；她對伊凡小館每位員工的看法也跟妳一模一樣。

忽然間，許多關於裘的小事紛紛閃過凱蒂腦海，她開始聽到兩種對立的聲音在腦海裡激辯起來。

她明明住這裡啊！

那為什麼看起來像垃圾堆一樣？

我們一起看過星星！

星星是妳自己一個人看的，所以妳才會到現在都還不曉得那些星星叫什麼名字。

我們一起在我家喝過酒！

酒是妳自己一個人喝的，所以妳才會暈得那麼厲害。

她跟我提起過艾歷克！還希望我跟他在一起！

她提起艾歷克時，妳已經認識他了。妳對艾歷克一直很感興趣。

她幫兩個孩子做過心理輔導！

這只是妳用來說服自己，不要向艾歷克提起裘的藉口。

可是……

可是……

可是……

凱蒂雖然想到了許多理由要證明裘的確存在，卻都馬上遭到駁倒，譬如她一直不曉得裘姓什麼，也從來沒看過她開車……裘從未邀請她去她家，也一直婉拒她幫她粉刷牆壁……她曾經像變魔術一樣，穿著慢跑服從她身邊冒出來……

當她將所有的細節一一核對過，這才恍然大悟。

原來裘從來沒存在過。

43

她自覺彷彿還在夢中，步履蹣跚地走回家，在搖椅上坐下，望著裘那棟小屋，懷疑自己是不是瘋了。

她知道，在年紀很小的小孩身上，幻想自己有個實際上並不存在的朋友，是相當常見的事。問題是，她不是三歲小孩了。只不過來到南波特後，她一直像個亡命之徒，孤孤單單，沒有朋友，隨時還得提防凱文的出現，所以壓力很大。在這樣的狀況下，誰不緊張害怕、惶恐焦慮呢？可是，難道她就因此產生幻覺，編造出一個並不存在的人物當成自己的好朋友？也許有精神科醫師會說，這不無可能，但她就不是那麼確定了。

不是她不願意相信，而是她實在無法相信，畢竟裘的一切，感覺實在是太真實了。和裘的幾次對話，她依然清楚記得，而裘的音容笑貌也彷彿歷歷在目。她對裘的回憶，跟她對艾歷克的回憶一樣真實。難不成，連艾歷克、連克莉絲汀和喬許，也是她捏造出來的？或許，她現在其實被關在精神病院裡，深陷在自己創造的世界裡無法自拔。她困惑又氣餒地搖搖頭。可是……

可是她總覺得怪怪的，雖然她想不起是哪裡怪，只是好像很重要……

但不管她再怎麼絞盡腦汁，仍舊想不起來。也許是過去幾天發生的事情，讓她精疲力盡，所以變得神經兮兮的吧。她抬起頭，察覺到暮色已經落下，氣溫變低，樹林周圍還泛起了一層霧氣。

又望了一眼「裘家」——就算這代表她精神錯亂，但她還是想這樣稱呼這棟小屋——她這才收回視線，掏出懷裡的信。一看，信封上一片空白，沒有署名。

不曉得為什麼，這封信總讓她覺得毛骨悚然，或許是因為艾歷克把信交給她時臉上透著古怪吧。總之，信的內容應該很嚴肅，而且很受艾歷克重視，只是不曉得為何他從未提過隻字片語。

天快黑了，她應該趁天色還亮著的時候讀信。於是她翻過信封，撕開封印，先用手指摸摸裡頭的黃色便條紙，再打開信紙，就著昏暗的光線讀了起來。

致我丈夫深愛的女人：

我知道，收到這樣一封信，妳可能會覺得很怪，但是請相信我，寫下這封信對我來說同樣奇怪。但話說回來，這本來就不是封普通的信。我有好多話想說，有好多話想告訴妳。原本，我以為我很清楚自己想說什麼，直到真正動筆時才發現很難，不曉得該從何說起。

就讓我從下面這句話說起好了：我越來越相信，每個人的一生中都有那麼一個難忘的關鍵時刻，因為發生了一些事，讓一切全都改觀。對我而言，那個時刻就是遇到艾歷克的那一刻。雖然我現在還不曉得妳會在什麼時候或什麼地方讀到這封信，但是我起碼知道：他愛妳，想和妳共同生活。就算我們沒有其他共同點，起碼這一點是相同的。

我的名字，或許妳已經知道了，叫做卡莉，但朋友們多半叫我裘……

讀到這裡，凱蒂忍不住停下，愣愣望著手中的信，滿臉困惑。做了一下深呼吸，她把剛剛那幾個字又讀了一遍：但朋友們多半叫我裘……

她抓著信紙，感覺先前那模糊的記憶終於聚焦成形。她忽然在腦海裡看到自己回到火場，在艾歷克家的主臥室裡，舉起搖椅，朝窗玻璃用力一扔，手臂和背上傳來一陣痠痛；再看到自己驚惶地把被子撕成條狀綁在喬許和克莉絲汀身上，聽到背後響起東西斷裂的劈啪聲。突然間，她霍地轉過身，看到臥室牆上掛了一幅畫，是艾歷克前妻的肖像畫。但是在濃煙與恐懼的催逼下，她的神經彷彿短路一樣，無法清楚思考，所以當時只覺得一頭霧水。

但那張臉她看過。是的，為了看清楚畫中的臉孔，她當時還往前跨了一步。

如今想起，那張臉跟裘好像，雖然她當時沒能專心思考。但是現在，當天空逐漸被暮色籠罩，當她坐在自家的門廊上，她幾乎可以百分之百確定，她錯了，她對許多事情的看法都錯了。她抬眼看了看裘的小屋。

突然間，她恍然大悟，那張臉之所以像裘，是因為那就是裘。接著，她腦海裡又掠過另一段回憶。裘頭一次來拜訪她時自我介紹說：

朋友們都叫我裘。

凱蒂的臉瞬間變得慘白。

天啊！裘……

由此可見，裘不是她想像出來的，不是她捏造出來的。裘來過，她確實來過。凱蒂感到喉頭緊縮，但不是因為她不相信，而是因為她忽然意識到，她的好朋友，她唯一的朋友，經常給她睿智建議、支持她、聽她訴說心事的裘，是不會再回來了。

她再也沒有機會和裘一起喝咖啡、品酒，在門廊上促膝長談；她再也沒有機會聽到裘發出爽朗的笑聲，看到她揚起眉毛；她再也沒有機會聽她抱怨做家事有多辛苦了。想到這裡，她哭了起來，她這輩子再也沒有機會跟這個好朋友重逢了。

過了不曉得多久，她才有辦法再重讀手中的信。由於天色已黑，她嘆口氣，站起來把門打開，到餐桌旁找位置坐下。曾經，裘就坐在她對面的椅子上，一想到此，她頓時放鬆了下來。

她告訴自己，好吧，我準備好了，我很想聽聽妳到底要跟我說什麼。

……但朋友們多半叫我裘……至於妳要怎麼稱呼我，都沒關係，但是我希望妳知道，我已經把妳當成朋友了。讀完了這封信，希望妳對我也有同樣的感受。

等死，是一件奇怪的事。但細節我就省略了，以免妳覺得無趣。我的壽命，或許只剩下幾個星期或幾個月了。有句話，聽起來雖然像陳腔濫調，但我真的發現，當生命快結束時，很多原本重視的東西就變得不那麼重要了。譬如，我現在不再看報，不再關心股市，也不再擔心出門旅遊時會不會下雨了。相反的，我現在常常想到的是生命中的寶貴時刻。譬如我會想起艾歷克，想到我們結婚那天他看起來是多麼英俊瀟灑。想起我頭一次將喬許或克莉絲汀抱在懷裡時，儘管因為生產而精疲力盡，心中卻感到無比喜悅。他們剛出生時真的好美，我常常在他們睡覺時把他們抱在懷裡，看個不停，而且可以連看好幾個小時，一方面在心裡想著，孩子的鼻子像爸爸還是媽媽？眼睛像媽媽還是爸爸？有時候，當他們做起夢來，會將我的手指握在掌心裡，再握成拳頭。還記得，我當時深深覺得，我這輩子再也沒經歷過更純粹的喜悅了。

有了孩子，我才明白何謂愛的真諦。別誤會我的意思，我不是說我不愛艾歷克。我很愛他。可是我對他的愛，跟我對喬許和克莉絲汀的愛性質不同。我不曉得該怎麼解釋這一點，但我想我無須解釋。我只知道，雖然得了絕症，我還是覺得自己很有福氣，能夠品嘗到這兩種愛。這一生我過得很充實、很快樂，還體驗到了許多人可能沒機會體驗到的愛。

但老實說，關於我的病，醫生的預後讓我感到膽戰心驚。雖然在艾歷克面前，我會盡量表現得很勇敢，兩個小孩則年紀太小，不明白發生了什麼事。但當我獨處時，我一想到這裡就不禁悲從中來，潸然淚下，有時候我甚至懷疑我有沒有可能停止哭泣。我知道我不該這麼想，卻還是不禁想到，未來，我將沒有機會陪他們走路上學，沒機會看他們收到聖誕禮物時露出歡欣雀躍的表情，沒機會幫克莉絲汀挑選畢業舞會時穿的洋裝，也沒有機會看喬許打棒球。未來，他們的生命裡有太多事情，我根本來不及參與，有時候一想到這裡，我就覺得無比絕望。未來，當他們結婚成家時，我對他們而言將不過是一個遙遠的記憶罷了。

如果我不在了，要如何讓他們知道我對他們的愛？

至於艾歷克，他是我夢想中的伴侶，我的情人，我的好朋友。同時也是個好爸爸，更是我理想的丈夫。每當他擁我入懷，每當我期待晚上躺在他身邊一起睡覺，我心中就感到無比溫暖，但這種感覺，筆墨實在難以形容。他這個人，對於人性、對於良善，抱持著堅不可摧的信念，因此一想到他日後要是孤獨終老一生，我的心都快碎了。我要他把這封信交給妳就是這個原因；我曾經要他親口答應我，我走了以後，千萬不要放棄追求幸福，只要有機會認識有緣人，一個愛他而他也愛的人，一定要好好把握。因為我知道他需要。

我很幸運，當了他五年的太太，只可惜養育兩個孩子的時間不到五年。如今，我的生命就快走到盡頭，而妳將取代我的位置，成為艾歷克的妻子，和他一起白頭偕老，並成為我兩個孩子日後唯一記得的母親。現在的我只能躺在床上等死，卻做不了什麼事來改變現狀，妳知道這感覺有多恐怖嗎？我有時候會幻想，未來，我一定要找到辦法重返人間，好確保他們都平安無事。我多麼渴望相信，未來，我將能從天上守護他們，或進入他們夢中與他們相會。我多麼希望我可以假裝，我的人生旅程還沒結束。我只能祈禱，我對他們的這分無盡的愛，將可以讓上述的夢想成真。

而這，正是我需要妳的地方，我想要拜託妳幫我一個忙。

如果妳愛艾歷克，請永遠愛他。讓他再次歡笑，並好好珍惜你們在一起的時光。和他一起散步、騎腳踏車，蓋著被子縮在沙發上一起看電影。為他做早餐，但不要寵壞他。偶爾也讓他為妳做早餐，好讓他有機會對妳表達，妳對他而言有多特別。親吻他，與他溫存。慶幸自己認識了他。因為我相信他值得，他會證明妳的選擇是對的。

還有，請妳像我愛我的兩個孩子一樣愛他們。陪他們做功課，當他們跌倒時親親他們破皮的手肘或膝蓋。用手撥撥他們的頭髮。告訴他們，只要有心，沒有什麼事情辦不到。晚上送他們上床睡覺，教他們如何禱告。做飯給他們吃，鼓勵他們交朋友。寵愛他們，和他們一起歡笑，協助他們成為心地善良、個性獨立的大人。我相信，只要妳愛他們，他們就會用十倍的愛來回報妳，誰教他們的父親是艾歷克呢？

求求妳，求求妳幫我這個忙。畢竟他們現在是妳的家人了，不是我的。

我不會因為妳取代了我的位置而嫉妒或生氣，而且，我在前面說過，我已經把妳當成朋友了。我的丈夫和子女將因為妳而重新獲得幸福，我多麼希望可以當面謝謝妳，只可惜我做不到，我只能告訴妳，我永永遠遠感激妳。

如果艾歷克選擇了妳，希望妳能相信，我也選擇了妳。

妳靈界的朋友
卡莉．裘

讀完信，凱蒂伸手抹去淚水，再摸摸信紙，把信紙放回信封裡。她靜靜坐著，思索著裘寫的那些話，她知道，裘的要求她一定會照辦的。

但不是因為那封信，而是因為，要不是裘當初透過某種難以解釋的方式溫柔相勸，勸她給艾歷克一個機會，她和艾歷克或許不會有後來的發展。

凱蒂笑了笑，輕聲地說：「謝謝妳願意信任我。」她知道，裘一直是對的：她早就愛上了艾歷克，她早就愛上了他的兩個孩子。而且她現在已經明白，她無法想像沒有他們的未來。她告訴自己，該回家了，家人正在等她。

屋外，月亮已經爬上天空，皎潔的月光彷彿在照路，指引她走向吉普車。上車前，她再次回頭望望裘的小屋。

她看到屋裡亮著燈，淡黃色的光從窗裡透出來。裘站在窗邊，在粉刷好的廚房裡。儘管距離遠了點，她僅能看到模糊的身影，但她感覺得到，裘在微笑，還舉手向她道別。她不禁再次想到，愛，有時候真的能讓不可能變成可能。

但當她眨了眨眼，小屋又恢復成黑暗一片，燈未打開，裘也不見蹤影。儘管如此，她卻依稀可以聽見，裘信中的話語正隨著柔和的微風輕輕飄送。

如果艾歷克選擇了妳，希望妳能相信，我也選擇了妳。

凱蒂會心一笑，轉過身，她心裡明白，這不是幻覺，也不是她憑空想像出來的。她知道自己看到了什麼。

她知道自己相信什麼。

藍小說185

愛情避風港

作者—尼可拉斯・史派克
譯者—許晉福
主編—李國祥
編輯—施怡年
董事長 發行人—孫思照
總經理—趙政岷
總編輯—李采洪
出版者—時報文化出版企業股份有限公司
10803臺北市和平西路三段二四〇號三樓
發行專線—（〇二）二三〇六—六八四二
讀者服務專線—〇八〇〇—二三一—七〇五
（〇二）二三〇四—七一〇三
讀者服務傳真—（〇二）二三〇四—六八五八
郵撥—一九三四四七二四時報文化出版公司
信箱—臺北郵政七九～九九信箱
時報悅讀網—http://www.readingtimes.com.tw
電子郵件信箱—genre@readingtimes.com.tw
法律顧問—理律法律事務所　陳長文律師、李念祖律師
印刷—盈昌印刷有限公司
初版一刷—二〇一三年十一月二十九日
定價—新臺幣三三〇元
⊙行政院新聞局局版北市業字第八〇號

國家圖書館出版品預行編目（CIP）資料

愛情避風港 / 尼可拉斯・史派克（Nicholas Sparks）作；許晉福譯. --
初版. -- 臺北市：時報文化, 2013.11
面；　公分. --（藍小說；185）
譯自：Safe haven
ISBN 978-957-13-5818-5（平裝）

874.57　　　　102016007

ISBN 978-957-13-5818-5
Printed in Taiwan